ちくま文庫

吸血鬼飼育法 完全版

都筑道夫
日下三蔵 編

筑摩書房

目録

吸血鬼飼育法

本文挿画　山藤章二

第一問　警官隊の包囲から強盗殺人犯を脱出させる方法

1

ふつうなら、親を怨《うら》むところだろう。

すべては父親に、責任がある。なにしろ、そんな有名人が、歌舞伎《かぶき》や講談にいることを知らなかった、というのだから、常識不足を責められても、しかたがあるまい。

姓は片岡《かたおか》。

いくらでも、名のえらびようがあったろうに、直次郎《なおじろう》とつけられたのだ。けれど、この片岡直次郎には、それをよろこんでいるような趣きがある。「おい、直《なお》ざむらい」と、呼ばれても、べつだんいやな顔はしない。「あら、直はん」と、女性から呼ばれでもしようものなら、とたんに得意の相好《そうごう》がくずれるのだ。若い男女のもの知らずが、名前を聞いて、なんの反応《はんのう》もしめさないと、明らかにがっかりする。けれど、いくら世のなかが変ったといっても、番傘《ばんがさ》片手に頬《ほお》かむり、〽冴《さ》えかえる春の寒さにふる雨も、暮れていっしか雪となり、上野の鐘の音《ね》も凍る　入谷田圃《いりやたんぼ》を、直ざむらいが歩いていく姿は、しばしば舞台でまだ見られるから、この男も機会あるごとに名のりをあげる。したがって、現代版片岡直次郎の存在を知っているものは、あんがいに多いはずだ。だが、職業まで知ってるものとなると、これは、いたって少いだろう。

渋谷《しぶや》は宮益坂《みやますざか》ちかく、小さなビルの四階に、いちおう事務所を持っている。曇りガラスのドアをあけると——河内山宗俊《こうちやまそうしゅん》のような所長が、いるわけではない。暗闇《くらやみ》の丑松《うしまつ》みたいな事務員が、いるわけでもない。三千歳《みちとせ》を思わせる美人秘書が、いるわけでもない。デスクのむこうに、ただひとり、細長いからだに細長い顔をのせた若い男が、すわっているだけだ。これが、片岡直次郎なのだけれど、この二代目には、初代の色悪《いろあく》、御家悪《ごけわる》といった感じはまるでない。額はかなり禿《は》げあがって、その毛の薄いところを補うかのごとく、太く濃く長い眉毛《まゆげ》が、喪服《もふく》をきた遮断機《しゃだんき》みたいに、顔の上半分にがんばっている。そのかわりに目は細く、くちびるは薄い。鼻は太く長くて、鼻翼の小さいエッグプラント・ノーズ（茄子鼻《なすばな》）というやつだ。ただ鼻のあたまが、紫いろになっていないところは、幸運というべきだろう。この細長い顔が、有平糖のようなピンクのシャツをきて、棒縞《ぼうじま》の上衣《うわぎ》に、棒縞のズボン、すりへったサンダルの両足を、デスクの上に投げあげて、雑誌を読んでる姿から、職業を推察することは、シアロック・ホームズにとっても、むずかしいにちがいない。

デスクも、椅子《いす》もスチール製だが、剝《は》げちょろけの疵《きず》だらけで、古道具屋経由とひと目でわかる。そのうしろに、おなじ出身地らしいスチールの大きなロッカーがひとつ。前のほうには、これもおなじ店の納品だろうが、およそ釣《つ》りあいのとれない古風さの、鹿鳴館《ろくめいかん》から払いさげをうけたまま、ずっと倉庫のおくにあったんじゃないか、と思うような長椅子がひとつ。ほかに事務所のなかには、なにもない。壁に絵の額、写真はおろか、カレンダーひとつ、貼《は》ってないのだ。デスクの上には電話機が一台。それと、どこかのバーの開店一周年記念の灰皿があるだけで、これでは、なんのヒントにもならないだろう。ただドアの曇りガラスには、そとから見ると、金文字が書いてある。といっても、アルファベットが三字だけ、近ごろ流行の小文字ばかりで——

faa

これを、なんと読むのか、と片岡直次郎に聞いてみても、あまり得るところはない。「ファーッ」と、鼻提灯《はなちょうちん》が破裂したような奇声をあげたあと、「もちろん、エフエイエイと読んでいただいても、かまいませんけどね」と、つけくわえて、ニヤニヤするだけだからだ。しかし、このかしら文字の意味するところを知る方法は、実はあんがいに簡単で、事務所に電話をかけてみればいい。そうすれば、ファーッの意味だけでなく、直次郎の職業も、立ちどころにわかる仕掛になっている。仕掛のタネはデスクの上の、電話機をのせた黒い台——ぶあつい洋書みたいな付加装置だ。電話のベルが鳴ると、この付加装置のスイッチが入って、なかの録音テープがまわりだす。かわいらしい女の声が、送話口に流れこむのだ。

「こちらファースト・エイド・エイジェンシイ。お困りのときは、片岡直次郎がお助けいたします。大きなもめごと、小さな悩み、どんな難題でも、ご相談ください。二十四時間サーヴィス、いつでもご遠慮なく。This is First Aid Agency at your service. Yours truly Naojiro Kataoka is always ready and willing, round the clock, to help you out of any kind of trouble you happen to be in. You can be sure no job is too small for us, and no problem too big.」

ひどく頼もしげなメッセージだが、この電話がかかってきたとき、もしもカタオカ氏が不在だと、テープの声はとたんに自信を喪失《そうしつ》して、

「The head of the agency and his agents are, at present, out of office on their respective assignment. Your message will be recorded, so please tell us about your problem. The recording starts immediately after the chime bells. Thank you for calling First Aid Agency. あいにくただいま、所長以下全員、任務で外出ちゅうでございますが、ご用は録音させていただきます。チャイムが鳴りましたら、お話しください」

目下は所長以下全員である片岡直次郎、デスクへ足をあげて読書ちゅうだったから、ユウ・キャン・ビイ・シュア・ノウ・ジョブ・イズ・トゥー・スモール・フォー・アス、アンド・ノウ・プロブレム・トゥー・ビッグと、テープが売りこみをおわったところで、受話器をとりあげた。

「わたしが、所長の片岡です」

「あの……もしもし」

ためらいがちな女の声に、

「なんでしょう？　どんなことでも、ご相談にのりますよ。おっしゃってください」

直次郎は、元気づけるようにいった。

「どんなことでも……常識をはずれたようなことでも？」

おそるおそる、女はいった。声は若わかしくて、なかなかチャーミングだ。

THIS IS FIRST AID AGENCY
IF YOU ARE IN THOUBLE
N.KATAOKA WILL HELP YOU OUT,
WE OFFER YOU
OUR SERVICES DAY OR NIGHT.
NO JOB TOO SMALL,
NO PROBLEM TOO
BIG!
YAMA-FUJI '68

「試験問題の事前入手から、革命の下準備まで、というキャッチフレーズもあるんですよ、当事務所には。もちろん、非公式のやつですがね」

「いまから、ご相談にうかがってもいいでしょうか?」

「三十分以内に来られるんでしたら」

「そんなに、かかりません」

「ただし、そこらの興信所でも間にあうような仕事は、なるべく、ごめんをこうむりたいな。でも、まあ、それも報酬《ほうしゅう》しだいで……」

電話は切れた。直次郎は首をかしげて、受話器をおくと、タバコに火をつけてから、雑誌にもどった。タバコは上等のシガリロ(小型葉巻)だったが、雑誌は少年ものの漫画週刊誌だ。

それを、三ページとは眺《なが》めないうちに、いきおいよくドアがあいて、若い女がとびこんできた。直次郎はあわてて、デスクの上から両足をおろすと、金ピカの大怪獣が表紙で吼《ほ》えるっている週刊誌を、あけっぱなしにしてある引出しへほうりこんだ。

「警察がよろこばないような仕事でも、ひきうけてくれますか?」

と、女はいった。

「ずいぶん、早かったですね。ああ、そうか。表通りのタバコ屋から、電話してたんだな」

四分の一ほど灰になったシガリロを、サンダルの底で、丹念にこすり消しながら、直次郎はいった。

「どうなんでしょう？　警察がよろこばないような仕事でも、ひきうけてくれますか？」

と、女はくりかえした。火の消えたシガリロを、後生大事に上衣の胸ポケットにしまいながら、直次郎は聞きかえした。

「たとえば？」

「強盗殺人の死刑囚を脱獄させる、といったような……」

「ぼくが興味を持つか、持たないかですね。報酬の問題もありますが……」

「どのくらいでしょう、報酬って？」

「さあ、脱獄となるとねえ……」

直次郎は、女を見つめた。はでな顔立ちで、背もすらりと高い。けれど、あまり金を持っていそうな身なりでは、なかった。

「ほんとは、脱獄じゃないんです。助けだしていただきたいことには、変りはないんですけど――」

「くわしく、説明してくれませんか。大丈夫、こういう仕事は信用第一です。ぜったい秘密はまもりますから、安心して話してください。どんなひとを助けるんです」

「ニュースを、お聞きにならなかった？」

「精神生活、肉体生活の豊かな人間には、ラジオやテレビは邪魔ものでね」

「強盗をやって、巡査にみつかって、その巡査を射ちころした男なの。自分も巡査に射たれて、足を怪我《けが》してるんです」

「その男を助けろ、とおっしゃる？　いま、どこにいるか……」

「あるとこに逃げこんで、動きがとれなくなってます。警察に知れるのも、時間の問題らしく……」

女はまだ、立ったままだ。安物のサマーコートの下腹のあたりで、エナメルまがいのビニール・ハンドバッグを、ぎゅっと両手でつかんでいる。室内を見まわす余裕も、ないらしかった。もっとも、落着いて事務所のなかを見まわしていたら、最初からあきらめて、帰ってしまったかも知れない。

「なるほど、*faa* にはふさわしい仕事のようだ。長椅子にかけて、もっとくわしく話してくれませんか」

直次郎は、デスクのいちばん深い引出しから、カッティ・サークの丸壜《まるびん》と、酒屋の名前の入ったグラスをふたつ、取りだした。グラスのひとつに、たっぷりダブル以上ついでから、もうひとつのグラスに、黄いろいラベルの壜をかたむけかけて、直次郎はためらった。壜のなかのスカッチは、残りすくない。客の女は横をむいて、ベージュのサマーコートをぬいでいる。直次郎は、急いで壜に蓋《ふた》をすると、たっぷりついだ最初のグラスのウイスキーを、ふたつめのグラスに、半分うつした。そのグラスふたつを両手に持って、長椅子に歩みよると、

「さあ、いっぱいやって落着いて――」

「ありがとう」

直次郎は、アメリカのTV映画に出てくる若い有能な弁護士が、依頼人の話を聞くときみ

たいに、デスクに尻《しり》をのせながら、

「ところで、お名前は？」

「浪川愛子」

女はグラスを片手に、長椅子の上で足を組んだ。短かいスカートのなかで、ストッキングの上端にしめつけられた腿《もも》の白さが、男を破滅させる核弾頭のように、光りかがやいた。

時間は午前十一時六分。

2

おなじ時間、杉並《すぎなみ》のはずれの集団住宅の一室では、浪川清二がうんうん唸《うな》りながら、右足の繃帯《ほうたい》をとりかえていた。

夏のおわりというよりも、秋のおわりといいたいような、スレートいろの曇り空の下、低いブロック塀《べい》でかこんだ敷地のなかに、コンクリートの四階建てが四棟、小規模な団地みたいに並んでいる。工業機械のメーカーの社員寮だ。浪川清二と、共犯のヨシツネが潜伏ちゅうの部屋《へや》は、第一棟の三階のはずれの部屋だった。

清二は、奥の六畳間の窓のわきによりかかって、投げだした両足のあいだに、救急函《きゅうきゅうばこ》をひらいている。信用金庫が支店開設記念にくばった救急函で、プラスチック製の安物だが、もらったほうではそのなかに、粉末ペニシリンから、リント布、アメリカ製の傷薬、エクスパンダブルの繃帯まで、そつなく一応そろえていた。警察拳銃《けんじゅう》の弾丸は、右の足もとをかすっていっただけで、たいしたことはなかった。これで、じゅうぶん手当てはできる。といっても、くるぶしの上の肉を、かなり掻《か》きとられたのだから、無理はできない。

ヨシツネこと吉田常吉は、四畳半のほうの窓のわきに、よりかかっていた。あぐらをかいた膝《ひざ》の上で、両手で猟銃をにぎりしめながら、六畳のほうを見つめている。ふたつの部屋のあいだの壁に、ここの若い細君がスリップひとつで、よりかかっているのだった。むきだしの女の肩は、寒さを感じる陽気でもないのに、小きざみにふるえつづけている。ナイロン・ストッキングで両手をしばられた上に、口にもストッキングのサルグツワをされているのだから、不思議はない。疲労と緊張のせいで、目蓋《まぶた》をヒクヒク痙攣《けいれん》させながら、ヨシツネが見つめているのは、半透明のスリップの下で、女が恐怖の息づかいに、上下させている胸だった。ブラジァなしの見事な乳房《ちぶさ》。それと、どこにも二重になったところがないような、甘いピンクのパンティだ。刑務所を出て、一週間たつかたたないかのヨシツネには、兄貴分の負傷より、よっぽど気になる眺めだった。

「おまえの目の保養に、あんな格好をさせたんじゃないんだぞ」

と、繃帯を巻きおわった清二がいった。

「わかってるよ。隙《すき》があっても、恥ずかしくって、逃げだせないようにだろう。でも、女ってのは、ずうずうしいからな。怖いとなったら、まっ裸でだって逃げだすぜ」

くちびるを歪《ゆが》めて、ヨシツネがいうと、清二は猟銃を杖《つえ》にして、壁づたいにそばへよってきた。ヨシツネの耳に口をよせて、

「だから、怖《こわ》がらせるな、というんだ。声がふるえるようじゃ、なにかのときの役に立たない。電話がかかってきたり、だれかたずねてきたときのな」

「しかし、ここに腰をすえてて、いいのかい？　もっと遠くへ……」

「とっくに、非常警戒がひかれてるよ。この足で歩けってのか？　かすり傷みたいなもんに、弱音を吐くわけじゃねえが、こんな応急手当てだけで無理をしたら、命とりだ。雪山とおんなじさ、あわてて動きまわらないで、救援部隊を待つことだよ」

「でも、兄貴のスケ――」

「女房だ」

「兄貴の……奥さん、信用できるのか？　ケチをつけるわけじゃ、ねえけどよ――もう一度、電話してみたら」

「ここのは、共同電話だぞ。交換手に聞かれないとも、かぎらないんだ。なんども危険をおかすわけにゃ、いかないよ。それにもう、家にいるはずはない。救出準備に駈《か》けまわってるだろう」

清二はもとの六畳にもどると、ふたつ折りにした座布団《ざぶとん》を枕《まくら》にして、畳の上に横になった。

「待ってるってのは、気が気じゃねえ。ひょっとすると、もうサツは嗅ぎつけて、ここを包囲してるんじゃねえだろうな。さっきから、いやに静かだろう？」

窓の隙間に顔をよせながら、ヨシツネがいった。

「そうだとしても、静かだってことはだ。こっちに人質があるのが、わかってるってことだぜ」

清二は女のほうへ、顎《あご》をしゃくった。女は身をすくめて、大きく乳房を波うたせた。

「人質の使いかたさえうまくやれば、大丈夫、逃げだせるよ。まかしとけ。愛子は頭のいい女だ。よすぎるくらい、頭がいい。役に立つ女だよ」

ヴィーナスのへそを、おれが握っているかぎりは、と清二は胸のなかで、言葉をしめくくった。おれのためでなくっても、あのへそのために、愛子はおれを助けだすだろう。目をとじながら、清二はいった。

「すこし寝かしてくれ。一時間で交替してやる」

「おれなら、眠くなんかねえよ」

「そうか。すまないな。だが、油断するんじゃねえぞ」

「ああ」

ヨシツネはうなずいて、壁ぎわの女に視線をもどした。三分とたたないうちに、清二の寝息が聞えだした。ヨシツネは猟銃をわきにおくと、四つんばいになって、六畳のほうへいった。そっと手をのばして、清二の肩へさわってみた。清二は、目をひらかなかった。しばらくためらってから、ヨシツネは女をふりかえった。若い人妻は、恐怖で血走った目で、こちらを見ていた。顔いろは蒼白《そうはく》でも、油汗の浮いているせいで、目鼻立ちが生き生きとして見える。スリップの肩紐《かたひも》が二の腕にたるんで、半ばあらわになった胸にも、油汗が光っていた。ヨシツネは、女のそばへ匍《は》いよった。女はサルグツワの下で、うめき声をあげた。全身をちぢめながら、手首をしばられた両腕を、顔の前にあげた。

「怖がらなくてもいいんだ。ちょっと——ちょっとさわるだけだよ。な、さわるだけなら、いいだろう？　さわらしてくれよ。おれ、ムショを出てから、まだ女にさわっていねえんだ」

と、ヨシツネは小声でいった。その言葉は、女をいっそう脅えさせた。大きくはだけたブルーのポロシャツの襟《えり》もとから、いやに生っ白い、ぶよぶよ肥った胸がのぞいているのも、女を気味わるがらせたらしい。眉毛の薄いわりに、無精髭《ぶしようひげ》の濃い丸顔を近づけると、女はびくりと立ちあがろうとした。その胴を、ヨシツネは左手で抱きすくめると、右手で下から乳房をつかんだ。サルグツワの下で、悲鳴があがった。ヨシツネの喉《のど》のおくでも、妙な音がした。女は倒れながら、自由な両足で、宙を蹴った。片膝が、ヨシツネの腹に命中した。ヨシツネは顔をしかめながら、まくれあがったスリップの下に、ピンクのナイロンでおおわれた黒い影を見た。

「さわるだけだ。さわるだけだよ」

犬のように唸《うな》りながら、ヨシツネはくりかえした。

「ばか！　やめろ！」

背後で清二の声がすると、ヨシツネはびくっとして、動かなくなった。

「窓から見られたら、どうする気だ。窓をしめきってても、怪しまれない陽気じゃねえんで、さっきから苦労してるんじゃねえか。それを、はでにころげまわりやがって！　だれも美容体操だとは、思わねえぞ。おとなしく、そっちの窓を見はってろ！」

ヨシツネがすごすごと四畳半の窓にもどると、清二は女のわきへあぐらをかいた。

「奥さん、いまのことは申しわけない。おれも寝るのはあきらめて、二度とこんなことのないようにする。その代り、あんたも災難とあきらめて、もうすこしリラックスしてくれないか。もうあと、一時間かそこらの辛抱だよ。子どもはいない。旦那《だんな》は夕方まで帰らない。それだけで、あんたのところを選んだんだ。怨みがあるわけじゃないんだから、無事にすみさえすりゃあ、殺したりはしないさ。顔をおぼえられたって、なんとも思やしない。おれたちゃもう、おまわりに顔を見られてるんだ。お礼をしてもいいぜ。ダイヤの指輪は、どうだ？」

清二はズボンのポケットから、指輪をひとつ取りだして、女の指にはめてやった。

「サイズ、ぴったりじゃねえか。あんまりいいもんじゃないが、売り値七、八万ってところかな。ばか高い品をいただいてくると、たいがい特徴がはっきりしてる。だから、すぐ足がついて、さばきにくい。わざと中っくらいの平凡なやつばかり、選んできたんだ。二、三か月かくしておけば、あんたがどこへはめてったたって……失礼だが、質屋へ持ってったって、怪しまれやしないよ。ぜったいだ。これだけ怖い思いをしたんだから、こんな小さなダイヤくらい、もらっとく権利はあるよ、奥さん」

若い人妻は、半ば気味わるそうな、半ばうっとりしたような目つきで、自分の指の小さなかがやきを見つめた。

「翡翠《ひすい》やオパールのほうが、安心だと思うなら、取りかえてあげるよ。安全にさばけそうなやつばかり、こんなに頂戴してきたんだ」

清二は小さな革袋をとりだして、ざくりと手のひらにのせて見せた。

「もしおれたちが捕まって、こいつがそっくり店へもどっても、大丈夫。ひとつぐらい、なくなってたって、わかりゃしないさ。帳簿も持ちだして、下水へたたきこんできたんだ」

3

「経費別で二十万という報酬は、高くないはずですよ」

と、片岡直次郎はいった。

「それどころか、安すぎるくらいだ。ヨシツネはどうでもいいなんて、鎌倉《かまくら》の頼朝公《よりともこう》みたいなことをいわれたって、けっきょくは一緒に助けることになるんです。ひとり十万——安いなあ。開業そうその一匹狼《いっぴきおおかみ》だし、ぼくは美人に弱いから、こんな値段でひきうけたんですよ」

「ええ、高いとは思わないわ」

と、愛子はいった。アルコールには、強くないらしい。わずかばかりのスカッチで、目のまわりに紅《あか》みがさしていた。

「ところで、ここには新聞広告を見て、いらしたんですか?」

「ドラキュラのバーテンに、あなたの話を聞いてたの。それを思いだして——」

デスクの上の、前肢をひろげた蝙蝠《こうもり》のかたちの灰皿にも、黒地に白くDRACULAという文字が入っている。青山にあるスナック・バーの名前なのだ。

「いかさま賭博《とばく》にひっかかって泣いてたのを、ぼくが仕返しの手つだいをしてやったことがあるんですよ、あの男なら」

「そんな話だったわ。くわしいことは、教えてくれなかったけど――浪川を助けださなきゃ、お金はできないのよ。ボーナスを十万だすわ。邪魔が入って、獲物《えもの》は金高百五十万ぐらい、といってたから、安全に早くさばくとなれば、六十万がせいぜいね。それを半分、出そうというのよ」

「しかし、まかり間違えば、こっちの両手もうしろへまわる仕事だからな。それに、その状況じゃあ、こっちが準備をととのえるあいだに、きっと警察に包囲されちまう」

　直次郎は、愛子のとなりに腰をおろして、天井をあおぐと、ため息をついた。

「難問題だ。それを、あなた、全額あと払いってのは、ひどいよ、なんの保証もなしに」

「あたしが、保証するわ」

「そういわれてもねえ」

「あのひとが捕まったら、あたしの生活もおしまいだわ。あなただけが頼りなのよ」

　スカートから気前よくはみだした太腿が、直次郎の膝に暖かくふれた。

「生活か。その生活のために、これまでもご主人、だいぶ無理をしたらしいな。きみ、きょうはわざと、いちばんお粗末な服をきてきたんじゃない？　そういうひとに保証されたんじや、怖いことになりそうだ」

「そうかしら？」

愛子は、水がにじみだしてくるような笑いかたをして、全身の重みを、直次郎のほうに傾けた。直次郎は、女のほうに顔をむけると、目をとじて、鼻のあたまを動かした。

「いい香水だ。フランス製だね。いちばん小さな壜で、五千五百円ってとこかな」

「くわしいのね、あなた。じゃあ、これはわかる？」

と、いったピンクのくちびるが、おもちゃの鉄砲から飛びだしたゴムの吸盤みたいに、吸いついてきた。それを、やっと剝がしてから、直次郎はいった。

「舌をひっぱりだして、顔を裏返しにする気か、と思った。その口紅も、フランス産だな。神戸に一軒、輸入してる店がある。金のケースに入って、たしか二千七百円――」

「みんな値段ね、あなたのは」

「このシームレスも、安くないね」

直次郎の手が、愛子の腿にふれると、自動扉《じどうとびら》みたいに、両膝がひらいた。

「五足でいくらなんてものじゃない。ヘインズかな？　値段は一足――やめとこう」

「パンティの値段も、あてられる？」

「さわっただけじゃ、無理かも知れない。といって、ぬがしてしまうと、ほかに気をとられることがあるから――」

「気をとられることを先に片づけて、あとでゆっくり、あてればいいわ」

長椅子の上に腰をすべらせながら、愛子がいった。

「スカートが皺《しわ》になりますよ、奥さま」

「ノーアイロンだから、ご心配なく。あたし、わりにせっかちなの」

「明るすぎない？」

「明るいのも好き」

長い足を思いきり宙にはねあげて、愛子は靴《くつ》をぬぎすてた。むきだしのコンクリートの床に、ハイヒールが落ちて、音を立てた。びっくりするほど、冴えた音だった。

4

杉並のはずれの社員寮でも、びっくりするような音響が、発生していた。電話のベルが、鳴ったのだ。それだけのことだったが、ヨシツネは、ぎょっとして飛びあがった。浪川清二も、あわてて人質のそばへ匍《は》いよった。

「いいか。なんどもいったように、落着いて応答するんだぞ。亭主のことを考えてな」

若い細君は、サルグツワをはずされて、電話機のそばへずり寄った。清二は受話器をとって、女の耳にあてた。同時に自分の耳も、そばに近づけた。

「もしもし……」

「奥さんですね？　こちらは警察です。捜査一課の係長で、福本といいます。ご安心ください。逃走ちゅうの犯人に侵入されたことは、わかっています。かならずなんとかしますから、その男を電話口にだしてください」

清二は人妻をつきとばして、送話口にどなった。

「ようし、わかった。おれが主犯だ。用があるなら、いってみろ」

「助けて！　助けてください！」

と、女がさけんだ。ヨシツネがおどりかかった。抱きすくめながら、女の口を片手でおおった。

「きみが自由ガ丘の貴金属店をおそい、警官を射殺した犯人だということは、見当がついている」

と、電話のむこうの福本警部がいった。

「それがどうした？」

と、清二はいいかえした。

「足を負傷しているんだろう。そんなところへ逃げこんで、どうなると思うんだ。あきらめて、出てこい」

「ごめんだな。こっちにゃ人質があるし、武器もある。食糧もじゅうぶんだ。おれを説得することより、この建物に住んでる連中を避難させるほうが、大事じゃねえのか？」

「大さわぎになるぞ。報道関係者もやってくるだろうし……」

「おもしろいな。おれは派手《はで》なことが、好きなんだ」

「そうなったら、ぜったいに逃げられないぞ。きみたちの立ち場は、悪くなるばかりだ。すこしは頭を働かせろ。いまのうちに、おとなしく出てこい」

「ちょっと聞くがね。どうしてわかった、おれたちがここにいることが」

「窓をあけとかなきゃ、怪しまれるこの陽気に、隠れていられると思うのか」

「よし、もう話はおしまいだ。ベルが鳴っても出ないから、そのつもりでいてくれ」

「おい、待て――」

清二は電話を切って、ヨシツネをふりかえった。ヨシツネはもと通り、女にサルグツワをしおわって、噛《か》みつかれた指の傷を、なめていた。

「やっぱり、窓だ。きさまのせいだぞ」

四畳半の窓に餇いよりながら、清二はいった。

「ちがう。こいつのせいだ。ダイヤなんか、やることはねえ」

ヨシツネは、女の腕をねじあげて、指輪をとりあげた。人妻は、苦しげにうめいた。

「人質はだいじにあつかえ。いいから、お前はそっちの窓を見はってろ。おたおたするんじゃねえ。こっちにはライフルが二挺、拳銃が一挺、弾丸もじゅうぶんあるんだ。半日でも、一日でも持つぞ」

清二は、四畳半の窓ぎわに立つと、銃口を空にむけて、引金をひいた。銃声が、ひびきわたった。

「警官と殺人犯人との射ちあいが、はじまるぞ。流れ弾にあたりたくないやつは、外へ逃げろ。さもなきゃ、窓をしめて、風呂場《ふろば》へでも閉じこもってろ」

清二が大声をあげると、たちまち、ほうぼうで物音が起った。

「兄き！」

「あわてるな、ヨシツネ。こうしたほうが、有利なんだ。落着いて、見はってろよ」

「でも、兄き、おまわりの姿なんぞ——あっ、畜生、あんなところにいやがった」

口走ると同時に、ヨシツネは猟銃の引金をひいた。

下のほうで、女の悲鳴が聞えた。

「間違えて、だれかを射っちまったんじゃないだろうな？」

と、清二がどなった。

「大丈夫だ。くそっ、あんなとこに隠れてやがる」

ヨシツネは、また引金をひいた。

「ばか！　弾をむだにするな。おまわりをひとりやふたり殺してみたって、どうにもならないんだぞ。そんなことより、むかいの窓に気をつけろ。窓はあいてるか？」

六畳の窓のまむかいには、十メートルちかい間隔をおいて、第二棟の三階がある。

「半分あいてるぜ。だれかのぞいてやがるようだ」

「しめるようにいえ。脅しに一発、射ってもいい。ただし、窓ガラスは割るなよ」

「わかった」

うなずいてから、ヨシツネは大声をあげた。

「見世物じゃねえんだぞ。窓をしめろ！　しめねえと、こいつが飛びこむぜ」

ヨシツネは、三発めの銃弾を放った。

5

片岡直次郎のほうは、一発めを発射したところだった。

愛子は長椅子の上で、せつなげに喘《あえ》いでいた。のけぞらした頭から、髪がみだれて、床に垂れている。だが、頭のなかは冷静だった。

「まだ離れちゃいやよ。このままでいたいの」

かすれた声でささやきながら、冷静な頭のなかで、愛子はべつのことを呟《つぶや》いていた。

「これで、第一段階はおわったわ。ヴィーナスのへそは、やがてあたしのものになる。でも、この男、うまくやってくれるかしら」

そのとき、電話のベルが鳴った。録音テープがしゃべっているあいだに、直次郎はようやく、愛子から離れた。受話器をとりあげると、しばらく短かい受けこたえをしていたが、

「うん、わかった。わざわざ、ありがとう」

電話を切ると、直次郎は愛子をかえり見て、

「三郎からだ」

「三郎って、ドラキュラのバーテンの？」

「うん」

直次郎は、ズボンをはきながら、うなずいた。

「あたしがここに来たこと、知ってるはずないんだけど……」

「きみのことじゃない。ご主人のことだ。もちろん、きみのご主人とは知らずに、かけてきたんだろう。テレビの臨時ニュースで見て、ぼくの金もうけに利用できないかって――」

「じゃあ……?」

「警察に包囲されたらしいよ。ぐずぐずしちゃ、いられないぜ。まず家具屋へよってと――」

「家具屋?」

めんくらって、愛子は聞きかえした。

「いよいよ結婚する恋人同士が――きみとぼくのことだがね。そのふたりが、新家庭のための洋服だんすを買うんだよ。洋品店へもよって、すてきなネグリジェも買おう。そっちが先だな。ウェディング・ケーキも必要だ。これは予算の関係で、専門家に発注するわけにはいかないから、ウドン粉かなんかで、せめて形だけは、でっかくこしらえようや」

あっけにとられている愛子をうながして、直次郎はしゃべりまくりながら、ドアを出ていった。

あとの事務所には、あざやかなラベンダーブルーのパンティが、疲れはてた蝶《ちょう》みたいに、床にとりのこされていた。

6

工業機械メーカーの社員寮をとりかこんだのは、警官隊だけではなかった。報道関係の車も、集っていた。テレビ会社の中継車も、遠くからカメラで、第一棟三階の窓をねらっていた。臨時ニュースを聞いて、わざわざ駈《か》けつけたらしいやじ馬の乗用車も、ならんでいた。

三階のはずれの窓に、人影が動いた。敷地をかこんだ低いブロック塀《べい》に、ハサミムシみたいにへばりついて、しびれをきらしはじめていた警官たちが、色めき立った。

窓にあらわれたのは、ピンクのパンティをはいただけの裸の女だった。ナイロン・ストッキングで、サルグツワをかけられて、両手もうしろで縛られているらしい。大きな乳房が、恐怖でふるえていた。その背後から、浪川清二の大声がひびいた。

「みんな、もうあきらめて、帰ったらどうだ？　これじゃあテレビ・コードにひっかかって、中継もできねえだろう。思いきってやったら、視聴者はよろこぶだろうがね」

「畜生！」

無線カーのかげから見あげながら、勿来《なこそ》部長刑事が舌うちした。そのそばで、青ざめてふるえているのは、細君を人質にされた若い夫だ。

「け、刑事さん！」

「わかってます。あんたはむこうへいってたほうがいい」

部長刑事に目くばせされて、荒垣刑事が夫の腕をとった。清二の声が、またひびいた。

「旦那が気がちがうといけないから、ひっこめるが、カメラをむけるのをやめねえと、また出すぞ。よけいな連中は、帰ってくれ。警察と話しあいがしたいんだ。福本といったかな、係長さんよ、聞いてるか？」

「聞いてるぞ」

福本警部は、手持ちの拡声機で答えた。

「係長さんよ、おれたちが冷静なんで、困ってるんじゃねえのか？　いちばんいいのは、囲みをとくことだ。そうすりゃ、おれたちも出てってやる」

それに対して、福本警部がなにかいおうとしたとき、勿来部長刑事がよってきた。

「係長」

警部は拡声機のスイッチをきって、

「どうした？」

「やっぱり、ガス弾でやりましょう。なにも、ばかにされてることはない。思いきってやれば、きっとうまくいきますよ」

「むこうが冷静なのに、こっちがあせっちゃ、困るじゃないか。うまくいかなかったら、どうなると思うんだ。いまのわれわれが、考えなきゃならないことは、あのふたりを逮捕することじゃないんだからな」

「人質の細君を助けることでしょう。わかってます」

「でも——」

と、荒垣刑事が口をはさんだ。

「人質を助けるためには、ふたりをなんとかしなきゃ、ならないわけです。催涙ガスより、手はありませんよ。ここから三階の窓へ、ガス弾を射ちこむのは無理だとしても、うしろの建物の三階からなら、なんとかなるはずです」

「なんとかなるじゃ困るんだよ、荒垣君」

と、福本警部がいったときだ。

女がひとり、サマーコートの裾《すそ》をなびかして、建物に走りよった。ブロック塀の門——といっても、扉はついていないただの塀のきれめだけれど、そのきわにいた警官が、あわてて飛びだして、追いすがった。

「おい、待て！　あぶない」

警官の手が、コートにかかった。ぺらぺらのコートは風をはらんで、宙にひるがえった。女が思いきりよく、ぬぎすてたのだ。警官はコートをつかんで、立ちすくんだ。

サマーコートの下に、女はネグリジェしか着ていなかった。十年ばかり前、話題になったベビードール・スタイルとかいう、腰までしかないやつだ。いまでも、すたれたわけではないらしい。透明にちかいまっ赤《か》なネグリジェは、でっかい電気スタンドの笠《かさ》みたいで、黒いブラジァとパンティの裸身が、のびのびとそのなかで動いていた。女は長い足を、はっとするような活発さで運んで、第一棟のはしの階段口へ走りこんだ。

息をのんで、見とれていた警官が、われに返って追おうとしたとき、銃声がひびいた。三階の窓から、浪川清二が猟銃をつきだしていた。警官はあわてて、ブロック塀に逃げこんだ。

ベビードール・スタイルの女は、もちろん愛子だった。だが、福本警部も、勿来部長刑事も、それほど、やっきにならなかったのは、愛子を知らなかったからではない。愛子が入っていったからだ。ぜったいに出てこられない態勢になっている以上、入られたくらいで、あわてるには及ばない。おまけに、格好が格好だ。重機関銃をかかえていたわけではない。折畳式ヘリコプターをかついでいたわけでもない。テレビの速報かなにかを見て、寝起きのまんま飛びだしてきた情婦、といったところだろう。

「でも、なにか持ってましたよ、手に」

と、荒垣刑事がいった。勿来部長刑事もうなずいて、

「紙づつみだったな。あまり大きくはなかったが……」

「せいぜい拳銃ぐらいだ。それにしちゃ不格好だったから、食いものかなんかかも知れないな」

と、肥満体の警部がいった。男前の刑事は首をかしげて、

「ダイナマイトや、ニトログリセリンじゃないでしょうね」

「ニトログリセリンなら、あんなに走ったりしないだろう。ダイナマイトとしたら一本か二本だな、あの大きさじゃあ」

と、やせた部長刑事がいった。

「とにかく、すこし様子をみよう。女が入ったことで、やつらの冷静さがくずれてくるんじゃないか、と思うんだ」

福本警部は、太い首をそらして、三階のはずれの窓をあおいだ。

その窓には、なんの変化も起っていなかった。妙に静まりかえって、むしろ周囲のほうが、ざわざわしているくらいだった。ことに、やじ馬たちのグループは、膠着《こうちゃく》状態を非難して、さわぎはじめていた。

「はでに射ちあって、だれか死ねばいい、と思ってやがるんだろう」

荒垣刑事がつぶやいて、舌うちしたときだ。

「もしもし、引きかえしてください。ここは立入り禁止なんです」

ブロック塀に近づいてくる小型トラックを、警官のひとりが呼びとめた。

「なにかあったんですか？　この社宅に配達にきたんですがね」

トラックの運転台から、首をだしたのは、オーバーオールすがたの片岡直次郎だった。頰《ほお》の肉づきが豊かになり、顔いろもぐっと健康的に黒ずんで、大きな金属ぶちのサングラスがなくても、ちょっと見ちがえるくらいだった。やはりオーバーオールを着て、となりにすわっている助手も、にせものだった。ドラキュラのバーテン、三郎だ。だが、トラックは本物で、横腹に家具屋の店名が書いてある。荷台には洋服だんすがひとつ、午後の陽《ひ》ざしにテラテラ光って、もちろん、これも本物だった。

本物の店員は、運転手を兼ねたのがひとり、ついてきた。そいつは、麻酔薬で眠ってもらって、とちゅうの公園の共同便所の大のほうへ、格納してきた。浮浪者用都営住宅になっていないていどに清潔で、扉もしっかりしたのを選び、口や手足の自由は大幅の絆創膏《ばんそうこう》で封じた上に、内がわの鍵《かぎ》をかけてきたから、とうぶん発見されないだろう。麻酔薬がさめるまでにも、一時間やそこらはかかる。内がわから扉の鍵をかけて、どうやって出てきた？　などという愚問は、発しないでいただきたい。少量の釣り糸があれば、ホテルのドアの掛金だって、外から簡単にかけられる。公園の便所の掛金ぐらい、軽いものだ。

「事件ってったって、どうってこともなさそうじゃないですか」

と、直次郎は警官にいった。

「いけませんかねえ？　電話での注文で、とっても急いでるらしいんですよ。代金引換えでね。忙しくて遅れたんで、お客さんも怒ってるだろうし、現金を握らずにこのまま引きかえしたら、おやじさんが怒るだろうし……だいいち、信用してくれないですよ」

「ニュースぐらい、聞いてるだろう」

「それを利用して、ぼくが客をしくじったのを、ごまかしてると思いますよ。証明書、書いてくれませんか。あんたの名前じゃ、だめだな。ここの警察署長の判をもらって――」

「そんな無理をいっちゃ、困るなあ」

「だったら、いいじゃないですか。第一棟の三十六号、とかいったな。はじっこの部屋だそうですから……」

警官の顔いろが変った。

「待ってろ」

あわてて走っていくのを見おくって、直次郎はトラックを、かまわず敷地内へ乗りいれた。

三階の窓から、浪川清二の声がひびいた。

「そのたんす、早く持ってあがれ！」

直次郎は三郎に手つだわせて、洋服だんすを荷台からおろしはじめた。

「待て！」

勿来部長刑事が、さっきの警官といっしょに、走ってきた。

「おい、待て！　なかへ運んじゃいかん」

洋服だんすは、第一棟のはずれの窓の下へ、おろされた。

「かまわねえから、持ってあがれ」

と、上から清二の声がした。

「おれたち、ここで世帯を持つんでね。どうしても、必要なんだ。おい、運転手、刑事さんが心配するといけねえから、なかを見せてやれよ」

「しかし——」

直次郎は、三階の窓を見あげて、尻《しり》ごみした。

「扉をあけねえと、てめえの頭に穴があくぞ」

「わかった。わかりましたよ」

直次郎は、洋服だんすのドアをあけた。なかは、からっぽだった。

HELP

「刑事さん、安心したかい？　運転手、引出しもあけて、見せてやれ」

直次郎はドアをしめて、小物入れの引出しをあけた。小さな引出しは三つ、どれもからっぽだ。直次郎は次に、下の大きな引出しをあけた。とたんに警官が、あっとさけんだ。直次郎も真実感をこめて、口走った。

「なんだ、こりゃあ！」

引出しのなかいっぱい、灰いろの粘土のようなものが、つまっていたのだ。部長刑事が手をのばして、それにさわろうとした。その頭上へ、清二の声が、

「手をひっこめろ。そいつは、プラスチック爆弾だ。うっかりさわると、ドカンといくぞ」

「ほんとうか？」

部長刑事が、どなりかえした。

「うそだ、と答えるやつが、あると思うかね。でも、この場合は、ほんとうにほんとうさ。なんなら、爆発させてみようか？　無電起爆装置で、いつでも爆発させることができるんだ。ご存じかも知れないが、強力火薬と生ゴムを、まぜたもんでね。それだけの量だと、そうさな、この建物は吹っとんじまうだろう」

プラスチック爆弾であることが、ほんとうならば、清二のいうことも、ほんとうだった。それくらいの量はある。部長刑事も、警官も、あとへさがった。頭上で、ヒュッという音がした。と思うと、なにかが落下してきて、引出しのなかに突きささった。部長刑事たちは、立ちすくんだ。セメントいろのかたまりに、深くめりこんだのは、バドミントンの羽根のよ

うなものだった。赤黄紫だんだらに染めた羽根にかこまれて、V字型の小さなアンテナが、銀いろの触角みたいに、ふるえている。

「気の毒だが、こんどこそ気をつけてくれ。そいつが信管だ。プラスチック爆弾は、起爆用の信管がなかったら、ハンマーで叩《たた》こうが、銃で射《う》とうが、爆発はしない。マッチやライターで火をつけたって、ブスブス燃えて、じき消えちまう。だから、安心して持ってあるけるんだ」

信管を発射するのにつかったパチンコを、見せびらかしながら、清二はいった。パチンコといっても、もちろん、鋼鉄の玉をはじく平べったい大きな箱のことではない。Y字型の棒の二頂点に、ゆるくゴム紐《ひも》をはりわたした飛び道具、スリング・ショットというやつだ。

「しかし、もう違うぞ。こいつのスイッチを押しさえすれば、いつでもドカンだ」

と、次にかざして見せたのは、電動玩具《がんぐ》のラジオ・コントロール装置のようなものだった。この装置と信管、金属製の組立式スリング・ショットの三点が、愛子の持ってあがった紙づつみの中身だった。

「いけねえや、こいつは――おい、逃げよう」

直次郎は、愛子を通じて自分が教えたセリフを、清二がしゃべりおわると同時に、三郎をうながして、走りだした。つられて、警官も逃げだした。勿来部長刑事も、直次郎のあとを追った。

「そうだ。そうだ。逃げたほうが、利口だぞ。警察の車も、テレビの車も、そのままじゃあ、被害をうけるぜ。被爆圏内から逃げだしたほうが、いいんじゃねえか」

清二の大声に、まず影響をうけたのは、やじ馬たちだった。やじ馬の車が後退すると、報道関係の車が、それにつづいた。警察の車も、あとへさがった。

「ぼくらも、車といっしょにあっちへいったほうが、いいんじゃありませんか？　大丈夫かなあ、こんなとこにいて」

と、不安げにいったのは、直次郎だ。勿来部長刑事につかまって、係長のところへつれてこられたのだった。係長の福本は、ブロック塀のかげに、肥ったからだをちぢめていた。

「わたしらは、ここを動くわけにはいかないんだ。怖かったら、知ってることを、早くしゃべってしまうんだな」

「さっき、いった通りなんですよ。ただこうなってみると、心あたりはあるんですがね。案内してくれた女が、とちゅうで一軒、配達してるあいだに、いなくなっちゃったんで」

「女？　どんな女だ」

「サマーコートを着たグラマーですよ」

「さっきの女か！」

部長刑事が、舌うちした。

「電話で注文もらったてのは、その女にたのまれてついたうそでしてね。実は女が店へやってきて、急ぐから、いっしょにいってくれってことだったんです。それが、とちゅうで消えちまって、まあ、ここの番地なんかは聞いてたんですけど……あのとき、爆弾をしこんだんじゃないのかな。あっ、いけねえ。金だ。まだ金をもらってなかった。それにトラック！

トラック！ ああ、困ったな」

直次郎は、いきなり立ちあがって、両手をメガホンにした。

「おうい、その三階のひと。トラックを動かしてもいいですかあ？」

「トラックはそこへおいとけ。まだ用があるんだ。その代り、洋服だんすの金といっしょに、
トラックの借り賃もはらってやる。あがってこい」

と、三階から答えたのは、ヨシツネだった。

「あがってこい、といわれたって……あの、窓から――」

ほうってくれませんか、といいかける直次郎の腕を、部長刑事の筋ばった手がつかんだ。

「あがっていく、と返事しろ。おれが一緒にいく。協力しないと、公務執行妨害で――」

「わかった。わかりましたよ」

小声で答えてから、直次郎は三階へ声をはりあげた。

「ひとりじゃ怖い。助手をつれてっても、いいですか？」

「おまえたち、ふたりだけだぞ。ほかのやつがついてきたら、ドカンとやるからな」

ヨシツネの返事に、部長刑事は助手を呼ぼうとした。だが、もうそのときには荒垣刑事が、
三郎を無線カーのかげにつれこんでいた。

「長さん、横どりしてすみません。でも、ぼくにいかしてください」

と、刑事はいった。三郎のオーバーオールも、とも色のドゴール帽も、体格のいい荒垣に

は小さすぎたが、

「なんとか、ごまかせるだろう。さあ、きみが先に立ってくれ」

「大丈夫かなあ。保証してくださいよ。ぼく、来月そうそう結婚することになってるんですからね」

第一棟のはずれの階段口に歩みよりながら、直次郎は小声でいった。荒垣刑事は、ドゴール帽のつばをひきさげながら、

「おれが部屋へとびこんだら、きみはすぐ逃げていいよ」

「それじゃあ、金がもらえない」

「しかし、きみ、やつらを逮捕できれば、品物はもどるだろう」

「その前に、やけを起されたら、ドカンですからね」

「やつらだって、自分がかわいいんだ。爆発させやしないさ。窓から射つのが、せいぜいだろう。ここのほうが、安全だよ」

刑事は直次郎を元気づけながら、階段をのぼっていった。ふたりが二階のおどり場まできたとき、三階の窓から、清二の声がひびいた。

「家具屋だけ優遇したんじゃ、片手落ちだな。おれはいざとなったら、この建物と心中するつもりだが、住んでる人たちに怨《うら》みがあるわけじゃない。こうしよう」

ここで清二は、いちだんと声をはりあげた。

「そのへんに避難してる人たちよ、吹っとばされたくない物があったら、いますぐ持ちだし

てくれ。警察さえ手をださなけりゃあ、あんたがたが、大事なものを持ちだしおわるまで、ぜったいに爆発はさせない。そのかわり、おまわりさん、塀から一歩も入るなよ。責任の重大さを、よく考えてな」

「まずいぞ、こりゃあ」

と、勿来部長刑事がいった。福本警部も、顔をしかめた。そのかたわらを、中年の主婦が走りすぎようとした。

「奥さん、いかないほうがいい」

と、部長刑事が呼びとめた。

「でも、もらったばかりのお給料が、たんすの引出しに入ってるんですよ」

主婦は走りさった。やせた部長刑事は、影が薄くなりそうなくらい、重苦しいため息をもらした。警部は眉《まゆ》のあいだに皺《しわ》をよせて、たるんだ顎《あご》の肉をひっぱりはじめた。荒垣刑事のことを、考えているのだった。

その刑事は、三十六号室のドアの前に立って、ためらっていた。

「どうします？」

と、ふるえる声で、直次郎がささやいた。

「よし」

刑事はうなずいて、ドアのわきに身をよせた。直次郎がブザーを押すと、ドアののぞき窓がひらいて、愛子の顔が見えた。のぞき窓がしまって、セフティ・チェーンの外れる音が聞えると、直次郎はあとにさがった。荒垣はポケットのなかで、拳銃をつかんで待ちかまえた。ドアがあくと同時に、刑事は室内にとびこんだ。けれど、これも同時に、その腕は横あいから、ヨシツネにつかまれていた。荒垣刑事は、大声をあげようとした。その顔を、直次郎がハンカチでおおった。麻酔薬をしみこませたハンカチだ。刑事はたちまち、おとなしくなった。

「さあ、忙しいぞ。いよいよ大詰めだ」

直次郎はオーバーオールをぬぎすてながら、室内を見まわした。人質の細君は、タオルで目隠しまでされて、ピンクのパンティひとつのからだを、壁ぎわにすくめている。愛子は細君から、無断借用したブラウスと、スラックスをつけていた。ヨシツネは、荒垣刑事からとりあげた警察拳銃を、点検している。すべて、指示どおりだ。直次郎はオーバーオールの内がわから、縫いつけてあった数枚の金属板を、とりはずした。細長い金属板は、分解すると何本もの棒になり、それを組立てると、九十センチ四方ぐらいの箱――いや、箱型の粗《あら》い籠《かご》になった。

「さあ、浪川さん、上衣をぬいで、こんなかへ入ってくれ。あとは外装の届くのを、待つばかりだ。こういう依頼にそなえて、ふだんから、こういうものを用意しとかなきゃならない。資本のいる仕事だよ」

と、直次郎は首をふって、

「それを考えると、三十万は安いなあ。ああ、安い。べらぼうに安い。べらやすだ」

7

社員寮の住人たちは、それぞれの部屋の階段口へかけこんで、なかなか出てこなかった。女や老人ばかりでなく、ニュースを聞いて、職場からかけつけた亭主たちも、まじっていた。プラスチック爆弾の破壊力を過大評価して、第二棟、第三棟、第四棟へ走っていった人たちもいる。時間がたった。十分。二十分。大風呂敷をせおった中年の主婦が、まんなかの階段口へあらわれた。これが、皮きりだった。ほかの人たちも、大きな荷物をかかえて、あらわれはじめた。カラーテレビのボール函《ばこ》を、ふたりがかりで担《かつ》ぎおろすもの。洋服だんすを、三人がかりで担ぎおろすもの。背には大きなリュックサック、右肩にはスキーとストック、左肩にはカメラのバッグを、ひとりで担いで、よたよた出てくるもの。亭主のゴルフバッグだけを大事にかかえて、走りでてくる若い主婦。さまざまな人間が、さまざまなものを担いで、建物から出てきた。

三階のはずれの窓には、ずっと人影があった。窓ぎわにあぐらをかいて、いい気持ちそうに、こちらを眺《なが》めているらしい。

寮から出てくるひとのすがたが、まばらになった。若い学生とふたりがかりで、荷物をいくつも積んだベッドを、担ぎおろした大柄な主婦が、最後だった。福本警部は、手持ち拡声機を、三階の窓にむけた。

「さあ、どうする気だ？　こちらも、甘い顔ばかりはしていられない。そこで死ぬ気なのか？　そこの奥さんや、おまえの女を道づれにして、いいと思うのか！　家具屋はどうした？」

　返事はなかった。勿来部長刑事が、係長の顔を見た。福本は拡声機のスイッチを切ると、眉をしかめて、あたりを見まわした。

「長さん、もうひとりの家具屋は？」

「さあ。さっきまで、そこらにいたようでしたが……」

「おかしいな。ここらで踏んぎりをつけなきゃ、いけないらしいぞ」

「やりましょう」

　部長刑事は、警官たちに合図をした。警官たちの半数が、ブロック塀のかげに身をかがめたまま、第一棟の裏がわにまわりはじめた。福本警部は、もういちど拡声機を、三階にむけた。

「どうした？　返事をしろ。返事をしないと、発砲するぞ」

「なにをいうんです、警部さん！」

　拡声機を持った福本の手に、すがりついたのは、人質にされている細君の夫だった。さっき荒垣刑事が、安全な場所へつれていったのに、いつの間にか、もどってきたらしい。

「発砲するなんて！　妻にもしものことがあったら……」

　青ざめた顔から、とびだしてくる声までが、青いスプレーみたいだった。

「威嚇《いかく》射撃です。やつらを窓から遠ざけておいて、その隙《すき》に建物に入りこもうってわけですよ。うまくいけば、となりの窓から、催涙弾を射ちこめるでしょう」

「でも、その前に――」

「大丈夫、やつらにも、威嚇射撃だってことはわかる。それがわからないようなやつらなら、こんなに持ちこたえられやしません。威嚇射撃ぐらいで、おたつくような玉じゃないからこそ、われわれは苦労してるんです」

三階の窓から声がしたのは、そのときだった。

「助けて！　だれかきて、早く！」

女の声だ。ふいに若い夫が、意味不明のさけびをあげると、階段口めがけて、走りだした。とめようとする係長の耳に、女の声がつづいてひびいた。

「早くきてください。このひとたち、違うんです。あいつらじゃないんです！」

人質の主婦の声だ。窓ぎわに、頭の上のほうだけ見えていたふたつの人影が、あわてて立ちあがった。

「しまった！」

福本警部は、猛然と走りだした。肥ったからだが、意外なくらい、すばやく動いた。ほかの刑事たちも、あとにつづいた。勿来部長刑事は夫につづいて、ひと足さきに階段をかけのぼっていた。福本警部が三十六号室へとびこんだときには、夫の肩に裸の上半身をあずけて、細君が泣きじゃくっていた。その手足のいましめを、夫がほどいてやっていた。六畳のまんなかには、荒垣刑事がうつぶせに倒れていた。四畳半のまんなかでは、勿来部長刑事が、ふ

たりの男に拳銃をつきつけていた。ふたりの男は、おろおろしながら、

「ほんとですよ。違うんです。ここの奥さんのいう通り」

「あっしはなんにも知らないんだ、ほんとに。ええ、ただ頼まれただけなんで」

と、かわるがわる口走っている。福本はまず、荒垣刑事のそばに片膝をついた。刑事は意識をうしなっているだけで、手首の脈はしっかりしていた。ほっと息をついた福本警部の耳に、男たちの声が聞えた。

「そりゃあ、金はもらいましたがね。なんの関係もないんですよ。はじめてあった男です、おれたちとは、ほんとうに」

「ただボール紙の入った服をきて、みんなが荷物をはこびだしに、ここへ駈けこんだとき、まぎれこんだんです。へえ」

「ボール紙？　なんのことだ、そりゃあ？」

これは、部長刑事のどなり声だ。

「あっしらがここへ入ったときには、ジュラルミンの檻《おり》みたいなものができてましてね、へえ、そんなかに足をけがしたほうが、うずくまってたんです。服の裏につけてあったボール紙を、その檻にくっつけると、これがカラーテレビの外函になりましてね。もうひとりの仲間と家具屋が――この家具屋になりすましてたのが、あっしたちを五千円ずつで雇ったやつなんで――まあ、そのふたりが函を、はこびおろしたわけなんですよ。こんな仕事だとわかってたら、あっしたち、引きうけやしなかったんですが……なあ？」

「そうなんで、まったく。それから、いいわすれましたけど、犯人ふたりは、おれたちの服をきていきました。もっとも、おれたちの服といったって、おれたちのものじゃないんで、その――おれたちが、これを着てけ、といわれて……」

「そんなことより、女はどうした？」

これも、部長刑事のどなり声だ。

「ゴルフバッグのなかに、猟銃をしまいこんで、出てきましたよ。家具屋のやつは、銃なんかおいてけっていってたけど、ちょうどバッグがあったもんだから」

「ゴルフバッグ！　ぼくのバッグか！」

パンティひとつの細君を、ひと目にさらすまいとして、しきりに楯《たて》になっていた夫が、あわてて押入れへとびついた。

「あなた！」

細君の悲鳴も、耳に入らない様子で、

「まだ二回しか、月賦をはらっていないんだ。ああ、ぼくのゴルフバッグ！」

と、夫は押入れの襖《ふすま》をあけた。その顔に、ハーフセットのクラブが、倒れかかった。

「これじゃあ、あのプラスチック爆弾だって、怪しいもんですな、係長」

部長刑事が福本をふりかえると、清二の代役をつとめた男が、口をはさんだ。

「そうだ。ことづてがありましたっけ、旦那がたに――ありゃあ、うどん粉を練って、色をつけたもんだそうで。その色は、安全無害な食用色素ですから、ご心配なく。おこのみ焼にでもして、あとで楽しんでください、ということでした」

8

三鷹《みたか》から甲州街道へぬける舗装路を、一台のステーションワゴンが、事務機械のボール函を四つばかり積んで、走っていた。ワイシャツすがたで、運転しているのは、片岡直次郎だ。顔料を落し、ふくみ綿も吐きだした代りに、ごていねいに長い毛を一本はやしたホクロをつけ、ヘアーピースで額をせまくして、顔の感じをまた変えている。サングラスも、型のちがったものに、かけかえていた。

「検問にあっても、あわてちゃいけませんよ。蓋《ふた》をあけられたって、キャビネットに見えるように、スティールの中蓋が入ってる。さっきのテレビの函とは、できが違うんですから」

ひとりごとみたいに直次郎がいうと、すぐうしろの函のなかから、浪川清二の声が聞えた。

「そんなことより、残してきた身がわりは大丈夫か？　よけいなことを喋《しゃべ》らねえだろうな」

「そりゃあ、自分が助からなきゃならないから、あらいざらい喋るでしょうよ。でも、ぼくはやつらをよく知ってるが、やつらはぼくをろくに知らない。あんたがたのことは、なおさらだ。それに、ある場所へいくと、二万円ずつ受けとれるようになってるから、警察へもすこしは、うそをついてくれる。たとえば、あんたがたに着せた服の特徴とかね」

「なかなか考えて、エキストラを使ってるらしいな」

「そりゃあ、もう。三十万は安いでしょう？」

「それを二倍、三倍にしたくねえか」

「仕事がふえるってことですね」

「愛子の車は、すぐうしろかい？」

「いや、かなり離れてます」

　ウイングミラーに目をやって、直次郎は答えた。ボール函との会話を怪しまれるほど、まわりに車の数は多くないが、うしろにトラックが一台、従っている。そのまたうしろに乗用車が一台、これはヨシツネをとなりに乗せて、シズカゴゼンではなく、愛子が運転している国産車だ。

「そんならいいが、ふたりが相談してるようには、見られたくないんでね」

「つまり、ヨシツネ氏はもちろん、奥さんも信用してないってことですか」

「そこへいくと、あんたはビジネスで割りきって、つきあえるひとらしい。頭の働きも、申しぶんないようだ」

「ちょっと待ってくださいよ。*faa* は、私立の救急センターだ。モラルの問題は、おあずけにして、困ってるひとは助けるけど、人殺しの手つだいなんぞは……」

「そんなことなら、ひとに頼むまでもねえ。自分でやるさ。実はゆうべの仕事、まったくあてが外れたんだ。さっき、愛子にあずけた革袋な。あのなかの宝石なんぞ、おれは目じゃなかった。ヴィーナスのへそだ、知ってるか？」

「ミロのヴィーナスなら、日本に来たとき、見ましたがね。さあてな、おへそのぐあいは……」

「ダイヤモンドの名前だよ。有名な赤いダイヤモンドだ。赤いダイヤっていったって、アズキのことじゃない。ほんとのダイヤだぜ」

「赤みを帯びたダイヤモンドか。めったにないんでしょう、そういうのは?」

「そうらしいな。しかも、形がよくて、大きいときてる。ゆうべ、おれたちが押しこんだ店は、ただの貴金属商じゃねえ。盗品のブローカーも、裏口でやってるんだ。先月、ホンコンで盗まれたヴィーナスの――」

「ヴィナスズ・アムビリカスか。思いだしましたよ。日本で展覧会に出品するとかって、なにかで読んだような気がするけど」

「実は盗まれちまって、保険会社がやっきで探しているんだ。いつの間にか、そいつを手に入れてやがって、売りに出してたのさ、その店の主人が。うまく、ユダヤ系の大金持ちで、ベイルートに住んでるなんとかってのと話がついて、近ぢか、そいつが来日するって聞いたもんでね……」

「ブツを横どりして、売り手になろう、と考えたわけですか?」

「そういうことだ。けれど、まだ売り手にはなりきっていない」

「店にはなかったんですね? それで、信用してない奥さんに、平気で宝石の革袋をわたしたのか」

「だから、頭にきて、おまわりに見つかったとき、射ちころしちまったんだ」

「ほんとのありかも、見当がついてるんですか、赤いダイヤの？」

「天城《あまぎ》の別荘に、あるらしいんだ。そこへたどりつくのも、ヴィーナスのへそを独占するのも、苦難にみちた仕事ってわけさ」

「わかりました。引きうけましょう。これまでのもひっくるめて、五十万で」

と、直次郎は即座にいった。

「欲がないんだな、きみは」

「五十万は、基準価格ですよ。金庫が見つからなかったり、あけかたがむずかしかったりしたら、十万ずつ増やしていただきます」

直次郎は、ニヤリと笑った。強盗犯人も、ボール函のなかで、ニヤリと笑った。どちらも、笑いかたはおなじだったが、意味はぜんぜん違っていた。

9

片岡直次郎の運転する車は、小田原《おだわら》のはずれから、有料道路の箱根ターンパイクへ入った。トール・ゲイト（料金徴収所）をくぐって、急勾配《きゅうこうばい》のブラックトップ・ロードを、早川を右に見おろしながら、のぼっていく車は、ステーションワゴンではない。厚木《あつぎ》あたりまで、愛子が運転していた国産車だ。となりにはヨシツネ、うしろにはボール函から出た清二と、愛子がならんでいる。ステーションワゴンは、厚木市のはずれの林のなかへ、棄《す》ててきたのだった。午後四時には、盗難届が出ているはずだから、やがては発見されて、持主に帰るだろう。そういう手はずで、借用料はあと払いの契約になっている。

「畜生、腹がへったな」

と、ヨシツネがうめいた。

「ホットドッグを五本も食べてから、まだ三十分たってないのよ。あんたのおなか、底なしなの？」

愛子が、あきれたような声をあげた。

「これから当分、なんにもありつけないだろう、と思うとね。とたんに、腹がへっちまったんだ」

「大丈夫だよ。別荘の冷蔵庫に、なにか入っているはずだ」

と、清二《が》がいった。愛子とヨシツネには、これからいく天城の別荘を、ひとから借りた一時的な隠れ家みたいに、話してあるのだった。

直次郎は黙って、ハンドルをあやつりつづけた。ウイークデイの有料道路に、車のかずは多くない。タール舗装の黒ずんだ道は、いったん平らになってから、ゆるやかにのぼりはじめ、崖《がけ》の切り通しをいくつも走りぬけて、左右に崖を見おろすようになる。あたりはだんだん、薄暗くなってきた。夕方になったせいばかりではない。霧が出はじめたからだった。崖の入りくんだあいだに、思いがけなく、海が見えた。はるか下界にあるはずの相模湾《さがみわん》が、灰いろの屏風《びょうぶ》を立てたみたいに、正面に見えるのだ。だが、それもたちまち、霧におおわれてしまった。直次郎はフォッグライトをつけて、車をすすめた。ポタージュのなかを走っているような感じが、不安をさそったのだろう。ヨシツネも、清二も、口をきかない。愛子は清二の肩にもたれて、眠っていた。

この三人のなかで、いちばん気をつけて扱わなければならないのは、ヨシツネだ、と直次郎は考えていた。愛子と清二は、ふたりとも、欲得ずくで動いている。それぞれの計算を読みあやまらなければ、さばくこともむずかしくはない。だが、ヨシツネとなると、単純なだけに、かえって始末がわるいだろう。きっかけしだいで、欲も得もわすれかねない。なにをやりだすか、わからないわけだ。おまけに直次郎には、神経をつかわなければならないことが、ほかにもある。ターンパイクを出たところは、大観山だった。箱根の町から、湯河原《ゆがわら》へでる道のとちゅうだ。

「箱根の町から峠《とうげ》をのぼって、スカイラインへ入ったほうがいいわ」

寝ているると思った愛子が、はっきりした声でいった。いわれた通り、直次郎は坂道をくだって、夜の町へ出た。長距離トラックにまじって、箱根峠へのぼると、まず十国《じっこく》スカイラインへ入った。こんどは霧はなかったが、その代り、はげしい風が吹いていた。下方に見える熱海《あたみ》の灯《ひ》までが、風に吹きさらわれそうな感じだった。

くねくね曲るスカイラインを走っていくと、風はますます強くなった。ヘッドライトにむかって、ときどき、雲のような黒いかたまりが、飛びかかってくる。と思うと、車の屋根で、ガサガサ不気味な音がした。

「なんだ、ありゃあ？」

と、ヨシツネが口走った。

「怪獣だよ」

と、直次郎が答える。

「怪獣？」

「そう。伊豆《いず》に年古《としふ》る怪獣エダゴンだ」

「ほんとか、おい……エダゴンって？」

「ばかね。木の枝じゃないの」

と、愛子がいった。

「木の枝が、風に吹きとばされるのよ。前にすわってて、そのくらいのことがわからない？」

「なあんだ。おどかしゃあがる」

「そんな軽蔑《けいべつ》したような声をだすなよ。こっちにしてみれば、ヒヤヒヤものなんだぜ。大きな枝がぶつかってきた拍子《ひょうし》に、ハンドルを切りそこねたら、どうなると思う？　そこが、曲り角だったりしたら……」

と、車のスピードをあげながら、直次郎がいった。

伊豆スカイラインへ入ると、直次郎はますますスピードをあげた。ウイングミラーに、気になる光が、見えがくれするせいだった。狐《きつね》の嫁入り提灯《ちょうちん》や、セント・エルモの火ではない。もちろん、自動車のヘッドライトだ。それも、一台ではない。二台だった。

「いまごろになって、変なのが出てきたようですよ」

と、直次郎はいった。清二はうしろをふりかえって、

「つけてるのかな、おれたちを」

「気のせいじゃない？　この道路、あたしたちの専用じゃないんですもの」

と、愛子がいった。直次郎は首をふって、

「いや、あの間のとりかたは、尾行とみて間違いないな。いちおう、逃げてはみますがね。だめな場合は、たたかう覚悟をしててくださいよ」

なにしろ、くねくね曲ってはいても、一本道の有料自動車道路だ。どこへも、逃げこむことはできない。伊豆スカイラインを、早く出ることだった。直次郎は、車をすっとばした。しかし、風はいっこうにおさまらない。まっ暗な道のまんなかを、木の枝や草のかたまりが、生きものみたいにころげまわって、いきなりヘッドライトに飛びついてくる。大きなやつは、よけなければならない。

「でも、いやに……」

フロントシートの肩につかまりながら、清二がいいかけた。そのまま、あとの言葉がでなかったのは、舌を噛《か》みそうになったからだ。けれど、なにをいおうとしたのか、直次郎には察しがついた。二台の尾行車が、いっこうに追いあげてこないふしぎさを、いおうとしたに違いない。こちらにあわせて、スピードをあげてはいるが、間隔はむしろ、ひらき加減なのだ。直次郎は、速度を落してみた。それでも、間隔はちぢまらない。

「このぶんだと、襲ってくる気はなさそうだな」

と、直次郎はつぶやいた。荒垣刑事からとりあげた警察拳銃を、膝の上でにぎりしめながら、ヨシツネがとなりで、

「畜生、ポリだろうか？」

「だったら、こんな尾行のしかたはしないよ。それに、警察につけられるようなヘマもしていない。心あたりがありますか？」

直次郎がバックミラーに聞くと、清二は意外に落着いた声で、

「ないな」

「いけねえ。急にやつら、張りきりだしやがったぜ」

と、ヨシツネが口走った。愛子も清二も、ふりかえった。闇《やみ》のなかで、ヘッドライトが大きくなっている。直次郎はあわてて、スピードをあげた。だが、間隔はせばまるばかりだ。追いすがるヘッドライトの光をあびて、ついにこちらの車内が明るくなった。

「畜生、むこうのほうが性能がいいんでやがら」

ヨシツネは舌うちして、ドアの窓ガラスをおろしはじめた。身をのりだして、射つ気らしい。吹きこむ風にさからって、直次郎はさけんだ。

「射つな。みんな、首をすくめろ！」

尾行車から、銃弾は飛んでこなかった。いきなり、一台が右に出て、こちらの車を追いぬいたと思うと、減速しながら、道はばいっぱいに蛇行《だこう》した。これでは、こちらとしても、む

こうさまの注文どおり、停車しないわけにはいかない。車を斜めに道ばたへ寄せると、タイヤが砂利を蹴ちらす音がした。車がとまると、愛子はドアをあけて、飛びだそうとした。とたんに、ヒャーッという声がした。車内に、突風が吹きこんだ。声のぬしは愛子だった。ドタンとドアがしまると、ヒャーッの意味が、はっきり聞えた。

「なんにもないわ。ドアのそとは空よ！　下はまっ暗な谷底よ！」

ひろい空間であることは、確かだった。けれど、なんにもない、というのは、愛子の早合点《はやがてん》だ。そこは、相模湾がわに山がひらけて、展望台になっているところだった。砂利を敷きつめた半円形のスペースがあって、低い手すりが囲んでいる。手すりのむこうは、削《そ》ぎおとしたような崖で、いまは闇一色の底に、いくつかの灯がきらめいているだけだった。そこへ車を乗りいれて、直次郎はとめたつもりなのだが、手すりぎりぎりに、斜めにとまってしまったのだ。左がわぜんぶが空間、というわけで、風は前にもまして、すさまじい。

「みんな、とにかく、じっとしていてください。やつらの出かたを、見たほうがいい」

と、直次郎はいった。むこうの車は二台ともとまって、ライトもぜんぶ消している。こちらもライトは消したから、あたりはいちめん、濃密な夜があるばかりだ。

「そんなことといってないで、なんとかしてちょうだいよ、あんたが出てって」

と、愛子がいった。清二にではない。直次郎にむかってだ。

「そりゃまあ、カストマー・イズ・ザ・キングだ。やれとおっしゃりゃ、やりますがね。ぼくはなんにも、武器を持ってないんですよ」

「これを貸そう」

清二が拳銃をさしだした。直次郎はそれを受けとりながら、

「ついでに、奥さんがお持ちの革袋も、貸してください」

「なんだと?」

声をとがらしたのは、ヨシツネだ。

「餌がわりに、つかうんですよ。そいつを預ってりゃ、置いてき堀にされる心配もない。ぼくが餌にされるのは、ごめんですからね」

「いいだろう。渡してやれ」

と、清二がいった。宝石のつまった革袋を、愛子がわたすと、そっと直次郎は車のドアをあけた。小腰をかがめて、車外へ出たとたん、むこうの車が一台だけ、ヘッドライトをつけた。その光のはずれに、拳銃をかまえた男の手が、くっきり一瞬、浮かびあがった。前輪のかげに、男はうずくまっているのだろう。手にしたオートマチックが、やたら大きく見えたのは、サイレンサーをつけているからに違いない。

「待て!　射つな。射たないでくれ!　この通りだ」

直次郎は両手をあげながら、車から離れると、闇の空間を背にして立ちはだかった。というと、いかにも堂々としているようだが、前かがみになって、足がふらついている。はげしい風に、うしろから押しまくられているせいばかりでは、なさそうだった。清二の拳銃も、宝石の革袋も、ポケットに入れているのか、両手はからだ。

「その男を見ならって、あとの諸君もそとへ出てもらおうか」

男の声がしたのは、もう一台の暗い車の窓からだった。ヘッドライトをつけた車のそとにいるほうは、むかい風をうけて、口をひらくどころではないのだろう。

「待ってくれ。ぼくが代表で話を聞く。いったい、なにをしようというんだ？」

と、直次郎がどなった。前とおなじ車の窓から、声が答えた。

「きみたちを、どうしようってわけじゃない。モノしたモノを、おいていってもらいたいだけだ。宝石だよ。ぜんぶだぜ。いやだというのなら――」

「射つんだろう？　わかった。わかったよ。モノはここにある。袋を出すだけだから、間違えないでくれよ」

直次郎は、右手を内ポケットに入れて、革袋をとりだした。

「これで、ぜんぶだ。ただ渡すまえに、ちょっと聞きたいことがあるんだが、いいかな？」

「なんだ？」

と、車のなかの男がいった。

「どうやってつけてきたか、後学のために教えてくれないか？」

「教えられないね。職業上の秘密ってやつだ。あきらめて、そいつを抛《ほう》れ」

「持ってく。持ってくよ。そこのひと、動かないでくれ。ちょうどふたりのあいだに、これを置くからな。いいかい？　ぼくがあとへさがってから、持ってってくれよ」

ヘッドライトのかげの男が、左手をふった。直次郎は、右手に革袋を高くかかげながら、

風に吹きまくられるようにして、よたよた前にすすんだ。砂利を敷きつめた半円形のスペースのはずれに、革袋をおくと、

「まだですよ。まだ、まだ、動かないでくださいよ」

手をふりながら、直次郎は後退した。ヘッドライトのかげの男が、立ちあがった。

「畜生、あいつ、裏切りゃがった！」

ヨシツネが口走って、ドアをあけた。ライトのかげの男が、光のなかへすすみでた。太いサイレンサーのついた拳銃を、直次郎にむけながら、男は革袋に左手をのばした。ヨシツネは、警察拳銃をかまえると、引金をひいた。ものすごい銃声が、一瞬、山の静けさを押しかえした。男は肩をおさえながら、さけび声をあげて、ひっくり返った。ヘッドライトをつけた車のなかから、もうふたり、男がとびだしてきた。

直次郎は舌うちしながら、片膝《かたひざ》をついて、両手をひろげた。その手から、バサバサバサッと音を立てて、なにかが飛んだ。チャンスのつかみかたに、誤算はなかった。飛んでいったものは、ひとつではない。前後して飛んでいったものが、ふたりの男の顔に貼《は》りついた。ふたりは声も立てずに、ひっくり返った。

直次郎は身をかがめて、革袋に走りよった。革袋をかっさらって、車に駈《か》けもどろうとしたとき、暗いほうの車から、男がひとり飛びだした。サイレンサーつきの拳銃が、ブスッブスッとぶきみな音を立てた。だが、男は強風によろめいて、狙《ねら》いをさだめることができなかった。

「あぶねえ。射つな！」

ヨシツネに肩を射たれた男が、おびえた声をあげた。直次郎は車にとびこむと、ヨシツネを運転席から押しのけた。

「どけよ。エンジンぐらい、かけとくもんだ」

敵方はたったひとりで、倒れた三人を収容するのに、一所懸命だった。直次郎は車をバックさせると、ハンドルを大きくまわして、ライトをつけた車のわきを走りぬけた。

「なによ、さっきのは？　いったい、どんな忍法をつかったの？」

うしろから身をのりだして、愛子が聞いた。直次郎は横目で、ヨシツネをにらみながら、

「こっちのガンには、サイレンサーがついていない。どんなオッチョコチョイのばかだって、ぶっぱなす気にゃなれないでしょう？」

「わかった。おれが悪かったよ。あんな奥の手をつかうつもりとは知らねえから、つい——」

と、ヨシツネは肩をすくめた。愛子は口もとを、皮肉にほころばせて、

「だから、説明が聞きたいのよ。なにかバサバサッていって、飛んでったと思ったら、ふたりとも倒れちまって……」

「ドラキュラ伯爵直伝《じきでん》の魔法で、吸血こうもりを呼びよせて、襲いかからせたわけじゃないですよ」

「でも、武器は持ってないって……」

「武器じゃない。だれでもたいがい、日に一度は手にとって見るものです」

「新聞か！」

直次郎がバックシートに投げこんだ革袋を、手の上でもてあそびながら、清二がいった。

直次郎はうなずいて、

「そのへんに放りだしてあったのを、背中につっこんで出たんです。二、三日まえのだけど、よっぽどショッキングな記事が出てたんでしょうよ」

風の強さと相互の距離、手を離した位置とがあいまって、適確にひろがった新聞紙が、すごい圧力で顔に貼りついて、ふたりを気絶させたのだ。

10

直次郎の運転する車は、伊豆スカイラインを出はずれて、天城の山道へ入っていた。林のあいだの道は、風は強くないが、空が曇っているせいで、暗さはひとしおだ。ヘッドライトがとどかないところは、鬼があぐらをかいていても、わからないような闇だった。

「ここまでくりゃあ、大丈夫だろう」

と、ヨシツネがいった。そのとき、愛子がとつぜん、妙な声をあげた。

「どうした？」

浪川清二が、あわてて聞いた。服の襟もとをかきあわせながら、愛子は小声で、

「いま、なにかが窓のそとに――」

道場主に望ま
する桃太郎。
ュースポット
一匹狼「殺しの依頼人」
天知茂、瞳麗子、丹波

「すいません。木の枝が落ちてたのを、タイヤが蹴とばしたらしい。そいつが、飛んだんでしょう」

と、直次郎がいった。

「もっと大きなものみたいだったけど……」

「いのししかも知れないな。ここは天城の山中だ。出ても、ふしぎはないだろうから」

と、清二がいった。ヨシツネは、うしろの窓をふりかえって、

「もしそうなら、射ちころすか。いのしし鍋《なべ》も悪くねえぜ」

「ありゃあ、冬のもんだ。こんなとこで車をとめて、ぐずぐずしていられるかよ。別荘へたどりつくのが、まず第一だ」

清二は身をのりだして、ヘッドライトに照された山道を、見すかした。

「その林のとぎれたところを、右に曲るんだ」

山荘は洋風の二階建てで、崖を背に、まあたらしく建っていた。清二がさきに入って、灯《あか》りをつけた。一階はぜんぶが居間で、それにキッチンがついている。大きな煖炉《だんろ》とむかいあいに、フランス窓があって、そとが崖につきでたテラスになっているらしい。窓ぎわに立ってみると、遠く小さく、ほかの別荘の灯が見えるばかり。それが星のようで、宇宙ステーションへ配属されたみたいな気分だった。

愛子は肩をすくめて、ため息をついた。清二も首すじをもみながら、大きな椅子に沈みこんだ。ヨシツネだけは上機嫌《じょうきげん》で、キッチンから出てきた。両手に罐《かん》入りビールや、コーンビ

ーフをかかえこんでいる。

「キッチンの戸棚《とだな》に、まだまだあるぜ」

と、ニコニコ顔で、絨緞《じゅうたん》の上に大あぐらをかきながら、

「兄きもどうだい？　こいつは豪勢な気分だ。これで女がいりゃあ、申しぶんないんだがね」

「いるじゃないか」

清二は罐入りビールをうけとりながら、愛子のほうへ顎をしゃくった。

「そりゃあ、いることはわかってますがね。意味がちがうよ」

「意味もクソもあるもんか。どうせ、だれだっていいんだろ？　だったら、これは上等なほうだぜ。生きはいいし——」

「なにをいうのよ。へんな冗談、やめてちょうだい！」

愛子が眉をひそめると、清二はつめたい笑顔《えがお》をむけて、

「冗談じゃないんだ。むきになった顔の演技はお見事だが、計画のほうはあんまりお見事じゃなかったな。おい、ヨシツネ、この女はな。おれたちの収穫を、ひとり占めする気なんだぜ。さっきスカイラインで、おれたちを襲った連中は、愛子がやとったものなんだ」

「ほんとか！」

ヨシツネが、ビールの罐をつかんだまま、立ちあがった。愛子の顔から、血の気がひいた。

「うそよ。うそだわ、そんなこと！」

「そのいいかたは、ほんとだってことさ。いままでの愛子なら、怒ってくってかかるところだ。かまわねえから、思うぞんぶん、かわいがってやれ。直さん、おれたちは遠慮しようぜ」

清二は、直次郎の肩をたたいた。直次郎がうなずくと、愛子はすがりつくような声で、

「片岡さん！」

「このひとは、ビジネスマンだ。だれが金を払うのか、ちゃんと知ってるよ」

清二はにべもなくいって、二階への階段をのぼっていった。直次郎が、それにつづいた。

愛子は青ざめて、フランス窓のほうへあとじさった。ヨシツネは舌なめずりをして、片手に持ったビールの罐を、にぎりしめた。ものすごい力だった。罐は砂時計のガラス筒《づつ》みたいに凹《へこ》んで、同時に飲み口の穴から、ビールが泡《あわ》をふいて、ほとばしった。それが水鉄砲のように、愛子の顔に命中した。

愛子は悲鳴をあげて、両手で顔をおおった。ヨシツネはビールの罐を投げすてて、とびかかった。軽がると抱えあげられるまで、愛子のショックはおさまらなかった。煖炉の前の絨緞にほうりだされるまで、愛子は両足でもがきつづけた。ロウヒールの靴が、天井へふっとんだ。その片っぽが、ヨシツネの頭へ落ちてきた。ゴツンという音がしたが、ヨシツネは平気だった。ただ思わず、両手から愛子を落した。愛子は長椅子のむこうに、さかさまに落ちた。気は失わなかったが、スラックスの両足を、椅子の上に逆立てたまま、しばらく動くことができなかった。両足はゆっくり折れまがって、椅子の上に落ちてきた。借り着のスラッ

クスの腰に、くっきりパンティの線が見えた。ヨシツネは生つばを飲みこむと、武者ぶるいしてから、熊《くま》のように吼《ほ》えた。

11

「この額のうしろに、金庫があるはずだ」

二階の寝室のひとつでは、清二が壁の額を指さしていた。絵はビュッフェで、バックレスの水着をきたアナベル夫人の肖像だ。複製だが、よく出来ていて、原寸らしい。縦が一メートル以上、横も一メートルちかい額を、清二の手をかりて、直次郎は外した。下の壁には、五十センチ四方くらいのスチールの扉《とびら》が、うまっていた。

「かなりでかいなあ。こんな別荘に放置しておくだけあって、なかなか精巧だ。でも、焼き切られたら、こんなの、どうしようもないですよ」

「そんな心配より、早くあけてくれ。焼き切らなきゃだめだとなったら、大ごとだぞ」

「まあ、まかせて、静かにしててください」

直次郎はポケットから、医者のつかう聴診器をとりだした。イアピースを耳に押しこむと、片手でダイアルをまわしながら、そのわきに片手で聴診器をあてた。首をかしげて、静かにダイアルをまわしながら、直次郎はニヤッと笑った。

「こんなところだろう。新記録を樹立するまでには、至りませんでしたがね。もう、あきますよ。ついでにいっときますが、その拳銃はしまっといたほうがいい。あたしを殺すと、損しますぜ」

　清二は答えなかった。直次郎は、聴診器をポケットにしまいながら、ふりかえらずにつづけた。

「あたしの友だちが、いま封筒を一通、あずかってるんです。あたしからの連絡が、あすいっぱいないと、友だちはその封筒をひらく。こんな段どりになってましてね」

「ハッタリはやめろよ。その手紙を書くときはまだ、この別荘のことを知らなかったはずだぜ」

「封筒の中身が、告発状だなんていいましたか？　暗号の解読法なんですよ、あたしの考えた」

「暗号？」

「友だちってのは、例のステーションワゴンの持主でしてね。車がもどったら、まずグラヴコンパートメントをひらいて、あたしが残した暗号文書を発見する、というわけだ。新幹線のなかで、平気でハガキが書けるんですよ、あたしは。おまけに両手で、別べつのこともできる」

　直次郎はバンザイをすると、右手の指さきでイロハを、左手の指さきでＡＢＣを、同時に壁に書いてみせた。

「恐れいったよ。その話を鵜《う》のみにはしないが、おまえさんなら、なにか手が打ってあるかも知れないな。しかし、うしろに目があるのか、あんた？」

「うしろ目のえらいひと（牛込の矢来下）って、古典的ダジャレがありますな。ぼくはそれほど、偉くない。これこそ、ハッタリですよ」

「いいから、金庫をあけてくれ」

「あとは、あんたでも出来る。扉をあけるだけだから」

直次郎が壁ぎわから離れると、清二は歩みよって、ハンドルに手をかけた。

「あかねえじゃねえか」

「そうですか？　だったら、ぼくにやりなおさせるより、自分でやったほうが早いでしょう。番号の組みあわせは、ご存じのはずだ」

「なんだと？」

清二がふりかえろうとしたとき、いきなり入り口のドアがあいた。銃口が四つ、飛びこんできた。拳銃の銃口が三つ、ライフルの銃口がひとつ。もちろん、そのうしろに人間もくっついている。拳銃のひとりは、ヨシツネに肩を射たれた男で、片腕を三角巾《さんかくきん》で吊《つ》っていた。あとのふたりも、あのときの男らしい。ヨシツネが持っていた猟銃を、自分のものみたいに構えているのは、愛子だった。シャツブラウスの裾《すそ》から下は裸で、おでこに紫ばんだ瘤《こぶ》ができている。

「待った。待った。待ってくださいよ。早トチリは、いけません。いっときますが、ぼくらを殺すと赤いダイヤモンド、ヴィーナスのへそのありかは、わからなくなりますからね」

ベッドの横で、両手をあげながら、直次郎がいった。

「ふん、なにをいうのよ」

と、愛子がとがった声を返した。

「そのご様子では、ヨシツネ君、だいぶ手ひどい反撃をくらったようですな。しかも、目的を達しないうちに、いたましや、殺されちゃったんじゃないですか？」

「まだ息はしてるけど、もうじき、しなくなるでしょうね。このひとが——」

と、片腕を吊った男へ、愛子は顎をしゃくって、

「自分を射った男だと知って、容赦なく銃でぶんなぐったから」

「愛子、どうやって、こいつらを呼びよせたんだ？　きみにしちゃあ、上出来だぜ」

と、清二が口をだした。

「ごまかされないわよ。ベルトにさした拳銃を、お出しなさいな」

「出すよ。しかし、聞きたいのは、ほんとうだぜ」

うしろ腰にさしていた拳銃をぬいて、清二は床に投げだした。男のひとりがひろいあげて、愛子に渡した。愛子はライフルを壁に立てかけて、拳銃をかまえながら、

「わからないの？　直さんはおわかり？」

「さっき、いのししを見たとかなんとか、妙な声をあげましたね。車んなかで——バックミラーで、ちらっと見たんだが、あんた、なにか襟の内がわから落しかけて、あわてて押さえた。思わず声をあげたのは、あのせいなんでしょう？　あれが、尾行電波の発信機だったんじゃないかな。スパイ映画でおなじみになりすぎて、現実につかわれようとは、思わなかっ

たけれど」

「あたったわ」

「スカイラインのひと幕で、おへそが革袋のなかに入ってないってことは、察しがついた。そこで、ここへ呼びよせたんだろうが、その銃口、気になるなあ。もののはずみで、射たないでくださいよ。赤いダイヤ、欲しくないんですか」

「ほんとに怖《こわ》いの？」

「ほんとに怖い。さっきから、オシッコをもらしそうで、困ってるんです」

「そんないくじのないひと、用はないわ。ヴィーナスのへそは、その金庫のなかにあるんでしょ？」

「ちぇっ、あかねえや」

愛子が目くばせすると、男のひとりが壁に近よって、金庫のハンドルをつかんだ。

「番号は？」

するどい声を、愛子は清二にたたきつけた。清二はベッドに腰をおろしたまま、そっぽをむいて、

「おれが知ってるはず、ないだろう。直さんにたのんだら、どうだ？」

「あんたが知らないはずないわ。教えないと、殺すわよ」

「殺せばなおさら、わからなくなるぜ」

「まあまあ、夫婦げんかでもないでしょう、いまさら」

と、直次郎は口をはさんで、

「ぼくにだって、あけられますよ。でも、そのなかには、ないと思うな。ここは宝石屋の別荘で、お目あての品はその金庫のなかだ、とご主人はおっしゃる。ここの様子を見るに、前のほうはほんとらしい。とすると、宝石屋は大ばかってことになる。ご主人の店の荒しかたで、ヴィーナスのおへそが狙《ねら》いだってことは、あるていどわかったはずだ。ふつうの人間だったら、昼間のうちに飛んできて、モノを銀行の貸金庫へでも、移しかえるはずですよ」

「もうひとつ、別の考えかたがあるんじゃない？」

「ありますね。ご主人と宝石屋は、ぐるだった。展覧会に出品する名品を、持主からあずかってきた宝石屋が、盗まれたことにして、保険金で賠償、売れた代金はポケットに、と企んだわけです。そう考えたところで、この金庫にあるはずはない。店にあるのを店員なんかに見せとかなきゃ、狂言強盗は成り立たないでしょう？」

「でも、万一ってことがあるわ」

「だったら、あけてさしあげますよ」

と、直次郎は壁に歩みよって、無雑作にダイアルをまわしながら、

「でも、奥さんだって、店の金庫にあると思いこんでいたんでしょう。だからこそ、このあにさんがたのだれかに、パトロールの警官を呼ばせて、ご主人の仕事を妨害したんじゃないんですか？」

「愛子、きさま、そこまで……」

歯がみする清二に、直次郎は首をふって、

「まあ、いまのは単なる当てずっぽうです。気にしないでください。社員寮にあんたが潜伏してるのを、警察に電話で密告したのは、たしかに奥さんですけどね」

「なんだと！」

清二は両手を、関節が白くなるほど、握りしめた。

「なにをいうのよ、片岡さん」

と、愛子が嚙《か》みつくように、

「あたしはずっと、あんたといっしょにいたじゃないの」

「失礼、だれかに電話で密告させた、と訂正いたします。まあ、そう怒らないで。ほら、あきましたよ、金庫が」

「そこをどいて」

愛子は、直次郎をおしのけて、金庫のハンドルに手をかけた。扉はこんどは、なめらかにあいた。黒い金属製の箱で、なかはいっぱいだった。

「重いわ。手つだって」

男のひとりが、箱をひっぱりだして、床におろした。愛子は蓋をひらいて、ずらり並んだスイッチや、目盛りを見おろした。

「なによ、これ？」

「電子研磨機《けんまき》だよ。安物のダイヤや人造ダイヤを、高級品なみに着色して、みがきあげる機械さ」

と、清二はニヤニヤ笑いながら、

「乱暴にあつかってくれるなよ。まだ日本には、三つか四つしかない精密機械なんだから」

「このなかじゃないわ。隙間《すきま》もないし、どこも開かないもの」

愛子はもう一度、金庫にとびついた。片手をつっこんで、かきまわしながら、

「ない！　どこにもないわ！」

男たちも、金庫をのぞきこんだ。清二は、その隙をのがさなかった。愛子が壁に立てかけたライフルに、飛びかかったのだ。直次郎は身をおどらせて、ベッドのむこう側にとびこんだ。銃声がひびいた。猟銃のとてつもない大音響と、ブスッという押しころしたような低音が、ミックスした銃声だった。

直次郎が首をもたげてみると、男のひとりが血と肉のちぎれた塊りになって、壁に散乱していた。胸から下の服につつまれたからだは、床にたおれていた。片腕を吊った男のサイレンサーつき拳銃から、とびだした弾丸は、清二の脇腹《わきばら》に穴をあけていた。清二はライフルをほうりだして、床にまるくなっている。

「どこにあるの？　ヴィーナスのへそは、どこにあるのよ？」

愛子がヒステリックな声をあげると、清二は脇腹を両手でおさえて、やけっぱちな嘲笑《ちょうしょう》を、やっと口もとに浮かびあがらせた。

「ざまをみやがれ。こうなったら、黙って死んでやるぞ」

「夫婦も憎みあうと、こうなるもんかねえ」

つぶやきながら、直次郎は立ちあがった。三角巾の男に目くばせされて、もうひとりの男が、清二の服を手さぐりした。

「どこにもねえようだ」

「くすぐってえな。笑うと血が噴きだすから、よしてくれ。なでまわされて、わかるような隠しかたをするかよ、おれが」

「やっぱり、これだけしか持ってねえ」

男は清二のポケットから、革袋をとりだして、愛子に渡した。

「直さん、あんたなら、わかるでしょ？　教えて！　教えてよ、片岡さん」

愛子に近よられて、直次郎は頭をかきながら、

「困ったなあ。二階へあがってきた目的が、ぼくを殺すためであって、金庫にダイヤはないってことは、わかってたんですがね。どこにあるんだろう？」

「考えてよ。ねえ、考えて」

「社員寮を脱出するまで、身につけていたことは、たしかです。とすると、まず考えられるのは、車のなか――」

「来てちょうだい、あんたも」

愛子は直次郎の腕をつかんで、ひきずるように部屋をでた。男ふたりも、あとへつづいた。

清二は目をとじて、両手で傷口を押さえながら、うめいていた。だが、部屋にだれもいなく

なると、清二は目をひらいて、苦痛をこらえながら、床をころげた。ほうりだしてある機械のそばまで、やっとたどりつくと、左手で上半身を起して、どっと脇腹から血を噴きだしながら、右手で機械のスイッチを入れた。目盛りにあかりがついて、機械が低くうなりだすと、清二は苦痛に顔をゆがめながら、箱の上のほうから、銀いろの細いロッドをひっぱりだした。力を入れて、ひっぱりあげると、おびただしい血が、脇腹から床に散った。完全にひきだされたアンテナが、かすかにゆれるのを見つめながら、清二は肩で息をついた。

12

一階の床の上には、ヨシツネが頭を血まみれにして、死んでいた。すこし離れた椅子に、腰をおろしていた男が、直次郎たちのおりてくる足音に、立ちあがった。

「これは、これは、きみも来てたのか。やっぱりね」

と、直次郎がいった。男はバー・ドラキュラのバーテン、三郎だった。

「ふん、まだ殺されないでいたのかい、直さん」

「ヴィーナスのへそは、車に隠してあるらしいわ。清二が持ってたのは、これだけ」

と、革袋をわたして、ドアのほうへいきかける愛子を、三郎が制した。

「直ざむらいは、ここに残しておけ。車は林のなかだろう。こいつ、隙を見て、逃げる気かも知れない。おれが見はってる」

「じゃあ、あたしたちだけで探すわ」

愛子は男ふたりをうながして、出ていった。

三郎は拳銃を直次郎にむけて、椅子に腰をおろしながら、

「立ってなくても、いいんだぜ。そっちの椅子に、腰かけろよ。間もなく、床に寝ることになるんだ。二度と起きあがれないんだから、まあ、立っていたけりゃ、それでもいいがね」

「わがままをいってよけりゃ、コーヒーを飲みたいな。自分で入れるが、いけないかねえ？」

「いいだろう。おれにも頼む」

「お安いご用だ」

直次郎はキッチンへ入って、プロパンガスの火をつけた。三郎はすぐうしろについてきて、背中に銃口をあてがった。直次郎は戸棚をあけて、インスタント・コーヒーの壜《びん》と、角砂糖の箱をさがしだしながら、

「わいたお湯を、ぶっかけられないように、うしろに立ったわけか。用心ぶかいね、やっぱり」

「さっきも、やっぱり、といったな。おれが黒幕だってこと、気づいてたのか？」

「きみがわざわざ電話して、警察が社員寮を包囲したことを、教えてくれたろう？　あれは、よけいだったよ。ぼくの才能を信頼して、計画を立ててくれたことは、うれしいがね。しかし、人間ってだれでも、うぬぼれがあるもんだな」

「なんのことだ？」

「才能を買ってくれたお礼に、忠告させていただくが、きみ、黒幕のつもりでいて、いいのかな？　いまのうちに、ぼくと協定をむすばないか。車からダイヤを見つけだして、やつらが帰ってくる。そしたら、きみはどうなると思うんだ？　ぼくの立ち場と、きみの立ち場と、それほど違いはありゃしないんだぜ」

「愛子は、そんな女じゃない」

「二階にも、ここにも、愛子にあしらわれて裏切られた男が、あえない最後をとげてるのにな。あの女、すごい玉だよ。金をださずに、ぼくを働かそうとして、いきなり裸になったくらいだ。つまり、着手金を下半身で立替えたのさ」

「うそだ！」

「なんとまあ、純情なことで——相手があの女じゃ、まるめこまれるのも無理ないかも知れないが、教えてやろう。ぐずぐずしてると、あの女はもちろん、みんな死ななきゃならないんだぞ。浪川清二がここへ来たのは、なんのためだと思ってるんだ？」

「宝石屋と落ちあって、高飛びの相談でもするつもりだろう。おれは、そうにらんでる」

「それだけだったら、こんな不便な場所をえらぶかよ。考えられる理由はひとつ、ベイルートからくる宝石マニヤの大金持ちと、取引きをするためだ。この近くのホテルにでも、相手はいるにちがいない。観光客としては、自然なすがたさ。つまり、相手のつごうにあわせたんだ。当人はこないかも知れないが、代理人がやってくるぞ。しかも、武装してだ。もうじき来る。かならず来る」

「どうしてわかるんだ、武装してるなんて？」

「清二が無線通信機で、連絡したからさ。金庫のなかに、ほれぼれするようなセットが入ってたよ。ダイヤの着色研磨機だなんてうそっぱちを、ほかのみなさんは信じこんだようだがね」

「なぜ教えなかったんだ、愛子に？」

「ぼくのゆいつの逃げ道を、つくってくれる機械だ。覚悟しだいで、きみにも利用させてやる。やってくる連中と、愛子たちを嚙みあわせておいて、そのあいだに逃げるんだ」

「でも、ヴィーナスのへそは……」

「車のなかなんかに、あるもんか。あるところは、ぼくが知ってる」

「信用できないな。イカサマ賭博《とばく》のかたき討ちをしてくれたときだって、そうじゃないか。おれの元金だけは、たしかに取戻してくれたが、あんたはその何倍も儲《もう》けてる。そこへいくと、愛子はこいつをあずけていくほど、おれを信用してるんだぜ」

三郎はダイヤの革袋をとりだして、直次郎の肩越しに、顔の前にかざしてみせた。

「甘いなあ、きみは……」

と、直次郎がいいかけたときだ。近づいてくる爆音が聞えた。もっと正確にいえば、ヘリコプターのローターが、夜の空気を切りさいて、回転するすさまじい音響だ。

「来た！　やつらだよ。ぐずぐずしちゃあ、いられないぞ」

「ごまかすな。じっとしてろ！」

とたんに、連続して銃声が聞えた。つづいて、乱れた足音が駈けこんできた。

「清二の仲間よ！　早くあかりを消して！」

と、愛子のさけぶ声がした。キッチンのあかりを消しながら、三郎がどなり返した。

「見つかったか、ダイヤは？」

「まだよ。でも、それどこじゃないわ、いまは」

「よし」

三郎は、広間の天井の電灯にむけて、拳銃の引金をひいた。あたりが暗くなるのと、直次郎のカラテ・チョップが、三郎の首すじを強打したのとが、同時だった。戸外で起る銃声にこたえて、愛子と男ふたりが射ちはじめるのを聞きながら、直次郎は二階への階段をかけあがった。

二階の寝室へとびこんでみると、無線通信機におおいかぶさって、浪川清二は息が絶えていた。その足もとに、直次郎はひざまずくと、清二のズボンをまくりあげた。弾傷《たまきず》をおおって、ふくれあがっている繃帯《ほうたい》を、キッチンから持ってきた鋭い肉切り包丁《ぼうちょう》で、直次郎は躊躇《ちゅうちょ》なく切りさいた。杉並の社員寮の三階で、傷の手あてをしなおしたとき、ヨシツネの目をかすめて、清二が巻きこんでおいたものが、やがてポロリと床に落ちた。

「あたしの感は、冴えてるな。足首におへそがあるとは、キリストさまでも気がつくめえ。ヴィナスズ・アムブリカスというだけあって、ほれぼれするね、まったく」

うっすらと赤みを帯びた指頭大のダイヤモンドに、ちょっとキスをしてから、直次郎は立ちあがった。三郎の手から、ひったくってきた革袋のなかに、ヴィーナスのへそを投げこむと、内ポケットにつっこんで、窓に歩みよった。窓をあけると、銃声がますます大きく聞えて、一階はまるでポップコーンの製造機みたいだった。

直次郎は二階の窓から、バルコニーのはずれにおりると、その床を下でななめにささえている柱のあいだをくぐって、崖《がけ》のはしづたいに、林のなかへ逃げこんだ。反対がわの林を切りひらいて、分譲ちゅうらしい敷地に、ヘリコプターがおりているのが見えた。銃声を背後に聞きながら、直次郎は自分の車にたどりついた。車内は荒されていたが、キイはイグニションにさしたままだ。いつも靴下のなかに、スペアのキイが用意してあるから、愛子に持っていかれたとしても困りはしないけれど、損害はすくないに越したことはない。車はほかにも、二台あった。三郎たちが乗ってきたものだ。その二台のオイルキャップをあけて、キッチンから失敬してきた角砂糖を、数個ずつ落しこんでから、直次郎は、自分の車をスタートさせた。

愛子とふたりの男は、なかなかよく持ちこたえているが、戦闘終結は間ぢかいはずだ。ヘリコプターでやってきた連中は、浪川清二の死体にヴィーナスのへそがないことに気がつけば、次には車が一台、消えていることにも気がついて、追いかけてくるにきまっている。直次郎はフルスピードで、山道をふっとばした。けれど、しばらくすると、そんな危険はわすれたみたいに、ポケットのダイヤモンドのことを、考えはじめた。

「ヴィーナスのおへそのほうは、目の保養だけであきらめて、警視庁に送るんだね、直さん。

革袋のほうは、宝石屋に返してやろうや。目算が狂って、がっかりしてるとこだろうから、三つや四つ金目の品が減っていても、ありがたがってくれるだろう。警察には、しゃべりっこない。その減ってる分を金にかえれば、おまえさんも赤字にはならないよ。みんなニコニコ、おてんとさまバンザイってわけさ。死んだやつは気の毒だが、自業自得《じごうじとく》とあきらめてもらうんだね」

頭のなかで、自分に話しかけながら、直次郎は楽しげに、スカイラインさして車をとばした。

「まだ生きてるやつらは、その場にあった二台の車を利用して、おまはんを追いかけるだろう。ヘリコプターが空から見つけて、案内役をつとめるかも知れないな。だが、心配はいらないぜ。潤滑油のなかで溶けた角砂糖が、クランク・シャフトを焼きつかせて、遅かれ早かれ、二台は進退不能ってことになる。そうなると、ヘリコプターが攻撃役もかねかねないが、まあ、あきらめるだろうね。夜でおまけに、場所が場所だ。常識ある操縦士なら、低空飛行なんかするはずないよ」

そのスカイラインぞいに、無暴にも低空飛行をこころみたヘリコプターが、名物の乱気流にまきこまれて、山肌《やまはだ》にたたきつけられたのは、それから十五分後のことだった。自殺行為といっていい飛行をしたそのヘリコプターは、巨大な花火のように、伊豆の夜空に炎上した。

第二問　吸血鬼を飼育して妻にする方法

1

「こんなところまで、わざわざ来ていただいて、すみません。お願いというのは、新婚旅行をしていただきたいのです、わたくしと」

女は大きな目で、片岡直次郎を見つめながら、つつましくいった。

「つまり、その――結婚してくれ、ということですか？」

直次郎があわてて聞きかえすと、女は大まじめな顔で、首をふった。

「いいえ。結婚するひとは、きまっているんです。でも、そのひとと新婚旅行をするわけには、まいりませんので」

「どうして？」

「わたくしと新婚旅行に出ると、死ぬかも知れませんから――つまり、殺されるのです」

「……というと、だれかに狙《ねら》われてるんですか、そのひと？」

「だれかにではありませんの。わたくしに殺されるんです」

女の声は、悲しげだった。直次郎は目をまるくして、相手の顔をながめた。

直次郎の内ポケットには、一通の封筒《ふうとう》が入っている。渋谷《しぶや》にある片岡直次郎のワンマン・エイジェンシイ*faa*あてに、郵送されてきたものだ。上質の封筒のなかには、二枚の紙幣《しへい》と二枚のレターペーパーが、おさまっていた。紙幣には一万円の金額と、聖徳太子の顔が、印刷してあった。レターペーパーには、First Aid Agency のことは友人から聞いた、ご相談したいことがあるので、ぜひお出《い》でねがいたい、同封の金は依頼料のつもりだ、という意味の文句が一枚に、もう一枚には西多摩《にしたま》のほうの略図が、美しいペン字で書いてあった。ひきうけてくれるかどうかの返事は、話を聞いてからでいい、ということなので、二枚の聖徳太子像の手前、直次郎は西多摩のおくまで、出かけてきたわけだ。

岡《おか》の上に、ぽつんと建っている一軒家を見たときから、どうも変な気がしていたのだが、こんな話を持ちだされようとは、思わなかった。壁いちめんに蔦《つた》のからんだ古い西洋館で、なかに通されてみると、天井は雨のしみと蜘蛛《くも》の巣だらけ、壁はひび割れだらけ、現代から急に、過去の世界へふみこんだような感じがしたものだ。手紙のぬしも、古風だった。しかし、ペン字から想像したように美しく、想像したよりも、若かった。二十代に入ったばかりだろう。卵がたのエキゾチックな顔を、長い髪でふちどって、黒ずくめの服を着たところは、バロック音楽をバックに流して、廃園をそぞろ歩きさせてみたいようだった。そういう典雅な娘の口から、

「いっしょに新婚旅行に出て、わたくしに殺されてください」

という依頼がとびだしたのだから、直次郎が目をまるくしたのも、無理はない。

「まあ、ちょっと待ってください。話を整理していきましょう。あなたは、ある男と結婚しようとしている。男でいいんでしょうね？」

「もちろんですわ。わたくし、女ですもの」

「だが、いっしょに新婚旅行にはいきたくない。なぜなら、あなたはその男を殺すだろうから――こういうことでしたね？」

「ええ」

「つまり、その男を憎んでるんですか？」

「憎むはずはありませんわ。結婚するくらいですもの」

「結婚するからって、憎んでいないとはかぎりませんよ。家のためとか、金のためとか、いろいろな理由があって、好きでもない男と結婚するってこともある」

「愛してるから、結婚するんです、わたくしは」

「そこで、話がわからなくなってくるんだな。正直に答えてくださいよ。あなたは手紙に、青沼ユリと署名してましたね。あれ、本名ですか？」

「この家の表札にも、その名が書いてあったはずですけど」

「あの表札は、家とくらべて、新しかったですよ」

「父が死んでから、とりかえた表札ですもの。まだ五年しかたっていませんから」

「もっと新しそうだったな」

「ああ、門のほう――あれは大風で門がたおれて、ふた月ばかり前に取りかえたんです」

「なるほどね。あなたはこの家に、ひとりで住んでるんですか？」

「ばあやがいます。きょうは使いに出ていて、留守《るす》ですけれど……ついでに申しあげると、東京に親戚《しんせき》はありません。そういった意味では、ひとりぼっちですわ」

「そういった意味って?」

「こういうことを相談できる相手が、いないという意味です。結婚する相手には、相談できないことですから」

「だめだね、こりゃあ。もっと単刀直入に聞きますよ。ずばり説明してください。なぜ結婚した相手を、新婚旅行のとき殺すんです?」

「片岡さん、あなたは幽霊とか、妖怪《ようかい》といったものを、お信じになりまして?」

青沼ユリは、低い声でいった。いたずらっぽいところは、ぜんぜんない声だった。

「まあ、信じないほうでしょうね。あなたが幽霊だってわけじゃ、ないんでしょう? そうだとしたら、すぐ信じますよ。君子《くんし》は豹変《ひょうへん》すだ」

「幽霊じゃありません。でも、吸血鬼かも知れないんです、わたくし」

「吸血鬼?」

直次郎は笑おうとしたが、ユリの真剣な顔を見て、口もとをひきしめた。

「わかりました。あなたは吸血鬼だから、新婚旅行で夜をすごすと、旦那《だんな》さまの血を吸って、殺してしまう恐れがある、というわけですね。でも、それなら、新婚旅行だけでなく、結婚生活だって出来ないじゃないですか?」

「生活はできなくても、結婚はできます。それにどうしても、新婚旅行をしなければならないわけがあるんです。わたくし、お金がほしいんです。結婚して、新婚旅行をしないと、お金持ちになれないいんです」

'68
YAMA

「やれば、金持ちになれるんなら、独身者はたちまちいなくなるな。あなただけの理由が、あるんでしょう?」

「ええ、叔父《おじ》が財産をわけてくれるんです。叔父は関西に住んでいて、事業をやっていますの。ホテルの経営などを……わたくしの後見人でもあるんです。わたくしが結婚したら、財産をわけてくれることになっていて、この家も、わたくしのものになります。自由に処分することも、出来るわけです。そうすれば、夫をパリに留学させることも出来るでしょう。でも、それには夫といっしょに、叔父のホテルへ、新婚旅行にいかなければならないんです」

「パリへなにしにいくんですって?」

「絵の勉強に——パリというのは、時代遅れかも知れませんわね。スペインでも、アメリカでも、いいわけですけれど」

と、ユリはほほ笑《え》んだ。

「ぼくの事務所のことを、佐伯宗一君から聞いた、ということでしたね、お手紙によると」

佐伯宗一というのは、若い絵かきだった。バー・ドラキュラのマッチをデザインした男で、なんどか、カウンターで隣りあわせになったていどだが、直次郎の風変りな商売を知っていても、ふしぎはない相手だ。

「ご想像の通りです。わたくし、佐伯さんと結婚するんです。あのひとは才能があるわ。でも、あのひとも、わたくしもお金がないんです。そりゃあ、わたくし、暮しに困らないだけのお金は、叔父のところから、届けてもらっていますけど……」

「やっと話が、のみこめました。つまり、ぼくがあなたの新婚の夫、佐伯宗一になりすまして、叔父さんに会えばいいわけですね」

「ひきうけていただけますか？」

「もうすこし、聞いておきたいことがあるんです。でも、ここじゃあ、うかがいたくないな。率直にいうけど、怒らないでくださいよ。この雰囲気《ふんいき》じゃ、あなたがヴァンパイアだってことを、あっさり信じたくなっちまう。ぼくといっしょに、ドライヴでもしませんか？」

応接間のなかを、ユリは見まわした。大きく裂けて、垂れさがった壁紙。その下の壁に、大きな雨じみの地図。ガラスが煤《すす》けて、曇った窓。観音《かんのん》びらきの扉《とびら》がしまった十九世紀ふうの本箱。花をいけてない大きな花瓶《かびん》。そのなかから、青白い細い手が出て、ひらひらとさしまねくと、本箱の扉がきしみながらひらいて、フランケンシュタインの怪物でも、ぎくしゃく歩みだしそうな感じだった。

「ふたりきりだから、どうしようもないの。わたくしの部屋へお通ししたほうが、よかったわね」

と、ユリは俯《うつむ》きながら、肩をすくめて、

「こんな家、売ってしまって、アパートにでも入りたいんだけど、いまはまだ叔父のものだから、どうしようもないんです。支度をしてきますから、待っていてくださいね」

2

青沼ユリは荒れた前庭に、片岡直次郎のうすよごれた国産車がとめてあるのを見ると、微笑しながらいった。

「もっと派手なスポーツカーかなんかで、飛ばしてきたのかと思ったわ」

「あんなイナカモノのオモチャには、乗りませんよ」

と、ドアをあけてやりながら、直次郎は答えた。

「イナカモノのオモチャ？」

「ここらへんでも、多いでしょう。土地成金の百姓家の庭に、おやじのためにはゴッテゴテのアメリカ車、息子《むすこ》のためにはピッカピカのスポーツカーがおいてある。ニキビづらの息子が、池袋《いけぶくろ》とか新宿《しんじゆく》とか、東京の場末に遊びにいくときの乗りものですよ、スポーツカーってのは」

「きびしいのね」

ユリが乗りこむと、直次郎は車を走りださせた。百日鬘《ひやくにちかずら》のようにおいしげった木の下を走りぬけ、門をくぐって、坂道をくだりはじめると、車のなかにまで、午後の陽《ひ》の光がなだれこんだ。

「外はいいお天気なのね。窓をあけると、ほこりが目立つんで、薄暗いなかで暮してるでしょう。だから、気がつかなかったわ」

と、ユリはいった。さっきまでの黒っぽい服とは、がらり変って、タートル・ネックの明るい色のセーターに、ミニスカートという格好だった。

「日光にあたっても、平気のようですな」

ふいに直次郎がいった。

「どうして？」

「ぼくの知識によると、吸血鬼ってのは日光をきらうんだ」

「どちらかといえば、好きじゃないわ。わたし、目が弱いほうだから」

オードリー・ヘップバーンでもかけそうな四角いサングラスを、ユリはハンドバッグからとりだした。それをかけると、顔までモダンな感じになった。

「サングラスぐらいじゃ、すまないはずですよ。からだが崩れて、灰になってしまう」

「それは、映画の吸血鬼の話でしょう？」

「じゃあ、あなたの話を聞かせてください。吸血鬼のような気がする、というわけを」

「どういうふうに、お話すればいいのかしら……？」

ユリは、窓のそとに目をやった。車はでこぼこの泥道を曲り曲って、秋晴れの空の下を、青梅《おうめ》市へむかっていた。

「お気づきになったかも知れないけど、わたくしの家系には、ヨーロッパの血がまじってるんです。梅雨《つゆ》あけじぶん、宗一さんといっしょに、天井裏のガラクタを片づけていたら、曾祖父の日記帳や、古い肖像画《しょうぞうが》なぞが出てきました。曾祖母の肖像なんです。いかにも文明開化といった令嬢スタイルの――外国の血がまじったのは、この母方のほうで、曾祖母のお父さんが、ヨーロッパ人だったらしいんです。そして、宗一さんが帰ったあとで、曾祖父の日記を読んでみたら――」

「ヴァンパイアのことが、出てたんですね？」

「そうなんです。はっきり書いてあったわけじゃありません。でも、そうとしか考えられないようなことが――母方の曾祖母が吸血鬼だったんです。おまけに肖像画を見ると、曾祖母はわたくしに……わたしにそっくりなんです」

「そりゃあ、不思議はないでしょう。あなたは、ひい孫なんだから」

「でも――」

ミニスカートからはみだした両膝《りょうひざ》の上で、ユリは両手をにぎりしめると、身ぶるいした。トイレにいきたくなったわけでは、ないようだった。

「ほかになにか、あったんですか？」

「曾祖母が、その――曾祖父は発作《ほっさ》という言葉をつかっていますけど、発作を起しはじめたのは二十五のときなんです。わたくし、この春で二十五になりました」

「だれだって、一度は二十五になりますよ。そんな怖い顔して、考えつめないほうがいいな」

「誕生日がすぎて、四日めの朝、裏庭でうさぎの死体が見つかりました。首すじに小さな錐《きり》でついたような傷があって、死んでたんです、そのうさぎ！」

「それから？」

直次郎は感情のない声で、ユリをうながした。

「猫《ねこ》が死んでたことも、ありました。寝るときにぬいだ服が、汚れたり、濡《ぬ》れたりしているときも、ありました。睡眠薬を飲んで寝ても、ときどき、そんなことがあるんです。そのうちに——」

「そのうちに、どうしたんです？」

ユリはくちびるを嚙《か》みしめて、窓のほうをむいた。直次郎は道ばたに車をとめると、バックシートに手をのばして、魔法壜《まほうびん》をとりあげた。

「遠道なんで、コーヒーを用意してきたんですけどね。飲みませんか？」

「ありがとう。でも、けっこうですわ。お話をしてしまいます。わたし、半月ほど前、東京へ出てホテルにひと晩、泊ったんです。宗一さんとお芝居を見にいくことになっていて、帰りが遅くなるとわかっていたから、最初から泊ることにして出かけたんです。もちろん、ひとりでです。銀座のホテル東休に、部屋《へや》をとっておきました。古風なんでしょうね。結婚するまでは、ちゃんとしておきたかったし、吸血鬼のことが心配でもあったし……」

「先へすすんでください。うそをいってるなんて、だれも思やしませんよ」

「宗一さんとわかれて、部屋へ帰ると、すぐ寝てしまいました。疲れてたんです。朝までぐっすり、なにも知らずに寝こんで、目がさめてみると……服の裾《すそ》が、汚れているんです。靴下の底も、汚れてました」

「夜なかに服をきて、靴下もはいて、靴ははかないで、出あるいたようにですか？」

直次郎が細かく念をおすと、ユリは顔を青ざめさせて、かすかにうなずいた。

「そして……あなたも、おぼえてらっしゃるんじゃないかしら？　その日の夕刊に出ていました。ホテルの近くの裏通りで、ひとが死んでたんです。まるで、血がぜんぶなくなったような青白い顔をして、首すじに小さな傷がふたつ、並んでついているほかには、なんの傷もなしに……労務者ふうのひとだったそうです」

直次郎は、ちょっと考えこんでから、

「ユリさん、勝手なことをいって申しわけないが、ドライヴは中止だ。帰りましょう。ひいおじいさんの日記と、ひいおばあさんの肖像を見せてください」

と、車をスタートさせて、たちまち小まわりのきいたＵターンをした。

3

二階の廊下のすみに、扉があった。それをあけると、急な階段があって、その上が屋根裏部屋だった。直次郎は、壁のスイッチを入れた。だが、階段の上の電灯は、つかなかった。

「どこか故障してるらしくて、だめなんです。上へあがれば窓があるんで、ついほったらかしにしてあるんですけど」

直次郎はうなずいて、内ポケットから、水銀電池のペンシル・ライトをぬきだした。百円硬貨大の強烈な光の円を、足もとに落しながら、先に階段をのぼると、ユリもつづいて、あがってきた。

「まず肖像画から、拝見しましょうか。日記は下へ持っていって——」

読ませていただきます、と直次郎がいいきらないうちに、ユリが口走った。

「あんなところにあるわ、日記帳が！」

指さしたのは、窓の下においてある大きな長持の上だった。日本ふうに長持というよりも、西洋ふうにチェストといったほうがいいような、鉄の帯をかけた頑丈《がんじょう》そうな木箱だ。その上に、古ぼけた本が一冊おいてあるのが、窓からのあかりで、はっきり見えた。

「棚《たな》の上から、ねずみが落したのかしら？」

つぶやきながら、ユリが歩みよろうとしたときだ。とつぜん、本は白っぽい炎となった。ぼっというような音といっしょに、本ぜんたいが一時に燃えあがったのだ。ユリは立ちすくんだ。直次郎も立ちすくんだ。けれど、気をとりなおすのは、さすがに早かった。直次郎は上衣をぬぎすてると、火のかたまりになった本へかぶせた。上衣の上から、ばたばた叩《たた》くと、つかの間、きなくさい臭《にお》いがしたが、燃えうつった様子はない。おそるおそる上衣を持ちあげてみると、日記帳は白い灰になって、長持の蓋《ふた》と上衣の裏を汚していた。直次郎は、部屋じゅうを見まわした。物置がわりに使われているだけに、屋根裏部屋は雑然として、ひとの隠れられそうな場所はなかった。

「肖像画は？」

「これですわ」

壁ぎわに裏を返して、立てかけてある大きな額を、ユリは両手で持ちあげた。表をむけかえて、また立てかけようとしたとたん、ユリのくちびるから、悲鳴があがった。

「どうした！」

直次郎が抱きとめなかったら、ユリは気絶していたに違いない。その手を離れた額は、ゆれて前にのめりそうになってから、どうやら壁にもたれかかった。しかし、そこには青黒い色を塗ったキャンバスが、あるきりだった。女の絵など、ぜんぜん描いてないキャンバスだ。

「あれは――あの色は背景なんです。あの色を背景にして、曾祖母の半身像が描いてあったんです。曾祖母は絵から、ぬけだしたんだわ！」

「そんなばかな！」

「でも、見てください。古い額です。古いキャンバスです。人間だけがぬけだした。日記帳もひとりでに燃えたし……ねえ、見たでしょう？　あなたも見たでしょう？」

直次郎にすがりついて、ユリはヒステリックな声をあげた。直次郎は、ふるえているユリを抱きしめると、顎《あご》に手をかけ、顔を上むかして、そのくちびるに自分のくちびるを、いきなり押しつけた。はっとして、ユリは飛びのいた。男のからだを懸命に、左手でつきのけながら、右手が直次郎の頬《ほお》を打った。

「なにをなさるんです！」

「大丈夫、あなたはまだ狂っちゃいない。元気をだすんだ。ところで、叔父さんから貰《もら》えるはずの金の額は？」

「さあ、三億か、五億か……あるいはもっと……」

口のまわりを手でこすりながら、ユリはいった。

「そりゃあ、新婚旅行にいかない手はないな。よろしい。成功報酬でひきうけましょう。といったって、べらぼうな値段を吹っかけやしませんよ。百万円じゃ、どうです？　費用べつでね」

「けっこうですわ、それで」

「安心なさい。あなたが万一、ミス・ドラキュラでも、ぼくは佐伯宗一になりすまして、叔父さんを納得《なっとく》させてみせます」

と、笑顔で元気づけてから、直次郎はつけくわえた。

「ところで、費用をすこし、前払いしていただけませんか、十万でも、五万でも……」

4

五日めの午後、直次郎がサムソナイトのスーツケースをさげて、東京駅の新幹線ホームへあがってくると、一等車輛の前で、佐伯宗一とユリの立ち話をしているのが、目についた。直次郎は二等車へのりこんで、列車が走りだしてから、指定の座席へいった。

「やっぱり、隠れていらしたのね」

と、ユリは笑顔でむかえて、

「ひょっとすると乗りおくれたんじゃないか、と思って、心配してたの」

「本物の新郎がいたんで、遠慮したんです。ぼくを代役にやとったこと、話してないんでしょう?」

直次郎が小声で聞くと、ユリも声をひそめて、

「もちろんよ。それを話したら、なにからなにまで、打ちあけなけりゃならなくなりますもの」

「打ちあけられるくらいなら、ぼくをやとう必要はないわけだ。愚問でしたね、いまのは。しかし、新郎、異議を申立てませんでしたか?」

「なんに対して?」

「あんたの単独新婚旅行に対して」

「新婚旅行だなんて、いってませんもの。叔父が病気で、あたしに会いたがってる。そういうことにしたんです」

「すると、佐伯君はまだ、新郎じゃないわけですか?」

「もう青沼宗一ですわ。わたくしの姓を名のることにして、結婚届は出しました。あなたが引きうけてくだすった翌日に。つまり、叔父に書類を見せて、強引に事後承諾させる。同時に披露宴《ひろうえん》や、新婚旅行の費用をねだってくる。ちょうど病気で、心細がってるらしいから、絶好のチャンスだろう。そう話してあるんです」

「あんたの悩みを打ちあけるのは、財産を手に入れて、意のあるところを具体的に、説明できるようになってから、というわけですね?」

「なんだかわたくし、たいへんな陰謀家みたい？」

と、ユリは肩をすくめた。ふたりの前には、中小企業の重役といったタイプの男が四人、座席をむかいあわせにして、高調子の関西弁で話している。うしろの席は中年女性のふたりづれで、これもお喋《しゃべ》りに熱中していた。だから、新婚の夫婦らしく肩を寄せあっていれば、ごく普通に話していても、他人に聞きとがめられる心配はない。直次郎は、感に耐えたように首をふって、

「佐伯君――いや、青沼君はしあわせな男だな。それにしても、あんたの叔父さんの考えってのが、どうもぼくにはわからない。あんたが心配で、身をかためさせたいんだったら、当然、相手がどんな男かってことも、心配になるはずだ。まず首実検、それが及第だったら、一緒にするってのが、普通じゃないかな？」

「最初は、そうだったの。お見合いもずいぶん、させられたわ。でも、わたくしが選りごのみして、なかなか覚悟をきめないもんだから、あきらめたのね。とにかく、お前の選択を信頼するから、早く人並みになって、安心させてくれ、というところまで、叔父が譲歩したわけよ。それでも、かならず見せにこいってことは、あれね。相手が気に入らなかったら、なにか手をうつ考えだってことでしょう、きっと」

「だったら、式に出てきそうなもんだがな」

「あら、ごめんなさい。お話してなかったかしら？　叔父は両足に故障があって、車椅子《くるまいす》で生活してるんです。ですから、めったに旅行は……」

「とすると、ぼくの役どころは、ますますむずかしいわけだ。叔父さんには嫌《きら》われないように、吸血鬼には嫌われるように、心がけなきゃならない」

直次郎がにやっと笑うと、ユリの口もとの微笑が、まるでそこの空間には、笑顔をふたつ許容する能力がないみたいに、さっと消えた。直次郎はユリの肩をたたいて、

「神経質にならないほうが、いいですよ。泥縄《どろなわ》ながらも、いちおう調べてみたんですがね。吸血鬼でない可能性のほうが多いな、あんたは」

「どうしてですの？」

「吸血鬼ってのは、たいがい死んだ人間ですよ。死んだまま、生きている人間です。妙ないかただけど、昼間は死人として、棺桶《かんおけ》のなかに入っている。夜になると起きあがって、生きてる人間の血を吸いにいくんだ。大きな蝙蝠《こうもり》に化けられる代りに、ニンニクと十字架が怖い、という弱点を持っている。これが、典型的な吸血鬼のパターンですよ。もっともね。ニンニクといったって、香辛料のガーリックじゃない。怖いのはロカンボール——ヒメニンニクってやつなんだけど、こいつ、小アジアから東ヨーロッパの産で、アメリカにはぜんぜんない。だから、ハリウッドで吸血鬼の映画をつくるとき、ガーリックにしちまったんだ、という説もある」

「日本にはあるの？　そのロカンボールというの」

「大昔には、シナからわたってきて、日本でも栽培されたことがあるそうだ。いまはニンニクといえば、ガーリックのことさ」

「じゃあ、ギョーザを食べても、心配はないわけね」

「十字架を見せると、逃げだすってのも、小説や映画のつくったでたらめだ、という説がある。殺してしまうには、胸に杭《くい》を打つか、太陽の光にあてるか、からになってるあいだに、棺桶を焼いてしまえばいい。ただし、これにも異説があってね。昼間、死んでるあいだに、首を切りとってしまわなければ、吸血鬼は退治できない、というひともいるらしい。だいたい、スラヴ民族のあいだに発生した俗信なんですよ、吸血鬼ってのは。ウクライナ、ルーマニア、ブルガリア、ハンガリー、チェコスロヴァキア、ポーランドあたりだな。そこから西のほうへ、ひろがっていったらしい」

「わたくしの家系にまじってる血というのは、オーストリアのひとのものだそうですけれど」

「なにかの拍子に、新しい墓を掘りかえしてみると、死体が動いた形跡が、しばしばある。手や首すじなんぞが、血だらけになったりしててね。実はこれ、農村に医者がすくなくて、Premature burial（プリーマチュア・ベリアル）が、多かったんじゃないか、というんだ。早まった埋葬ってやつさ。仮死状態で、ほんとに死んではいないのに、早合点で土葬にしてしまう。墓のなかで意識をとりもどして、なんとか棺桶から出ようとするが、出られない。泣きわめきながら、もがき死にしたとすると――」

「いやだわ、そんな怖い話」

「もうすこしだから、聞きたまえ。そうなると、姿勢も変るし、恐しい表情にもなる。手や顔が、血まみれになろうってもんだ。それを、夜になると生きかえって、血を吸って歩くんだ、と解釈したのが、吸血鬼伝説のはじまりだろう。そういう見解もあるんだけれど……」

「つまり、迷信だ、とおっしゃるのね？　そりゃあ、いまどき、こんなことで脅えていたら、笑われてもしかたないかも知れませんけど、でも、わたくし――」

「笑ったりはしませんよ。科学万能の世のなかだからこそ、なおさら常識で割りきれないことが起ると、あわててしまうんでしょう。ぼくだって怖がるな、きっと。ただ吸血鬼ってのは、死んだと見なされている人間だ、ということを、説明しただけなんです」

「わたくしが聞いた話ですと、吸血鬼の俗信は、イタリアにもあるそうですわ。そのイタリアの吸血鬼は、生きてる人間の場合もあるんですって。吸血鬼に血を吸われた人間は、やはり吸血鬼になってしまうんでしょう？　一度で残らず、血を吸いとってしまわなかったとすると、被害者は死にはしませんわね。でも、吸血鬼にはなるとすれば、生きていて、同時に吸血鬼である、ということになりますわ。だったら、呪《のろ》われた血すじのわたくしが、生きながら吸血鬼になったとしても、ふしぎはないんじゃないかしら」

「早ければ今夜、確かめられるでしょう。あさっての晩が、満月なんです。狼憑《おおかみつ》きや豹憑《ひょうつ》きとおんなじで、こういった発作は、月の盈《み》ち欠けに影響されるんだそうだ。お月さまが丸くなってくると、危険なんですよ」

「そういえば、築地《つきじ》のホテルに泊った晩も、月が丸くてきれいでした。レモンパイみたいねっていって、送ってきてくれた宗一さんに、もうお腹がへったのか、と笑われたのを、おぼえてます」

沈んだ声で、ユリはいった。直次郎は依然として、屈託のない調子のまま、

「叔父さんの家族は、何人ですか？　肉親という意味ですが……」

「男の子がひとり――子なんていっちゃ、いけないわね。たしか、もう三十になったはずだから。ほんとうの子どもじゃなくて、養子なんです。叔父はこのひとと、わたくしを結婚させたがってたんです、最近は」

「いとこ同士といっても養子なら、なにかいわれることもないでしょうね」

「しっかりしたひとは、ひとなんです。叔父を助けて、よく事業を切りまわしてますわ。でも、なんだか虫が好かなくて……いいあんばいに、むこうもそうらしいんです。それで、叔父もあきらめたんですけど」

「ほかには？」

「九州に親戚が、何人かいますけど、それぞれに忙しい仕事を持ってて、ことにわたくしとは疎遠《そえん》になってます。顔も知らないのがいるくらいで、他人も同然ですわね。そういうひとたちよりも、畑中さんのほうが、存在としては重要なくらい」

その持ってまわったいいかたには、皮肉の棘《とげ》がはえていた。

「だれです？　畑中さんてのは」

「叔父の秘書みたいなことをしてるご婦人よ。叔父の親友で、ずいぶん前になくなったひとのお嬢さんだそうだけれど……毎月、わざわざ生活費をとどけにきてくれますの」

つまり、実際の後見役は、叔父さんでなくて、畑中女史だということなのだろう、と直次郎は思った。

「もうひとつ、ぶしつけな質問があるんですがね。あなたが死ぬと、得をするのは、だれですか？」

「それは、まあ、茂さんだと思うけど……」

「養子の息子さんですね？」

「でも、なぜ、そんなことを……」

「ほかにも、わすれてるひとがいる。青沼宗一氏も、得をするはずでしょう」

「わかった。さっきの話のつづきなのね？　わたくしを吸血鬼にしたてておいて、殺す――」

「自殺に見せかける、ということになるでしょう。吸血鬼妄想《もうそう》にとらわれて、自殺したってことに」

「それで、だれかが得をするってわけ？　すこし飛躍しすぎてるんじゃないかしら。宗一さんがそんなことを考えるとしたら、早すぎるし、茂さんなら遅すぎるわ」

「どういう意味かな、そりゃあ」

「吸血鬼妄想を起させた時期のこと。叔父がどんな態度をとるかわからないうちに、わたくしをノイローゼにしたら、元も子もなくなるかも知れないでしょ？　わたくしが宗一さんのために、お金をつかう気でいるってことは、わかってるんですもの、お金のぜんぶを自由にしたくても、もっと待てるはずだわ」

「わかった。たしかに、宗一氏には早すぎて、茂氏には遅すぎるな、あんたは結婚しちまったんだから。しかし、ご亭主もいっしょに殺してしまう覚悟なら、遅すぎはしないよ。その場合のご亭主ってのは、ぼくのことだけどね。そういう意味では、もうひとり疑える人物がいる」

直次郎は、間をおいてから、ささやいた。

「すなわち、青沼作次郎氏」

「叔父さん？　それこそナンセンスだわ。叔父はほんとは、どこも悪くはないんだけれど、あしたにでも死ぬ、と思いこんでるひとなのよ。だから、わたくしを早く結婚させたがってるの」

「なるほど、データが揃《そろ》わないうちに、推理をはじめるもんじゃないな。でも、こんなふうに考えれば、ぼくの役目はボデイガードってことになる。それなら、経験豊富ですからね。さっきもいったように、気が楽だ。そうじゃないとなると……」

「そんな心細いこと、いいださないでよ。わたくし、冷静のように見えても、怖くてしょうがないんだから」

肩をすくめて、ユリはほほ笑んだ。自分の顔の上に、陽気なほかの娘の口もとだけを持ってきて、無理やり二重焼きにしたような笑顔だった。

「吸血鬼と安全に結婚する方法を、真剣に考えなきゃならないとすると、こりゃあ、大変だなあ。でも、やりますよ。やりがいはある。How to Marry with Vampire Safely（ハウ・トゥ・マリイ・ウイズ・ヴァンパイア・セイフリー）とかなんとか、あとでノンフィクションに書きあげて、アメリカに売りこめば、大もうけができますからね。やつら、スーパーナチュラルが大好きだから」

列車はぐんぐんスピードをあげて、近景の飛びさりかたから判断すると、時速二百キロは越えたらしい。吸血鬼は大こうもりに変身する能力を持っている、というけれども、新幹線を追いかけることは、できるだろうか。蝙蝠のなかには、鳥でいちばんのスピードを持つ雨《あま》燕《つばめ》より、速いものがいるそうだ。雨燕というやつは、瞬間なら時速二百五十キロぐらい出すとか、聞いたことがある。だが、それ以上という蝙蝠でも、長つづきはしないだろう。いざとなったら、ギャラをあきらめて、新幹線で逃げだすとすれば、着手金がもらってあるから、損はしない。そう考えて、直次郎は笑顔になった。

5

直次郎がサムソナイトを左手に、右手にはユリの大きなトランクをさげて、京都駅の新幹線改札口を出てくると、まっすぐコンコースを横ぎってくる女があった。ひと足さきに改札口をでたユリが、

「まあ、わざわざ迎いに出てくだすったの？」

と、立ちどまった。

「おめでとう」

と、女はユリに笑いかけてから、そのままの笑顔を直次郎にむけて、

「こちらが、宗一さんね？　ようこそ。はじめまして。わたくし、畑中早苗でございます。このたびは、ご結婚おめでとうございます」

「ありがとうございます。よろしく。佐伯宗一です。いや、もう青沼宗一でした」

直次郎は、あわてて答えた。あわてたのは、名前をいい間違えたからではない。畑中女史が、想像とはまったく違ったすがたで、目の前に現れたからだ。ユリの話からえた印象では、乾いた皮膚に静脈の浮いた三十女で、姓までが意地悪げに聞えたものだ。けれど、現実の畑中早苗は、すらっとした働き手らしい長身を、地味なスーツにおさめたクールな娘だった。それでいて、笑顔には、ひとを安心させるような暖かみがある。ユリより年上には違いないが、精いっぱい見つもっても、二十八、九というところだろう。

「車が待たしてありますから、どうぞ」

ユリの手から、ボストンバッグをとりあげると、早苗は先に立って、歩きだした。黒のベンツが駅前にとまっていて、しつけのいい運転手が、すばやくドアをあけた。車が走りだしてから、ユリが聞いた。

「叔父さまは？」

「お待ちかねよ。ホテルまで出てきていらっしゃるわ」

早苗の口調は親しげだったが、ユリはうなずいただけで、会話はとぎれた。ベンツは東山

通を、青沼作次郎の経営するホテルへむかった。それは左京区にあって、クラシック・モダーンの七階建ての正面に、ホテル古都、という前衛書道ふうの切抜き文字を、裏に隠したネオン・チューブで浮かばせていた。車よせにベンツがとまると、ボーイといっしょに、神経質な顔つきの小がらな青年が、とびだしてきた。

「おめでとう、ユリちゃん」

「ありがとう」

ユリは幸福そうな笑顔をつくって、直次郎をかえり見た。

「茂さんよ」

「はじめまして。宗一です。よろしく」

直次郎がまじめそのものの顔で、挨拶《あいさつ》をすると、茂は握手の手をさしだして、

「こちらこそ、よろしく」

湿った感じの生あたたかい手だった。茂はボーイに指示して、荷物をはこばせると、

「本来なら、部屋でくつろいでからにしていただかなきゃ、いけないんですが、父は年ごとに気短かになりましてね。待ちかねてるんですよ。すぐ、あってやっていただけますか？」

「かまいませんとも。ぜんぜん疲れていませんから」

同意をもとめて、ユリをふりかえりながら、直次郎はいった。茂がふたりを導いたのは、一階の小宴会場といった感じの部屋で、車椅子にすわった初老の男が、待っていた。肉づきのいい、車椅子からはみだしそうな大男で、顔いろも若わかしかったが、髪の毛だけは、見

事なくらいまっ白だ。それが、青沼作次郎だった。作次郎は、ユリの笑顔を見て、うれしそうに相好《そうごう》をくずした。それからの時間は、いつもの倍くらい、長かった。挨拶がおわると、直次郎とユリは、茂が五階に用意してくれた部屋へいった。ツインベッドの次の間つきで、なかなか立派な部屋だった。シャワーをあびて、服を着かえると、もう晩めしの時間だった。作次郎に茂、畑中早苗もまじえた五人が、一階の最初の部屋で、豪華な夕食のテーブルをかこんだ。

「やれやれ、新婚のご亭主ってのは、気ぼねの折れるもんだな」

やっと五階の部屋へもどってくると、革ばりの大きな椅子に沈みこんで、直次郎は大げさなため息をついた。ユリは笑いながら、

「でも、あなた、お芝居がとてもおじょうずだわ」

「そりゃあ、商売ですからね。しかし、ああいうお芝居より、ボデイガードのほうが、よっぽど楽ですよ」

「叔父をどうお思いになって？」

「そんなことより、どうするんです？　ここにいますか、それとも、どこかへ出かけますか」

「わたし、疲れたわ。もしお出かけになりたいんでしたら、おひとりでどうぞ。かまいませんわよ」

「こっちがかまう。出かけてるあいだに、なにか起ったら、たいへんだ。新婚旅行の第一夜

に、新郎がひとりで夜遊びにいくってのも、おかしなもんだしね。別に出かけたいってわけじゃ、ないんですよ。まだ寝るには早すぎるから」

「八時半ね。いまごろ寝てしまうことも、わたしはあるわ、ときどき」

「だったら、ご遠慮なく」

「じゃあ、おやすみなさい」

ユリは寝室へいきかけて、戸口でふりかえった。

「あの……」

と、口ごもっているうちに、目のふちが紅《あか》くなって、

「あなたを信用してないわけじゃないのよ。でも、あなたは男だし、わたしときたら、ひとに見せられるような寝相じゃないの。それに、もしもわたしが、廊下へ逃げだしでもしたら、おかしいような客観的状況でしょう？　その長椅子で、寝ていただけないかしら」

「そりゃあ、かまわないが、あいだのドアはどうする気です？　鍵《かぎ》をかけたら、なにかあった場合、ぼくが助けにいかれない。かけないんだったら、どっちに寝たって、おんなじだ。依頼人を裏切ったり、不愉快にさせたりしないのが、ぼくの第一信条なんだから、安心なさい。ただし、依頼人がこっちを裏切らないかぎり、という条件つきですがね」

「うぬぼれがすぎたかな」

と、ユリは肩をすくめて、

「でも、寝相を見られるのは、やっぱり恥ずかしいわ。寝るとき、灯《あか》りをつけないでね」

寝室のドアがしまると、直次郎はスーツケースをあけて、紅茶の茶碗《ちゃわん》のような黒いものを取りだした。へりの左右に、百円硬貨ぐらいの黒い吸盤が、ついている。その吸盤で、壁の下のほうにあるコンセントの上に、茶碗みたいな器具をはりつけると、糸底にあたる部分から、イヤホーンつきの細いコードをひきだして、直次郎は片耳にはめこんだ。盗聴器だった。こういう部屋では、たいがい隣室にも、おなじ場所にコンセントがある。つまり、壁に穴があいている、ということで、盗聴器をしかけるには、いちばんの場所なのだ。

イヤホーンからは、衣《きぬ》ずれの音が聞えた。ユリがパジャマに着がえているのだろう。直次郎はにやにやしながら、椅子にもどると、両足をテーブルの上にのせて、ペイパーバックのサイエンス・フィクションを読みはじめた。新幹線にのる前に、丸の内南口の洋書スタンドで買ったもので、異次元に迷いこんだ現代の黒人俳優が、歴史小説マニアの科学者がつくったバイキング・ロボットといっしょに、大冒険をする話だった。イヤホーンからは、ベッドのスプリングのきしむ音と、電気スタンドのスイッチをひねる音が、聞えただけで、あとは静かだった。

直次郎がくつろいで、ニグロの失業俳優と異常な経験をわかちあっていると、とつぜん、テーブルの上の電話が鳴った。受話器をとりながら、腕時計を見ると、いつの間にか、十二時になろうとしている。送話口に返事をすると、交換手の声がいった。

「東京から、お電話でございます」

「つないでください」

「もしもし、青沼さんだね？」

「ああ、ぼくだ。なにかあったのか、ベソコン？」

ほんとうの名は、紺野だった。眉《まゆ》と目の配置と、大きな泣きボクロのせいで、いつもベソをかいているように見える。だから、通称ベソコンだ。

「そうじゃないんだが、頼まれた以上、きちんと報告したほうがいい、と思ってね。あの絵かき、もうアパートへ帰って寝たぜ。窓の灯りが消えるところまで、見とどけたよ。私立探偵のまねをするのは、おもしろいけど、胃がわるくなりそうだな」

「どうして？」

「相手が動いてりゃいいが、ただ見張ってるとなると、手持ちぶさただろう？　ついタバコを吸いすぎちまう。おもてに立ってるときにゃ、足もとを吸いがらだらけにも出来ないから、キャラメルやドロップをしゃぶるってことになる」

「チューインガムにすれば、いくらか影響がすくないぜ」

「大嫌《だいきら》いなんだよ、おれ、ガムってやつは」

ベソコンの声に重なって、ユリがベッドからおりる気配が、イヤホーンのほうに入ってきた。直次郎はイヤホーンを外しながら、早口になって、

「とにかく、連絡ありがとう。しかし、あいつが東京を出ないんだったら、毎日、電話くれるにゃおよばないよ」

受話器をおいたとき、寝室のドアがあいて、ユリの顔とパジャマの肩がのぞいた。

「お電話だったの？　声がしたんで、わたし、茂さんでもきたのかと思って……」

「留守《るす》をたのんできたアシスタントが、報告をよこしたんです。事務所のビルの裏で、六つ子が生れたそうだ。母親は野良犬《のらいぬ》ですがね。そのほか、これということはないらしい」

と、直次郎は笑顔をむけた。

「もう十二時すぎね。まだ寝ないの？」

「一時をすぎないと、寝られないたちなんです」

「ひと晩じゅう、起きてるつもりじゃないんでしょう？」

「そんな必要はなさそうですね。いまのところ」

ユリが寝室へもどると、直次郎はまたイヤホーンをつけて、サイエンス・フィクションを読みはじめた。寝室では、スタンドを消すスイッチの音がしてから、なんどもなんども、ベッドがきしんだ。寝がえりを打っているらしい。それが、いつまでもつづくので、直次郎は、本をテーブルの上においた。立ちあがって、イヤホーンを外そうとしたときだ。

ユリの悲鳴が聞えた。直次郎はドアにとびついて、寝室に走りこんだ。ベッドに起きなおったユリのすがたが、暗いなかに見えた。窓を指さして、口をあけているが、声がでないらしい。直次郎は、窓を見た。レースのカーテンをひいた窓のそとに、黒いものが動いている。天鵞絨《ビロード》のドレスが、ひらめいているような感じだった。直次郎がカーテンをひらくと同時に、それは上のほうに消えた。窓をあけて、直次郎は首をつきだした。上を見ても、鉛いろに曇った空が、あるきりだった。だが、五階下の庭にむかって、黒いものが羽ばたきながら、舞いおりていくのが見えた。鳥にしては、翼の大きさも、羽ばたきかたも、おかしかった。こうもりのようだったが、山が近いといっても、ここは都会だ。こんな大きなこうもりが、いるはずはない。

「なにを見たんだ、きみは？」

庭を見おろしたまま、直次郎は聞いた。背後のユリは、答えなかった。直次郎がふりかえろうとしたとき、黒いものが消えた植込みから、ひとのすがたが走りでた。まっ白な髪が、目をひいた。黒い裾長《すそなが》のガウンのようなものを着て、小走りの動きかたが、女のように見えた。直次郎は大急ぎで窓をしめると、ベッドのそばへ走りよって、

「きみ、なにを見たんだ？」

「年をとった女のひとよ。髪がまっ白で……あれ、ひいおばあさまだわ！」

目いっぱいに恐怖をはめこまれて、瞬《また》きもできないような顔つきで、ユリはいった。

「落着きなさい。ここは五階だ。人間がのぞけるはずはない」

「でも、見たのよ。ほんとに、見たの。ひいおばあさまだわ、あの絵からぬけだした！」

「落着くんだよ。怖かったら、毛布でもなんでもかぶって、じっとしていなさい。窓の掛金は、かけておいた。ドアはだれがきても、あけちゃいけない。わかりましたね」

直次郎が早口にいうと、ユリは心細げな声で、

「どこかへいくの？」

「ちょっと、調べたいことがあるんです」

STRAW
YAMA FUJI '68

直次郎は、もとの部屋へもどると、壁から盗聴器をはずして、鍵といっしょにポケットへ入れた。廊下へ出て、一瞬ためらったが、どんなに大急ぎでおりていっても、いまからでは、白髪の人物をつかまえられるはずはない。直次郎はエレベーターで、六階へあがった。六〇七号室の前へくると、廊下にひとけのないのを見すましてから、ドアに盗聴器をとりつけた。そこが、まうえの部屋なのだ。イヤホーンをつけてみたが、なにも聞えない。折畳式のポケット櫛《ぐし》をだして、櫛のとなりに畳みこんである薄いプラスチック板を起すと、それをドアと框《かまち》のあいだに差しこんで、掛金をあけた。なかに入って、ペンシル・ライトをつけて調べてみたが、なにも見つからない。

七階の七〇七号室へもいってみたが、そこには泊り客があって、盗聴器のイヤホーンに、盛大ないびきが聞えた。直次郎は、エレベーターで、一階へおりた。フロントで、クラークと話をしていた男が、直次郎の靴音にふりかえった。青沼茂だった。

「どうしました？　お出かけですか、ひとりで？」

「いや、あの……タバコを切らしたもんですからね。ロビーに自動販売機でも、ないかと思って」

「ありますよ。でも、よかったら、これをお持ちになりませんか？」

茂はポケットから、シーニア・サービスの平たい函《はこ》をとりだした。

「貰《もら》いものので失礼なんですが、ぼくはフィルターつきしか、吸わないもんですから。ご遠慮なく、どうぞ」

「いただきます。ところで、妙なことを聞きますが、ここに髪のまっ白なひと、泊ってますかね？　上から見たんで、男か女か、はっきりしないんですが、あんまり見事な白髪なもんで……」

「さあ？」

茂は首をかしげながら、問いかけるように、クラークの顔を見た。クラークも首をかしげて、

「お年よりは何人か、お泊りでございますが、髪のまっ白なかたは……さあ、ちょっと心あたりがありませんが」

「じゃあ、お客さんじゃなかったのかな？　客にあいにきたひとだったのかも、知れませんね。しかし、白髪ってのはいいもんですよ。まっ白にしとくのは、大変らしいけど——手入れをおこたると、すぐ黄いろっぽくなるそうだから」

直次郎が話をごまかすと、茂はすなおにうなずいて、

「畑中さんの亡くなったお父さんは、ご立派でしたよ。ああなるんなら、年をとるのも悪くない、と思うくらい。でも、ぼくの実家のほうは、だめなんです。毛がなくなるほうのたちらしくて——」

「ぼくのところも、そうなんですよ」

直次郎はいい加減に調子をあわせると、タバコの礼をいって、エレベーターへもどった。五階へついて、ドアから出ようとしたとたん、廊下に悲鳴がひびきわたった。五〇七号室の

ドアがすこし開いているのと、廊下のおくに、ちらっと人影の動くのが、目に入った。直次郎は走りよって、五〇七号のドアを大きくあけた。いきなり、かじりついてきたのが、ユリだった。

「どうした？」

「だれかが……だれかが、入ってこようとしたの。わたし、わたし……」

足もとの絨緞《じゆうたん》を、血らしいものが、どす黒く汚している。ひときわ濃く、それがにじんでいるところに、細長いものが、青白く落ちていた。指だった。人さし指か、中指か、とにかく、人間の指が一本、どろりと根もとに血をからませて、落ちているのだ。つやのない黄ばんだ爪《つめ》が長くのびて、紫がかった灰いろの指は、苦しげに絨緞をかきむしっているみたいだった。

「わたしがドアをしめようとすると、片手をつっこんできて——力いっぱいドアをしめたら、その手の指が……指が……」

ユリは直次郎にすがりついて、声をふるわした。まわりの部屋から、悲鳴を聞いて出てきた人びとが、戸口をのぞきこんで、

「どうしました？　なにかあったんですか？」

外国語もまじって、さわぎは大きくなりそうだった。直次郎はユリの耳に、

「しっかりするんだ。フロントに電話して、茂さんに来てもらいなさい」

ささやくと、相手を室内へおしこんで、ドアをしめながら、

「なんでもありません。おさわがせして、すみませんでした。ちょっと寝ぼけただけなんです」

　泊り客たちに弁解して、直次郎は大股《おおまた》に、廊下のおくへ急いだ。だが、人影の見えた曲り角までいかないうちに、ユリの悲鳴がまた聞えた。こんどはドアがしまっているので、さっきほど大きくはひびかなかったが、それぞれの部屋へ、もどろうとしていた客たちを、おどろかすにはじゅうぶんだった。直次郎は一足とびに戸口へもどって、鍵をあけた。ユリがたおれているのを見ると、直次郎はひざまずいて、

「しっかりしろ。どうしたんだ、ユリ？」

「指が……指が消えたの。消えてしまったのよ」

　かすれた声で、ユリはいった。絨緞の血だまりも、うそのように薄れていた。その上にころがっていた一本の指は、どこにも見あたらなかった。直次郎はユリを抱きあげて、ベッドへ運びながら、注意ぶかく部屋じゅうを見まわした。青ざめた指は、見つからなかった。背後で、茂の声がした。

「なにかあったんですか、宗一さん？」

「なにもいっちゃいけないよ。寝ぼけたことにするんだ」

と、ユリの耳にささやいてから、直次郎はふりかえった。戸口の客をかきわけて、茂と早苗が入ってきていた。

「すみません。たいしたことじゃないんです。ご迷惑をかけたお客さんがたに、あやまって

くれませんか」

直次郎はユリをベッドにおいて、窓ぎわへいった。窓には掛金が、完全にかかっていた。まっ暗な隣室へいって、ペンシル・ライトをたよりに、壁のスイッチを入れてみたが、テーブルの位置も、その上においてあるペイパーバックの位置も、さっきとぜんぜん変っていない。もちろん、指も見つからなかった。スーツケースから、鎮静剤のチューブをとりだして、寝室へもどると、早苗がベッドのわきで、ユリをなだめていた。直次郎はバスルームへいって、手早くしらべまわったが、指はどこにもころがっていない。トイレットとバスタブに水を流してみたが、詰っている様子もなかった。

洗面台のグラスに水をみたして、バスルームから出てくると、茂が廊下から入ってきて、ドアをしめたところだった。ユリの悲鳴におどろかされた客たちも、それぞれ部屋へもどったのだろう。直次郎はベッドのそばへいって、水のグラスを早苗にわたすと、鎮静剤を一錠、手のひらにあけながら、

「これを飲ませるの、手つだってください」

早苗がうなずくと、直次郎は、額ぎわまで毛布をかぶっているユリを、片手で抱きおこした。錠剤をのませて、もと通りに寝かせてから、直次郎はいった。

「これで、落着くでしょう。たぶん、寝ぼけたんですよ。だれか入ってきた、というんですがね。鍵がかかってたんだから、そんなこと、あるはずがないんだ」

「目がさめてみると、宗一さんがいなかったんで、びっくりなすったのよ、きっと」

と、皮肉まじりに早苗がいった。直次郎は頭をかいて、

「そうかも知れないな。でも、ひどく気にしてましたから、ぼく、いちおう見まわってきます。畑中さん、もうしばらく、ここにいてやってくれませんか？」

「ええ、かまいませんけど」

「お願いします」

直次郎が部屋をでると、茂もあとについてきた。

「ぼくも、手つだいましょうか。しかし、どこを見まわるんです？」

「ぼくにも、わからないんですよ。ただ、窓を気にしてましたからね。庭にだれかいるようだって——どうも、けさから神経質になってるんです」

「無理ないかも知れないな。女性にとって、結婚ってのは、男が考える以上に、一大事なんだろうから」

エレベーターが一階について、ドアがあくと、茂はさきに廊下へ出て、

「庭をしらべるんだったら、ちょっと待っててください。ライトを持ってきます」

大股に事務所のほうに、歩いていった。だれもいないロビーは灯《ひ》の数もへって、うそ寒い感じだった。フロントのクラークの顔も、いやに陰気くさく見えた。二分と待たないうちに、大きな手提《てさげ》電灯を持って、茂がもどってきた。夜気のつめたい庭へ出て、五〇七号室の窓の下あたりを、念入りにしらべてみたが、指は落ちていなかった。直次郎が廊下で見た人影は、どこにでも隠れるところがあったろうが、ちぎれた指はそうはいかない。直次郎が指を見て

から、それが消えるまでに、五分とたってはいないのだ。おまけに、五〇七号室の前にはひとがいて、だれも入ることも、出ることも、できなかったのだ。なんとなく、大きなこうもりでも飛んでいそうな気がして、直次郎は五階の窓をふりあおいだ。

6

あくる日の晩、直次郎は、青沼作次郎の屋敷へ呼ばれた。ユリも呼ばれたのだが、熱っぽくて起きられない、というので、直次郎だけが茂につれられていった。早苗がついていってくれるといったが、それでもユリのことが気になると見えて、作次郎も、茂も、あまり話がはずまなかった。けれど、それなりに時間はたって、直次郎が茂の運転する車でホテルへ帰ったときには、九時になっていた。

「ぼくだ。宗一だ。帰ってきたよ」

五〇七号室のドアをノックして、声をかけたが、返事はなかった。ノブをまわしてみたが、もちろん、あかない。

「畑中さん、畑中さん」

返事はなかった。うしろにいた茂が、眉をしかめて、ささやいた。

「待っててください。急いでマスター・キイを持ってきます」

ポケット櫛にしこんだプラスチック板で、鍵をあけたいのをがまんして、直次郎は待っていた。エレベーターがあがってきて、茂がマスター・キイを手に、飛びだしてきた。寝室のほうのドアをあけると、室内には灯りがついていて、奥のツインベッドの前に、早苗のたおれているのが見えた。直次郎が走りよってみると、ベッドの上のユリの姿勢も、不自然だった。直次郎は早苗の首すじにさわってから、ユリの手首をつかんだ。

「大丈夫、ふたりとも気を失っているだけだ。茂さん、となりの部屋のぼくのスーツケースをあけると、ポケット・フラスコが入ってる。取ってきてくれませんか」

茂はうなずいて、隣室へとんでいった。椅子につまずいたらしい音を聞きながら、直次郎はユリの首すじをあらためた。ユリの首には、繃帯《ほうたい》が巻いてあった。喉《のど》が痛いというので、湿布をしたことになっているが、繃帯の下は首輪のような革ベルトだった。だが、繃帯には糸のほつれたあともない。直次郎は安心して、早苗のそばにかがみこんだ。早苗の首には、小さな十字架のついたネックレスがかかっていて、うなじにも、喉もとにも、ひっかき傷ひとつなかった。

「これですか、宗一さん」

茂がもどってきて、ヒップポケットに入れるようにカーヴのついた銀のフラスコを、さしだした。そのフラスコのブランディを、キャップについで、ユリと早苗に飲ませると、ふたりとも目をひらいた。けれど、ユリはおびえて、泣きじゃくるばかりだった。

「どうしたんです、いったい？」

直次郎は、早苗に聞いた。早苗は、茂が隣室から運んできた椅子にかけて、青ざめた額を片手でもみながら、

「それが、わたしにも、よくわからないんです。ユリさん、熱に浮かされて、なんだかひどく、おびえてました。窓のそとにひとがいる、というんです」

直次郎は、窓をふりかえった。カーテンが半びらきになって、窓はいちおうしまっているものの、掛金のかかっていないのが、見てとれた。

「それで？」

直次郎がうながすと、早苗は落着きのない目をあげて、

「それで、ここは五階なんだから、ひとがのぞくはずはない。そういって、わたし、窓をあけようとしたんです。そしたら……」

「そうしたら？　どうしたんですか、早苗さん」

茂が聞くと、急にユリが枕に顔を伏せて、うめくような声をあげた。

「ひいおばあさまがいたの。ひいおばあさまが、窓から入ってきたのよ。わたし、やっぱり吸血鬼になるんだわ！」

「怖がらなくても、いいんだ。きみはなんとも、なっちゃいないよ。ほんとだよ」

直次郎は、ユリの背中をさすってやった。早苗は両手で、顔をおおった。

「ユリさんがいった通りなんです。年とった女のひとのようでした。ちらっとでしたけど、見えたんですの。わたし、あわてて窓をしめたんですけど、なんだか気持ちが悪くなって……ユリさんのそばへ戻ろうとしたことは、おぼえています。でも、そのあとのことは――」

「大丈夫ですか？　まだ気分が悪いようだったら、ぼくのベッドで、横におなりなさい。ブランディを、もういっぱい飲みませんか？」

と、直次郎がいった。早苗は顔をあげて、

「すみません。いただきますわ。ユリさんは大丈夫かしら？　吸血鬼って、なんのことですの？」

「ちょっとしたことがあって、ノイローゼ気味なんです。いや、そう思ってたんですが、こうなってくると、考えなきゃいけないな。ほんとになにか、あるのかも知れない」

直次郎は、首をかしげた。ベッドにうつぶせになったまま、ユリがいった。

「そうよ。妄想じゃないわ。わたしのひいおばあさまは、吸血鬼なのよ。わたしも、吸血鬼なのよ」

「くだらないことを、口走るんじゃない。ぼくがついてるじゃないか」

直次郎がたしなめると、ユリはすすり泣きの声をもらした。

「たしかにこの話、父の耳には入れられませんね。ただの病気といってさえ、あんなに心配したくらいだから」

と、茂が声をひそめた。

「でも、このまま、ほうってはおけないわ」

早苗がいうと、茂はうなずいて、

「ちょうど、となりの五〇八号が、きょうあいて、まだふさがっていないはずなんです。今夜、ぼくはそこに寝ますよ。なにかあったとき、手だすけになるでしょうからね」

「わたしも、もうひと晩か、ふた晩、ここに泊ることにしますわ。社長に電話してきます」

と、早苗が立ちあがった。隣室へいこうとするのを、直次郎は呼びとめて、

「電話といえば、東京からかかってきませんでしたか、ぼくの留守ちゅうに」

「すみません。ございました。ユリさんはお加減が悪いし、あなたはお出かけだと申しましたら、お名前をおっしゃらずに、お切りになってしまいましたけれど」

早苗は、元気をとりもどしたらしく、秘書口調になっていた。ユリも落着いて、寝息を立てはじめた。茂と早苗が部屋を出ていくと、直次郎は隣室へいって、電話機の前にすわった。受話器をとりあげて、

「東京へ電話をかけてくれないか」

と、バー・ドラキュラの番号をつげた。マダムの返事が聞えると、直次郎は声を低くして、

「そこにベソコン、来てないかな?」

「直さんね。来てないわよ」

「佐伯さんは?」

「佐伯さんも、来てないわ。もう半月くらい、見えてないんじゃないかしら。紺野さんは、まだ時間が早すぎるわよ」

「そうかも知れないな。ありがとう」

「なにかおことづては?」

「いや、いいんだ。じゃあ、また」

直次郎は電話を切ると、寝室へもどった。早苗がすわっていた椅子に腰をかけると、スタンドだけに灯りをへらして、タバコに火をつけた。一本を吸いおわってから、窓ぎわに立っていって、窓ガラスごしに庭を見おろした。まだ水銀灯がついていて、庭は明るかった。腕時計を見ると、十時半をまわったところだった。ごくあたり前のホテルの夜で、異常なことが起りそうな感じは、ぜんぜんしない。直次郎は苦笑して、カーテンをしめた。ふりかえってみると、ベッドの上で、ユリが目をひらいていた。

「ほかのひとは？」

「茂さんは、となりの部屋にいますよ。早苗さんも、どこかあいてる部屋に入ったはずだ。きみが妙なことを口走ったもんで、ふたりとも心配してしまったんです」

「だって、怖かったんですもの」

「そりゃあ、わかりますがね」

「あなたがいないから、いけないのよ。早苗さんたら、ちっとも親身になってくれないの」

「しかたがないでしょう。はじめはだれだって、きみの妄想だと思う。まあ、もう離れずに、ぼくがついてるから、安心なさい。元気をだすんだ」

「そんなことといっても、無理だわ」

「そうかな？　状況はよくなってるじゃないですか。ここへ来るまでは、きみ自身が吸血鬼だと思いこんで、悩んでた。けれども、いまは違う。吸血鬼は、ひいおばあさんだったんだ。

きみじゃなかった。それがわかっただけでも、よろこぶべきですよ」

「でも、このままじゃ、わたしも吸血鬼にされてしまうわ」

「ぼくをやとっておきながら、そんな心配をするなんて、損だと思いませんか」

直次郎は笑いながら、隣室へ立っていった。もどってきたときは、手に妙なものを持っていた。上衣をぬいで、ベッドに腰をおろすと、シャツの襟《えり》をひらいて、直次郎は、妙なものを首に巻きつけはじめた。鞭《むち》うち症の患者などがつかう、ギプスコルセットだった。それを巻きつけおわると、ズボンもぬがずに、直次郎はベッドに横になった。

「これだけ用意しとけば、怖いものなしだ。吸血鬼ってのは、かならず喉をねらうようですからね。ぐっすり、寝てください。あしたは叔父さんが、見舞いにきてくれるそうだから、元気な顔を見せないと、新婚旅行の目的が達せられませんよ」

「きょう一日、寝てたのよ、わたし」

「じゃあ、トランプでもやりますか」

「わたし、なんにも知らないの。できることといえば、五目《ごもく》ならべぐらいね」

「なんでも、お相手いたしますよ。これも仕事のうちだから」

直次郎は気軽にベッドを飛びおりて、隣室のライティング・テーブルから、備えつけのホテル名の入った便箋《びんせん》をとってきた。それに横線をひっぱって、五目ならべをはじめたが、成績は二十七対四。四のほうが、直次郎なのだから、惨憺《さんたん》たるものだ。直次郎はくやしがって、まだ続けたいようだったが、ユリのほうがあくびを連発しはじめて、黒白のあらそいは決した。なにかあったら、名誉を挽回《ばんかい》してみせる気で、直次郎はベッドへ入ると、ギプスコルセットのベルトをしめなおしたが、その夜はなにごとも起らなかった。

7

ベッドのわきのテーブルに、切りかえておいた電話が鳴って、直次郎は起された。カーテンのむこうは、もう明るくなっていた。腕時計を見ると、九時十分すぎだった。直次郎は顔をしかめながら、受話器をとりあげた。

「モーニング・コールを頼んだおぼえはないけどな」

「いえ、東京からお電話でございます。おつなぎしますか?」

「ああ、どうぞ」

東京からかけてきたのは、ベソコンだった。ベソコンの声は、元気がなかった。

「あの……怒らないでもらいたいんだよ」

「なんのことだい? こんな朝っぱらから」

「ゆうべから、迷ってたんだ。どうもあの絵かき、消えちまったらしいんだよ」

「なんだって? いつからだ、いないのは?」

「きのうから」

「きのうのいつごろ?」

「それが、わからないんだよ。あっちこっち、追っかけて歩いてたら、どこでも、いま帰ったところだ、というんだ。アパートでも、もう帰ってきて寝たようだ、というんでね。安心してたんだが、様子がおかしい。けさ、セールスマンみたいな顔して、部屋をあたってみたんだよ。そしたら、となりの部屋のかみさんが、きのうから帰ってない、といやあがる。しろうとじゃだめだねえ、やっぱり、こういう仕事は」

「感心してちゃいけないな。わかったよ。また現れたら、すぐ電話してくれ」

直次郎は受話器をおいて、ユリのベッドをふりかえった。ユリはまだ、眠っているようだった。直次郎は目をつぶって、事態を考察しはじめた。だが、いつの間にか、眠ってしまった。次に目をさましたのは、ドアのノックのせいだった。大あくびをしながら、直次郎はベッドをおりて、戸口へいった。

「どなた？」

「茂です。大丈夫ですか？」

「ちょっと待って。いまあけますよ」

直次郎はギプスコルセットを外して、バスルームへほうりこんでから、ドアをあけた。廊下には茂と早苗が、心配そうな顔をならべていた。

「無事でしたか。なかなか起きてこないので……」

「もう十二時ですね。ゆうべ、ふたりとも神経質になって、なかなか眠れなかったもんで……心配かけて、すみません」

「父がきているんです。ユリさんは起きられそうですか？」

茂が聞くと、ユリがベッドから、明るく答えた。

「大丈夫よ。大急ぎで仕度して、おりていくわ」

「そのほうが、父が安心するかも知れないな。ちょうど昼めしの時間だ。きみたちには、朝めしのわけだけど、いっしょにしましょう。この前とおなじ部屋で、待ってます」

着がえをして、一階へおりてからのユリは、叔父を安心させたかったせいか、すこぶる元気にふるまった。それを見て、青沼作次郎も上機嫌《じょうきげん》だった。作次郎のすすめで、ふたりは午後から、茂の車を借りて、外出することになった。日のあるうちは、なにごともないはずだから、新婚の夫の演技をしないですむだけ、直次郎にとっては、ありがたかった。直次郎がハンドルをにぎって、車がホテルの駐車場をでると、ユリはいった。

「でも、静かなところへはいきたくないわ。まだいったことのないお寺もあるし、高雄《たかお》のもみじなんて、叔父がいってたけど、気がすすまないの」

「もうシーズンなんだから、静かじゃないと思いますがね。それでも町なかがいいんだったら、大阪へ出てみますか」

「神戸がいいわ。神戸へいってみない？　叔父が、お小づかいをくれたの。はでに買物でもしたら、夜のくるのが怖くなくなるわ、きっと」

直次郎は、京都南のインターチェンジから、名神高速道路に入って、車をすすめた。空はスレートいろの雲におおわれて、ときおり力のない秋の日ざしが、フロントグラスを光らした。

「いつまで、京都にいるんです、ぼくらは」

「あと一日か、二日は、いなけりゃならないでしょうね。それから九州へいくって、叔父にはいってあるんだけど、これは、ほんとにいく必要はないの」

「いったっていいですよ。うるさい親戚《しんせき》の目がないところなら、新婚旅行ごっこも悪くない」

直次郎が笑うと、ユリは妙な顔をして、肩をすくめた。名神高速道路を出ると、神戸までの道は、ひどくこみあっていた。ユリの希望で、まず港へいったが、風のない曇り日の海は、空とおなじように、にごって冷たい感じだった。有料駐車場に車をあずけて、予定どおり、元町《もとまち》の商店街へでかけると、カメラ屋のウインドウに、夜間用の望遠鏡が出ているのが、直次郎の目にとまった。双眼鏡をふたつに切った片っぽのようなスタイルで、小型だが、高性能のドイツ製だった。

「さすがは、神戸だな。ライカのT6、こいつを輸入してる店は、東京にもまだないはずだ」

直次郎は相好をくずして、それを買うために、ユリに借金を申しこんだ。おかげで、ユリが婦人ものの店を何軒も歩くあいだ、辛抱づよく、ニコニコしていなければならないことになった。買物をすませると、三ノ宮のフランス料理店で、ゆっくり夕食をとった。ナイトクラブを一軒のぞいて、京都のホテルへもどってきたときには、午後十時をすこし過ぎていた。ロビーには、まだ何人かひとがいて、カラーテレビを眺《なが》めていた。早苗も、そのひとりだった。

「お帰りなさい。どちらをご見物？」

椅子から立ってきた早苗と、エレベーターの前で立ち話をしているところへ、茂も顔を見せた。茂の事務室へさそわれて、お茶を飲みながら、しばらく雑談したあと、ユリと直次郎は、五〇七号室へもどった。

「出あるいて疲れたせいか、今夜はよく眠れそうだわ。着がえをするあいだ、また隣りへいっていてね」

「しかし、油断は禁物《きんもつ》だ。プロテクターをおわすれなく。こっちのほうが効果的だから、今夜これをつけてください」

と、ギプスコルセットを渡して、直次郎は隣室へいった。念のために、壁に盗聴器をとりつけてから、窓をあけて、買ってきたライカT6のテストをした。曇った晩の風景が、月夜のように見えたけれど、京の夜気に身をさらしつづけたくなるほどの対象は、視野に入ってこなかった。イヤホーンのほうには、服をぬぐ気配につづいて、バスルームで湯をつかう音が、遠く聞えていた。直次郎は窓をしめて、椅子に腰をおろした。パジャマをきる気配が、イヤホーンに入ってきて、しばらくすると、境のドアに合図のノックがあった。

「もういいわよ」

直次郎が盗聴器を片づけて、寝室へ入ってみると、ユリは大きなギプスコルセットをつけて、ベッドに入っていた。直次郎がバスルームに入って、トレーニングパンツにポロシャツすがたで、濡《ぬ》れた頭をごしごしタオルで拭きながら、出てきたときには、もうユリの寝息が聞えていた。直次郎もひどく眠くて、ベッドにもぐりこむと、ゆうべユリがつかった革帯を、首に巻きおわるかおわらないうちに、前後不覚になってしまった。

頬が凍るような感じで、目をさましてみると、スタンドの灯りが、つけっぱなしになっていた。窓のカーテンが、あらかたひらいて、ゆれ動いている。窓もいっぱいに押しあげられて、濃い闇《やみ》がにじりこんで来そうに見えた。底びえのする夜気が、容赦なく顔をおおってくる。直次郎は、起きあがろうとした。けれど、手も足も、頭の芯《しん》までが、しびれたようになっていて、指一本、動かすことができなかった。目をひらいているのが、やっとの思いだ。部屋じゅうが歪《ゆが》んで、うごめいているみたいだった。廊下へでるドアも、あいているのに、直次郎は気づいた。

そのドアから、黒い塊が入ってきた。黒い大きな塊の上に、銀いろの小さな塊がのって、微妙なつりあいを保ちながら、ゆっくり、それは入ってきた。銀いろの塊は、白髪をふりみだした頭だった。黒い塊は、ガウンのようなものをまとった人間のからだだった。白髪黒衣の人間は、重い霧のなかを泳いででもいるみたいに、ガウンをなびかしながら、まっすぐ室内にすすんできた。ガウンの裾が絨緞をこすっても、なんの物音もしない。直次郎は、ユリに声をかけようとしたが、くちびるが動かなかった。懸命に上半身を起したものの、もうそれ以上、からだはいうことをきかなかった。額や腋《わき》の下に、つめたい汗がにじみだすのが、はっきりわかった。黒衣のひとは、床すれすれに浮いているみたいに、目の前を通りすぎていった。にじんで光っているような銀髪の下に、ちらっと灰いろの顔が見えた。顔が見えたというよりも、いまにも血のしたたりそうなくちびるが。

直次郎は、ベッドのなかで、もがきつづけた。黒衣のひとは、窓に近づくと、ふわっと飛びあがった。ガウンの裾がひろがって、黒いすがたは窓框を越えた。そのまま、夜空に吸いこまれるように、黒衣のひとは窓を離れた。直次郎は必死に手足を動かして、ベッドからころがり落ちた。自分のからだが、床をうったひびきが聞えて、物音がもどってきた。ベッドにすがって起きあがると、ユリがもがいて、上半身を起そうとしているのが、目に入った。よろめきながら、直次郎はベッドを離れた。足がもつれて、絨緞にたおれると、四つん匍《ば》いで、なんとか窓に近づいた。やっとのことで、窓框をつかんで立ちあがると、直次郎は夜の庭を見おろした。窓のましたに、黒いものが投げだされているのが、小さく見えた。

直次郎は足をひきずって、隣室から夜間用望遠鏡をとってくると、また窓の下を見おろした。ふるえる指さきで、ピントをあわすと、白髪のかつらのずれた頭が見えた。不自然にねじれた五体の位置が、すでに生きた人間でなくなっていることを、はっきり示していた。両手にロープをにぎって、その長い残りの部分が、地面に奇妙な模様をえがいている。直次郎は、ピントをあわしなおして、死体の顔を見つめた。青ずんだ灰いろの顔料を、厚く塗った男の顔には、見おぼえがあった。

「動かないで、じっとしていたほうがいい。寒くても、がまんして」

ベッドで恐怖にふるえているユリに、直次郎は声をかけた。舌がもつれて、他人がしゃべっているようだった。ふらふらする頭をふって、直次郎が廊下に出てみると、となりの部屋のドアが、半びらきになっていた。室内には、灯りもついていて、入ってみるまでもなく、絨緞の上に男がたおれているのが見えた。青沼茂だった。一、二の点をのぞいては、事務室でわかれたときのままの身なりだ。一、二の点というのは、上衣がそばの椅子にぬいであることと、もうひとつ、短かいロープが、首に巻きついていることだった。直次郎は部屋へ入って、茂が死んでいることを確かめてから、ハンカチを巻いた手で、電話をとりあげた。

「五〇八号室で、茂さんが殺された。警察に連絡とってください。窓の下にも、もうひとり死んでいる。だれにも、死体にさわらせないように、すぐ手配するんだ」

腕時計を見ると、午前一時二十五分だった。直次郎は電話を切って、半びらきのドアから、廊下へすべりでた。いくつかのドアがあいて、客の顔がのぞいていた。

「殺人事件があったんです。かかりあいになりたくなかったら、部屋にとじこもっていてください」

直次郎がいうと、客たちの顔はひっこんだ。そのとき、エレベーターのドアがあいた。あわてて着たらしい服の襟もとをなおしながら、畑中早苗がとびだしてきた。

「ほんとうですか、茂さんが……」

と、五〇八号のドアに、手をかけようとする早苗の肩を、直次郎はおさえた。

「警察がくるまで、そっとしとくほうがいい。もう手のほどこしようは、ありません」

「でも……いったい、だれが？」

「犯人も死にましたよ。窓から落ちて――」

　直次郎は早苗をうながして、五〇七号室へもどった。早苗は窓に走りよって、庭を見おろした。だが、すぐに顔をそむけて、ベッドのユリのそばへいった。

「早苗さん、ユリをそっちの部屋へつれていって、着がえさせてやってくれませんか。警察がくるまで、窓はあのままにしておきたいが、となると、ここは寒すぎますからね」

　と、直次郎がいった。早苗がうなずくと、ユリは青ざめた顔を、直次郎にむけて、

「さっきの……窓から出ていったのは？」

「あれが、吸血鬼の正体ですよ。夜空に消えるはずだったのが、引力のいたずらで、地面にキスしちまった。もう大丈夫です」

「それで、だれなんですの、あれ？」

　と、早苗が聞いた。こともなげに、直次郎は答えた。

「青沼宗一――旧姓、佐伯宗一です」

　ユリは、小さなさけびをあげた。早苗は、目をまるくした。直次郎は頭をふって、

「説明はあとにしましょう。簡単になっとくしてもらえる話じゃ、ありませんからね」

　しかし、大してあとまわしには出来なかった。やってきた警察官に、事情を説明しなければ、ならなかったからだ。ユリが落着きをとりもどして、くわしい証言をしたが、刑事は妙な顔をするばかりだった。けれど、犯行そのものは単純で、これは疑いようがなかった。茂の指のあいだには、宗一のかぶっていた白髪のかつらと、おなじ毛が残っていたし、茂の首

をしめたロープは、宗一がにぎっていたロープとおなじもので、切り口もぴったりあった。屋上の手すりには、ロープでこすったような痕跡《こんせき》があった。これらの証拠を組みあわせると、老婆に扮した宗一が、不意をおそって、茂を絞殺した。しかるのち、ユリと直次郎をおどして、窓から飛びだした。つまり、あらかじめ垂らしてあったロープを使って、消えたように見せかけるつもりだった。ところが、結びかたが悪かったために、屋上へよじのぼるはずが、ほどけたロープもろとも、地上へ墜落した――きわめて自然に、こうなるのだ。

8

「一週間ぶりですね。顔いろも、すっかりよくなったじゃないですか」

厚手のコーヒーカップに、薔薇《ばら》のつぼみのかたちをした角砂糖を、ふたつ落しこみながら、直次郎はいった。

「ええ、あなたのおかげですわ」

と、ユリは笑った。西多摩のユリの家の応接間だった。けれども戸外は、直次郎が最初にたずねたときのような、秋晴れの午後ではない。午後八時、空には星がきれいだった。

「とんでもない。事件は自然に、解決したようなもんですよ」

「わたし、この家を売って、京都へ移ることになりそうですの。ばあやさんには、もう暇をだしました」

「叔父さんといっしょに、暮すわけですね。お婿さんを自分で見つけないと、安心できなくなったんでしょう、叔父さんは」

「いいえ。叔父は、結婚しろ、といわなくなりましたわ。そのかわり、すぐには財産をわけてもらえるかどうか、わからなくなりました」

「ついてませんね、あなたも」

「もともと、わたしひとりなら、余分なお金はいらないんです。がっかりなんか、してませんわ。ただ困ったことに……」

と、ユリは口ごもった。コーヒーをひとすすりしてから、直次郎は微笑を返して、

「ぼくの報酬のこと？　全額で百万、という約束でしたね。こんな片づきかたをしたんじゃあ、値切られてもしかたがありませんな」

「そんなつもりはないわ。ただ、しばらく待っていただきたいの。叔父にもらう生活費のなかから、月賦でお払いします」

「そりゃあ、たいへんだ。もっと簡単な方法を、考えましょうや。前金をもらったし、望遠鏡の代金も立替えてもらってる。縁日の商人なみに、大まけにまけて、あと一回の支払いでいい、というのはどうです？　ただし、すぐでないと困るけど」

「でも、いまはわたし、まとまったお金は持ってないんです」

「金とはいってません。支払いは一度だけ――一度だけ、ぼくと寝てくださればいいんです」

はっとして、ユリは直次郎の顔を見た。直次郎は、まじめくさった顔つきで、ユリの顔を

見かえした。ユリは目をそらして、テーブルの上のコーヒーカップを、片づけはじめた。重ねたカップと受皿を、盆にのせると、立ちあがって、

「すこし、考えさせてください」

ユリは応接間から、出ていった。直次郎は無表情に、タバコに火をつけて、待っていた。しばらくすると、ユリがもどってきて、戸口に立ったまま、

「いいわ。ただし、条件があるの。まっ暗にして、灯りをつけないこと。それから、キスをしないこと。それでよろしかったら、二階へいらして」

「ちょっと味けない気がするけれど、まあ、いいでしょう。しかし、まっ暗にしておいて、そのへんの畑でとれたカボチャみたいな女を、替玉になんて手は、ごめんですよ」

いいながら、直次郎は立ちあがった。

「代役をさがしてくるには、時間がかかるわ」

ユリは笑いながら、先に立って、二階へあがった。直次郎がみちびかれたのは、小さな洋風の寝室だった。窓には厚いカーテンがひいてあって、大ぶりなベッドが、乳白色のグローブをかぶせた電球に、照されていた。

「先にベッドへ入って、待っててください。わたし、むこうでぬいできます」

覚悟したような声でいって、ユリはわきのドアから、となりの部屋へ入った。そこが、私室なのだろう。あけはなしたままのドアのむこうに、灯りがついて、しばらくしてから、また消えた。戸口へあらわれたユリは、なにひとつ、身につけていなかった。直次郎はベッド

のなかで、枕から頭をあげて、ユリを見つめた。ユリは右手を前に垂れて、さりげなく腿《もも》のあいだを隠しながら、立ちつくしていた。目をつぶって、肩幅、腰のふくらみとつりあいのとれた大きさの見事な乳房を、かすかにふるわしながら、左手を電灯のスイッチにかけた。

「消すわよ。もう口はききませんからね」

ユリがかすれた声でいうと、直次郎はうなずいて、

「いいとも」

スイッチが音を立てて、部屋はまっ暗になった。ドアのしまる音につづいて、はだしの足音が、ベッドに近づいた。直次郎が毛布をかかげると、なめらかな肌がすべりこんできた。直次郎の手が、乳房にふれた。乳房はつめたく、とがっていた。直次郎が足をからませると、相手のからだに、おどろいたような反応があった。無理もない。直次郎の足が、ズボンをはいたままだったからだ。右手で相手の肩をだきすくめながら、直次郎はささやいた。

「こんばんは、早苗さん。あなたとも、一週間ぶりですな」

同時に、左手を頭上にかざすと、ペンシル・ライトの灯がともった。まぶしい光をさけて、畑中早苗は顔をそむけた。直次郎は毛布をはねのけると、ベッドの足もとのほうへ飛びおりて、

「芝居はもう、おしまいだ。ユリさん、きみも出てきたまえ」

電灯のスイッチを入れると、早苗があわてて、毛布を胸もとにひきよせた。

「女のうそは、すぐ底がわれる、なんていうけど、きみたちのは立派だったよ。だが、すこ

し手がこみすぎて、かえって糸口を目立たせてしまったね」

「気がついてたの、あんた?」

直次郎をにらみつけながら、早苗がいった。隣室からのドアがあいて、セーターにスラックスすがたのユリも、入ってきた。直次郎は、にやっと笑って、

「ユリさん、あんたもベッドにかけたら、どうだい。そんな怖い顔をすることはない、と思うがな。ぼくはずっと、協力的だったはずだぜ。茂さんが殺された晩、ぼくがご馳走《ちそう》になったお茶に、麻痺剤《まひざい》が入ってた。だから、目がさめても、しばらく動けなかったなんてことも、警察にはいわなかった。ホテルで起った奇妙なできごとは、佐伯宗一ひとりではできないってことも、指摘しなかったじゃないか」

「なにがいいたいの、あんた?」

と、ユリが聞いた。

「この事件の演出者が畑中早苗で、主演は青沼ユリ。ぼくや、茂さんや、宗一君は、わき役にすぎなかったってことを、いいたいのさ。佐伯宗一が、吸血鬼怪談をでっちあげて、ユリさんに新郎の代役を考えさせた。その目的は、自由にかげで行動して、茂さんを抹殺《まっさつ》した上、やがては妻を狂気に追いこむこと、つまり、作次郎氏の財産を、ひとりじめにすることだった。そんな話は、すじがきのほんの一部分にすぎないってことを、いいたいんだよ」

直次郎は壁ぎわに、上半身は裸の腰をおろして、片膝《かたひざ》をかかえながら、しゃべりつづけた。

「ぼくが最初にここにきたとき、起ったことは、宗一ひとりで出来るだろう。肖像画をバッ

クだけのものにすりかえておいた上、スイッチひとつで爆発して、灰になってしまう仕掛の日記帳を、窓ぎわにおいとけば、いいんだからな。でも、ホテルで最初の晩に起ったことは、そうはいかない。植込みから出てきた白髪の人物は、早苗さん、あんただとしても、上でガウンをつるして踊らしたり、こうもりのかたちをした模型飛行機を飛ばす役が、必要だった。あのとき、宗一はまだ東京にいた。六階の窓で、あの役をつとめたのは、茂さんのはずだがな。そうだろう?」

「まるで支離滅裂だわ」

と、吐きだすように、早苗がいった。

「もっと支離滅裂になってくるよ。そこが、この芝居のみそなんだ。つづいて起ったことは、早苗さんにも、茂さんにもできない。ドアに挟《はさ》まれて、ちぎれた指が一本、密室のなかで、消えてしまったんだからね。できたのは、ユリさん、きみだけだ」

「でも、片岡さん、部屋じゅう探しまわったじゃないの。それでも、見つからなかったじゃないの」

と、ユリが畳みかけた。直次郎は、自分の喉から胃袋まで、指で縦に線をひいてみせながら、

「きみのお腹《なか》のなかまでは、調べなかったよ」

「食べてしまったというの?　ひと食い土人じゃないのよ、わたし」

「事件のけりがついて、ぼくは東京へ帰った。でも、あんたがたとさよならをいった日に、

まっすぐ帰ったわけじゃない。しらべたいことがあって、もう一日、京都にいたんだ」

にやにやしながら、直次郎はつづけた。

「早苗さんの死んだお父さんが、生菓子では由緒《ゆいしょ》ある店の名人級の職人だったことが、おかげで、わかった。高砂《たかさご》の尉《じょう》と姥《うば》との島台《しまだい》なんぞを、練りもので見事に、おつくりになったそうですな。そのお嬢さんなら、見よう見まねで、ちぎれた指の一本ぐらい、本物そっくりにできたでしょう。ユリさんは、ぼくが手にとって調べないように、しっかりかじりついて、廊下へ押しだしたし、早苗さんは廊下のおくに影を見せて、そっちをまず調べさせようとしたわけだ」

「次の晩、わたしがユリさんの看病をしてたときのことは、わたしたちふたりが、気をそろえてやったお芝居だ、とおっしゃるの？　それじゃあ、あんたと社長いがいは、ぜんぶ犯人ってことに、なるじゃない？」

早苗が冷笑すると、直次郎は大まじめでうなずいて、

「そうですよ。もちろん、それを承知の上で、演技してたのは、きみたちふたりだけ。あとのふたりはそれぞれに、早苗さんだけが、共犯者だ、と思ってた。宗一君は警察が信じたとおりを、自分でも信じこんで、ホテルへしのびこむ手びきをしてくれた共犯が、命の綱をといちまったとは、五階下へ落っこってく瞬間まで、思ってもみなかったろう。茂さんが、宗一扮する吸血鬼が入ってきても、おどろかなかったのは、早苗さんだと思ったからだ。違いますか？　茂さんは、ぼくがにせの宗一だってことも、知らなかったに違いない。あの晩、

ぼくとユリさんのお茶に、茂さんが薬品を入れたのは、ぼくを殺す手はずになっていたからでしょう？　ユリさんが、あの茶をぜんぶ飲んだかどうか、知りませんがね。茂さんが、ぼくを殺せば、ユリさんを狂気に追いこめる、と思いこんでたことは確かだ。自分が殺されるとも知らないで」

「そんな手のこんだことをして、わたしたち、なんの得になるのかしら」

と、早苗は大げさに首をかしげて、

「わたしはもともと、だれが死のうと生きようと、青沼家の財産には関係ないのよ。ユリさんは事件のおかげで、未亡人ってハンディキャップがついたし、財産がいつもらえるかも、わからなくなったわ。結婚届が出てるのは事実だし、社長が健康だってことは、聞いてごらんなさい、主治医を紹介するから」

「犯人をつきとめたかったら、最大の利益をうるものを探せ。それは確かに、犯罪捜査の原則のひとつだよ。きみたちは、それに該当しない……ように見えるね。しかしだぜ。金なぞ、いらなかったら、どうなんだ？　ユリさんは、しきりにきみを嫌《きら》ってみせたが、いまでもそういいはれるかな？　きみたちは、愛しあっているんだろう？　きみは気性が激しくて、必要とあらば男と寝ることも辞さないようだが、ユリさんはそうじゃないらしい。きみにしても、ユリさんのからだには、男の指一本、ふれさせたくないんだろう。しかし、作次郎氏は、結婚しろ、結婚しろ、とうるさくいう。うるさくいわれないようになりさえすれば、よかったんだ。経済的には、現状のままで、よかったんだ。だから、茂さんを、しいて殺す必要はなかった。ただ殺さないと、効果があがらないから、やったまでだ。かわいそうなのは、茂さんさ。もっとかわいそうなのは、偶然にえらびだされて、カモにされた佐伯宗一だ。きみの頭のよさと、からだの見事さにまどわされたふたりのために、ぼくは祈りをささげるよ。女と金のために身をほろぼすのは、男の宿命かも知れないがね」

　直次郎は上目づかいに天井をあおいで、片手で拝むまねをした。ベッドに腰かけていたユリが、両手をにぎりしめて、立ちあがった。

「おっと待った。男といっても、ぼくはひとり。そっちはふたり。直接に手はくださずとも、すでにふたりを倒したチーム、その気になれば——なんて考えないでもらいたいね。ありきたりのせりふだが、ぼくが帰らないと、青沼作次郎氏および京都市警に、それぞれ一通の封書が送られることになっている」

「もう一度、聞くわよ。けっきょく、なにがいいたいの？」

　低い声で、早苗がいった。

「延々としゃべったじゃないか。それがいいたかったんだ」

「ゆする気なのね？」

　と、ユリが声をとがらした。

「ぼくの想像があたっているかどうか、聞きたいだけさ」

「それを聞いて、どうするのよ」

「ぼくはやっぱり、頭がいいんだ、と思って、大いに満足するね」

直次郎はきざな身ぶりで、両手をひろげた。早苗はくちびるを噛《か》みしめると、毛布をはねのけて、ベッドからおりた。ひきしまった裸身を、なんの躊躇《ちゅうちょ》もなく、直次郎の目にさらして、隣室へ入っていった。ハンドバッグを手に出てきたときも、裸のままだった。直次郎の前に立って、ハンドバッグから紙幣束をつかみだすと、

「七万円あるわ。受けとってくれるわね」

「つまり、想像はあたっている、ということか。でも、ぼくはゆすりにきたわけじゃないぜ」

「これがゆすりでなくて、なんなのよ」

泣きだしそうな声を、ユリはたたきつけた。

「ぼくは同性愛には興味はないが、他人の趣味の問題に口をだそうとは思わない。ただ、ぼくが黙っていても、きみたちのお尻に火がつかないとは、かぎらないからね。そういうときには、*faa* をおわすれなく。電話一本で参上して、助けてさし上げます、ということをいいにきたのさ」

ユリと早苗のめんくらった顔を眺めながら、直次郎は立ちあがった。ぬぎすててあったシャツと上衣をひろいあげて、廊下へでるドアのほうへ一、二歩いきかけたが、裸の早苗をふりかえると、

「しかし、まあ、いらないお金なら、いただいておきますか」

早苗の手から紙幣束をつまみとって、かかえた上衣の内ポケットへ押しこみながら、

「じゃあ、さよなら」

　直次郎は、廊下へ出ていった。ドアがしまると、ユリは大きなため息をついて、ベッドに腰を落した。早苗が近づいて、その肩に手をかけた。ユリは早苗の汗ばんだ胸に、頭をもたせかけながら、小さな声で、

「大丈夫かしら」

「大丈夫よ。現実ばなれした事件であればあるほど、つじつまのあった部分は信じられやすい、という狙いに、間違いはなかったはずよ。わたしたちがこんな動機で、あんなことをしたなんて、だれが考えるものですか」

　早苗がユリの髪をなでると、ユリは早苗にすがりついて、

「あの男は考えたわ」

「でも、証拠はないのよ」

「またゆすりにくるかも知れないわ。一生、わたしたちにつきまとうかも……」

「そのときはそのとき。そうなってから、考えましょう」

「早苗さん」

　ふたりは抱きあって、ベッドに倒れこんだ。早苗はユリのセーターをずりあげながら、その下にあらわれてくる白い素肌に、くちびるをあてた。廊下からのドアが、かすかに軋《きし》んで、ひらきはじめた。ふたりの耳は、たがいのあえぎと、鼓動を聞くのに忙しく、そんな音には気づかなかった。ユリがスラックスを床に蹴落したとき、ドアは大きくひらいて、耳ざわり

AAAAAAAAAGH

な音をひびかした。ふたりの女は、顔をあげた。廊下の薄闇からにじみだしたように、黒い塊が戸口に立っていた。黒い大きな塊の上に、銀いろの小さな塊がのって、微妙なつりあいを保ちながら、ゆっくり、それは入ってきた。銀いろの塊は、白髪をふりみだした頭だった。黒い塊は、ガウンのようなものをまとった人間のからだだった。ふりみだした白髪の下に、ちらっと灰いろの顔が見えた。顔が見えたというよりも、いまにも血のしたたりそうなくちびるが。

早苗は凍りついたように、目を見ひらいた。ユリが悲鳴をあげて、ベッドからのめり落ちた。黒い塊は、たちまちあとずさりして、廊下に消えた。ドアがぶきみな軋みをあげて、ノブにからんだ釣糸かなにかでひっぱられでもしたように、ひとりでにしまった。裸の早苗が、裸のユリをベッドにひきずりあげて、意識をとりもどさせようと、声をからしているころ、白髪黒衣のひとは、薄汚れた国産車を砂利道にふっとばしながら、笑って、笑って、笑いつづけていた。

第三問　殺人狂の人質にされてエレベーターに閉じこめられた少女を救出する方法

1

片岡直次郎は、酔っぱらったからといって、ところかまわず、寝てしまうような人間ではない。かえって酔っていなければ、ときと場合で、高速道路のどまんなかでも、大の字になってみせるだろう。けれど、アルコールの影響で、どこへでも寝こんでしまうようなことは、絶対にない——と、まあ、自分では思っている。

それが、こんなところにすわりこんで、目をとじたのには、だから、ちゃんと必然性があった。あいたくない人間が入ってきたので、酒場から一時、避難しただけなのだ。

酒場というのは、直次郎がよく顔をだす青山のDRACULAだった。スナック・バーのドラキュラは、七階建てのビルの地下室にある。カウンターのいちばん奥のスツールに尻《しり》をのせて、赤ん坊の頭ほどもあるバルーン・グラスに、ちょっぴりつがせたブランディを、それこそ、大事な赤ん坊のようにあやしながら、直次郎はなんとなく、入り口のほうを眺《なが》めていた。前には大小の酒壜《さけびん》、グラス、するめや、海苔《のり》や、くさやを入れたガラスの壺《つぼ》のならんだ棚《たな》と、カウンターとのあいだを、死んだ三郎のあとをついだバーテンが、うろちょろしているだけだし、まうしろのテーブルには、アン・ツー・カーみたいな色をした派手《はで》な上衣《うわぎ》の中年男がいて、ホステスふうのつれの女をくどいている。右手の壁には、はやりのアート・ポスター——原色をふんだんに使ったアメリカ製の装飾用ポスターが貼《は》ってあって、見つめていると、目がちかちかする。ことにピンクとグリーンの蛍光インクには恐れをなして、もっぱら入り口のほうを、眺めていたわけだ。

そこへ、小がらで小ぶとりの男が、ひとりで入ってきた。紺野という男だった。大きな泣きボクロが目立つせいもあって、いつもベソをかいているような顔に見える。直次郎が関西へでかけたとき、佐伯宗一の監視をたのんだベソコンだ。そのとき約束した礼金が、すこし手つけを渡しただけで、ほとんどそっくり、まだ残っている。いまになっては、払う気はしないが、むこうに取る気はあるだろう。顔をあわせれば、催促されるにきまっている。

ベソコンが気づかないうちに、直次郎はブランディを飲みほしながら、スツールをすべりおりた。壁とスツールのあいだに潜《くぐ》り戸があって、カウンターへの出入り口になっている。さらに右手の切り戸をおすと、店の人間が更衣その他につかう小部屋があって、そのまた奥のドアをあけたところは、ビルの一階へでる階段だ。ベソコンとの小ぜりあいをさけるには、その順路をとって、一時、身を隠すよりしかたがない。

直次郎は階段のとちゅうに、いったん腰をおろしかけた。けれども、そこは寒ざむとして、どうも居ごこちがよろしくない。一階へあがって、ビルの玄関から戸外へでれば、ほかの店へ入ることもできる。だが、たのむよ、と手をふるだけで、大きな顔をして出てこられる店は、この近くにはない。ベソコンは長っちりのたちではないから、午前一時半には帰るだろう。あと四十分たらずを待つために、直次郎は一階の廊下へでた。

廊下の奥には、エレベーターがドアをひらいている。電源が切ってあって、エレベーターは動かない。動かなければ、使うひとはいない。使うひとがいなければ、ケージのなかでひと休みしても、だれの迷惑にもならないわけだ。直次郎は、エレベーターのケージに入って、腰をおろした。廊下とちがって、つめたい風は吹きぬけないし、床もきれいだ。ドラキュラを出て、ビルの玄関さきへ、階段をあがってきたベソコンが、もののはずみで廊下をのぞきこんでも、ここならば目につかない。

直次郎は安心して、両膝《りょうひざ》をかかえた。酔っぱらった状態で、たったひとりで出来ることといえば、酒を飲みつづけるか、本でも読むか、歌でも唄《うた》うか、タバコを吸うか、眠るしかない。ここに酒があるはずはないし、読書に必要な明るさもなかった。だいいち、読むべき本がない。歌には自信があったが、避難ちゅうの身の上で、大声を発するわけにはいかないだろう。タバコもあいにく、切らしていた。となると、選択の余地はない。

そう考えたときには、もう直次郎は目をとじていた。目をとじると、たちまち眠りこんで、いつの間にか、夢を見ていた。軍服すがたの東条英機陸軍大将が、テレビのコマーシャルに出ている。男性用化粧品の壜を両手に持って、バンザイをするのが、いかにもばかばかしくて、これは夢だな、とすぐにわかった。

とたんに、女の金切《かなき》り声が聞えた。

2

金切り声は、夢ではなかった。直次郎はあわてて、目をひらいた。最初に気づいたのは、ケージのなかに、灯《あか》りがついていることだった。次には、スチールのドアが、しまっていることに、気がついた。おまけにケージは、かすかな音を立てて、シャフトのなかを上昇している。一瞬後、直次郎は立ちあがろうとしていた。酔いのさめかけた目に、血の気をなくした若い女と、猟銃を手にした若い男のすがたが、飛びこんできたからだ。

娘は十七、八、いや、もっと下かも知れない。舶来《はくらい》チョコレートの包み紙みたいに、派手な縞柄《しまがら》のタートルネックのセーターを着て、パウダー・ブルーのミニスカートがかなり似あう、ほっそりした子だ。男のほうは、同年輩にも見えるし、二十四、五までいっているようにも見える。灰いろの木綿《もめん》のズボンに黒のシャツ、たるんだ茶っぽいカーディガンをひっかけて、大きなサングラスを剝製《はくせい》のみみずくみたいにかけていた。

「酔っぱらいか。目をさまさないほうが、よかったみたいだぜ」

と、その剝製のみみずくが、地方なまりのある声でいった。直次郎は黙ったまま、ゆっくり立ちあがった。

「動くなよ。おとなしくしてろ。おれ、いま男をひとり、こいつで吹っとばしてきたとこなんだ。まだ弾はあるんだからな」

銃はま新しい五連発のライフルで、木綿のズボンのポケットからは、弾丸の紙函《かみばこ》ものぞいていた。

「ほんとですか？　お嬢さん」

と、直次郎は娘に聞いた。少女は胸のあたりに、両手を握りしめたまま、小きざみに首を

ふって、

「し、しら――知らないんです、あたし、なんにも」

いいおわったとたんに、ピンクの口紅《くちべに》をぬったくちびるから、かんなくず細工の笛みたいな悲鳴があがった。ケージが震動して、がくんと停《とま》ったからだ。

「おどろくなよ。四階と五階のあいだで、エレベーターが停っただけのことさ」

と、男はいった。サングラスのうしろで、横目をつかって、階数表示盤をにらんでいたらしい。四階をすぎたところで、停止の赤ボタンを押したのだった。

「これでいい。だれも出られないし、だれも入れない」

男はニヤッと笑って、ドアのわきの運転ボタンのならんだ壁に、カーディガンの背をもたせかけると、その対角の隅《すみ》を、ライフルの銃身でさししめした。

「あんたはもっと、そっちへよってくれ」

直次郎は、いわれた通りにした。いまのところ、わかっているのは、少女が合意でエレベーターに乗ったわけではない、ということだけだ。もっと事情がはっきりするまで、うかつに動かないほうがいい。そう思って、直次郎は黙ったまま、男を見つめた。

「ふたりとも、静かにしてろ。なにか聞えたか？　聞えたな、ええ？」

男は左手にもったライフルの銃口を、少女の顎《あご》の下にあてがって、突きあげるようにしながら、ドアに耳を近づけた。直次郎も、耳をすました。たしかに聞える。階段から、五階の廊下へ、走りこんでくる靴音《くつおと》だ。それも、ひとりではない。

「くるんじゃねえ！　エレベーターに近よるな！　ドアをあけようとしやがったら、女の頭を吹っとばすぞ」

ケージが爆発しそうな大声で、男がさけんだ。

「下へおりてろ、上のドアをこじあけて、エレベーターの天井へおりようなんて、考えるなよ。この函のなかには、もうひとり、お客さまがいるんだ。先客がいたのさ。人質はふたりになったわけだ」

「ほんとうか？」

ドアのむこうで、太い声が聞きかえした。

「ほんとうです」

と、直次郎はいった。

「ここで酔いをさましてるうちに、寝こんじまったんです。下の――地下のスナックにいた客で……」

直次郎は名のろうとして、一瞬ためらった。そこへ、男の大声がわりこんで、

「ふたりをぶっ殺してからなら、いつでも死んでやるぜ。合計三人やりゃあ、いちおう腹の虫はおさまるからな」

「ばかをいうな。こんなことをして、逃げられると思ってるのか！」

と、ドアのむこうの声が、いらだった。男は右手で、ゆっくりサングラスをはずすと、シャツの胸ポケットへ押しこみながら、

2 3 4 5 6

「むりに逃げようとは、いってないよ。おたがいに大声だして、精力消耗するのはやめようじゃねえか。エネルギーは、もっと有効につかうもんだ。話があるなら、非常用の電話でしよう。下で待ってろ。あとでこっちから、かけてやる」

「娘さんは、無事なんだろうな?」

「返事をしてやれ。おまわりさんが心配してらあ」

と、男は銃口で、少女の顎を持ちあげた。

「はい……大丈夫です」

少女の声は、湿ったセロファンみたいにふるえて、聞きとりにくかった。

「聞えたか? 聞えたら、安心して下におりてくれ。そこにいられたんじゃ、気が散っていけねえや。屋上へ逃げたりはしないから、見張りを残しとく必要はないよ。ゼロ・ゼロ・セブンじゃないんでね。残念だが、ミニコプターの迎えはこないんだ」

男は喘息《ぜんそく》の馬みたいに、喉《のど》で笑った。笑うと、子どもっぽい顔になった。けれども、目には異様な光がある。こいつのいったことは、事実にちがいない、と直次郎は思った。ライフル銃も、弾丸も、銃砲店から盗んだばかりのものなのだろう。どんな相手を、どこでやったのか、見当もつかないけれど、とにかくひとり射殺して、遠くへは逃げきれない羽目になったらしい。そこで、夜遊びにふけっていたミニスカートを人質にひっぱって、このエレベーターへ立てこもったのだ。

「よし、わかった」

と、間をおいてから、ドアのむこうで、当惑した声が起った。

「非常電話で話をしよう。下で待ってるから、かならずかけろよ。いいか。冷静によく考えて、これ以上むちゃなまねはするな」

「おれは最初から、冷静だよ。そうじゃなくなってるのは、そっちだろう」

と、男はいった。耳をすますと、四、五人分の靴音が、遠ざかっていくのが聞えた。

「だいぶ派手なことをやったらしいじゃないか、きみ」

と、直次郎はいった。男は低い声で、別なことをいいだした。

「以前から、エレベーターはよく利用してたんだ。ここのばかりじゃないけどよ。電源がどこにあるか、ここらのビルなら、たいてい知ってるぜ。ホテル代なんぞに、金をつかうことはないからな。夏のあいだは、蒸暑いのが欠点だった。でも、すっ裸になって壁によっかかりゃあ、すっとする。立ったままのドッキングってのも、悪くないもんだ」

男はまた、馬の喘息みたいな笑い声を立てた。

「窓はないし、防音装置も良好となると、女ってのは、恥しらずな動物だな。十七、八のが三十女みたいに、泣きわめくんだ。よお、おめえもエレベーターを利用して、パンティをわすれてった組じゃねえのか？」

と、男は少女の顎を押しあげた。少女の口のなかで、歯がカチカチ鳴る音が聞えた。

「あんまりいじめないほうが、いいと思うがな。まだ子どもじゃないか」

と、直次郎はいった。

「子ども？　笑わせるなよ。こいつが処女だったら、このライフルをくれてやらあ」

「だれが確めるんだ？」

「あんた、から元気つけてるのかと思ったら、ちゃんと頭も働かしてるらしいな。そんな手に、のるかよ。自分で確めたらいいだろう」

「じゃあ、役得をさせてもらうか」

直次郎が前にふみだすと、少女がさけんだ。

「やめて！　このひとのいう通りよ。あたし、ヴァージンじゃないわ」

男は喉に骨でもささったような笑い声を立てた。そのまま、笑いつづけながら、

「そんなことは、どうでもいいんだ。こいつは、おれたちのそばへ寄りたかったんだよ。ひょっとすると、おめえ、助かってたかも知れねえんだぜ」

少女は不安げに、直次郎と男の顔を見くらべた。苦い顔つきで、直次郎は男にいった。

「電話をするはずじゃなかったかな」

「そうだ。やきもきしてるだろう。おめえ、そこへ腹ばいになれ」

男は右手で、足もとの床を指さした。なんのためにそんなことをさせるのか、ちょっと見当がつかなかったが、いわれた通りにしてみると、すぐにわかった。エレベーターの非常電話は、操作ボードの上についている場合と、下についている場合とがある。このケージには、ドアの開閉ボタンや非常停止ボタン、階数ボタンがならんだ下に、赤い電話機のシルエットを、小さくつけた蓋《ふた》があった。

「まず電話をとるんだ。つまり、あんたにスポークスマンをつとめてもらいたいのさ」

直次郎は四つんばいになって、スチールの蓋をあけた。あまり奥行きのない凹《へこ》みのなかに、送受話器がかかっている。それをはずして、直次郎は耳にあてた。

「もしもし」

なんという間のぬけた言葉だろう。

「もしもし、先にこのなかにいた男です。警察のかたですか？」

「捜査一課の福本警部だ。犯人をだしてくれ」

直次郎は胸のなかで、舌うちをした。まずい相手が出てきたものだ。だが、ほんの二、三十分しかあっていないのだから、ろくにおぼえていないだろう。度胸をきめて、直次郎はいった。

「ぼくに代りに喋《しゃべ》れというんです」

「あんたはなんだって、そんなところにいたんだ？」

「さっき、おまわりさんにいった通り、酔いをさましてるうちに、寝こんじまったんですよ。地下のドラキュラで、聞いてください」

「あんたの名前は？」

「片岡直次郎」

「ふざけちゃ困るな。まだ酔ってるのか？」

「困るのは、こっちだ。親がつけてくれた名前なんです。とにかく、下のドラキュラで聞いてください」

「わかった。犯人はそばにいるんですか？」

「いますよ。ぼくを見おろしている。ぼくは腹んばいになって、電話してるんです」

「なんだって？」

「わかりませんか？　弱ったなあ。腹んばいにさせとけば、停止ボタンを押しなおされる心配がないでしょう？　用心深いやつですよ。ほんとに、人殺しをしたんですか？」

「神宮前の銃砲店に押入って、銃を強奪したんです、店の主人を射殺して――凶悪な男だから、気をつけて、なるべくさからわないほうがいい。なんとか、名前を聞きだしてくれませんか、犯人のと、娘さんのと」

　頭の上で、男が笑った。

「どうだい、疑ぐりぶかい先生よ。警察が保証してくれたろう？」

「きみ、名前はなんていうんだ」

　直次郎は床に横になって、男を見あげた。男の口もとから冷笑が消えて、たちまち、棘《とげ》とげしい顔になった。

「だれが教えてやるもんか。いままでは、こっちから名前をおぼえてもらおうと思っても、だれひとり聞いてもくれなかったくせに」

「じゃあ、あんたの名は？」

　と、直次郎は娘に聞いた。少女は口をひらこうとした。

「いうな！　おふくろでも呼んできて、おれに同情させようてんだろう。女の古いのに、めそめそされたんじゃ、気分がこわれらあ」

「いったい、どうする気なんだよ、きみは？」

「ここで、夜あかしする気さ。三人いるんだ。退屈することはないだろう」

「いくら人質にぼくらがいたって、逃げきれるはずはない、と思うがな。夜があけりゃあ、なおさらだ。電話口にいるのは、捜査一課の係長なんだぜ。ということはだよ。このビルディングはもう、厳重に包囲されてるってことなんだ」

「あんた、テレビかラジオの司会者じゃねえんだろ？　ごていねいに解説してくれなくったって、わかってるよ、そんなことは」

「係長になんという？」

「そっちも仕事だから、囲みをといて、ひきあげるわけにもいかないだろう。おめえたちを死なせたくなかったら、とにかく朝まで待て、といえ。朝んなったら、いちおう囲みをといて、そうだな。車を一台、用意してもらおう。そしたら、人質は放してやる」

　直次郎はその言葉を、福本警部につたえた。ひとりごとみたいに、警部はいった。

「その車で、逃げようというのかな？」

「そうでしょう。昼間のほうが、混乱を起すことができて、有利だと考えているらしい」

「そうじゃないぜ」

　と、男が頭上から口をはさんだ。

「おれ、にぎやかなことが好きなんだ。みんなが心配して、大騒ぎして……銃砲屋から、おれ、金も盗んできたけどな。それで当分、暮していこうなんて考えて、かっさらってきたわけじゃないんだ。その金で切符を買って、大金持や有名人がたくさん乗りそうな旅客機に、なるべく海外線がいいな。乗るつもりだった。わかるか、おい？」

直次郎は寝がえりをうって、床に背中をつけると、

「ちょっと待ってください」

送話口にささやいてから、男を見あげた。不健康な色をしていた男の顔に、血がのぼって、熾《おこ》った炭火のように目がかがやいている。

「羽田を立って、しばらくしたら、機長をライフルで脅して、操縦室に立てこもるんだ。あとは、おれのいう通り、操縦させる。あっちへ飛んだり、こっちへいったり、そいつを機内へもアナウンスさせ、空港へも無電で報告させるのさ。おもしろいことになる、と思うぜ。最後は乗務員をみんな射ち殺して、太平洋のまんなかでも、どこでもいいや。命おしさに大騒ぎしてるお客もろとも、死んじまうつもりだった。ところが、調子くるって、このありさまだ。せめて、まっ昼間に大勢ひとを集めて、派手に死にたいだけのことだよ」

直次郎は胃のあたりで、むずむず膨れあがってくる恐怖を、懸命に押さえつけながら、

「だったら、その娘さんの名前を教えてやったって、いいじゃあないか。親きょうだいが、いるはずだ。ひとりっ子で片親だとしても、最低ひとりは確実に、心配して、大騒ぎをする人間がふえるわけだぜ」

「それもそうだな。教えてやれよ」

と、男は少女をうながした。

「宮——宮坂敏子」

少女はふるえる声で、それに住所と父親の名をつけくわえた。直次郎はそれを、福本警部にとりついでから、男が旅客機を墜落させる計画だったことを話した。

「それで？」

と、警部が直次郎に聞いた。

「それで？」

と、直次郎が男に聞いた。

「それでって？」

と、男が聞きかえした。

「飛行機が落せなくなったから、どうするつもりなのか、聞いてるんだ」

「警察が車を用意してくれたら、そいつで休み時間の小学校の校庭へでも乗りこんで、弾のありったけ射ちまくるか……まあ、出たとこ勝負だ。しかし、下のおまわりには、某所に爆弾が隠してある。そいつで、新幹線を爆破するつもりだとでも、いっといてくれ」

「そんなことがいえるもんか」

「じゃあ、いいたいことをいったらいいだろう」

直次郎は、送受話器をとりあげた。

「警部さん、この男は気ちがいですよ。困ったことに、冷静な気ちがいだ。ぼくは酔いもさめたし、かなり落着いているつもりです。ぼくの感じでは、この男、ほんとに死んでもいい気らしい」

「あなたが落着いておられるのは、ありがたい。しかし、なんとか本人を電話にださせるわけには、いきませんか？　どうも、これじゃあ、説得しようにもしづらくて……」

「それも、ぼくをスポークスマンにした狙いのひとつでしょう。こっちの知能程度を測定しようって気も、あるのかも知れないけれど」

「スポークスマンが、気に入らないって話らしいな」

と、男が口をはさんだ。

「だったら、話しあいは打ちきりだ、といってくれ。早く片がつけたけりゃあ、わけはないんだぜ。遠慮なく、ドアをこじあけりゃいいんだ」

直次郎がその言葉をつたえると、福本警部は声をひそめて、

「こうなったら、催涙ガスを使用するより方法はなさそうだ。あなたがたには気の毒だが、殺されるよりはましでしょう」

「そんなことが出来ますか？」

「まず六階のドアをこじあけて、エレベーターの天井《てんじょう》に乗るんです。修理用の出入り口があるでしょう？　そこから、ガス弾を射ちこむ」

さいわい、仰《あお》むきになっていた直次郎は、さりげなく、目を天井に走らした。たしかに、

長方形のトラップ・ドアがある。どこにもボルトが見あたらないから、バネ仕掛けにでもなってていて、上から持ちあげても、下から押しあげても、ひらくのだろう。

「だめですよ、警部さん。もっと落着いて、考えてください」

顔をしかめて、直次郎はいった。係長はむっとしたような声で、

「どうしてだ？」

「音がして、すぐ気づかれちまう。トラップをあけたとたんに、女の子は殺されますよ。ぼくが殺されるかも知れない。即効性の麻酔弾《ますいだん》でもあるんなら、話はべつですがね。催涙ガスなんて——」

「きみ、困るな、そんなに、はっきりいっちまっちゃあ」

「困りませんよ、名案でもなんでもないんだから。催涙ガスで目が見えなくたって、これっぱかしのスペースだ。射ちまくられたら、ぼくか、娘さんか、かならずどちらかにあたります。それとも、なんですか。あしたになって、五人、十人、被害者をふやすより、いまのうちにぼくらを犠牲にして、こいつを捕まえてしまおう、とでもおっしゃるんですか？」

「そんなことはない。ばかをいっちゃ、いけないいな」

「だったら、もっと冷静に対策を立ててください。この男は、死にたがってるんですよ。死にたがってるが、自殺するだけの勇気はない。つまり、他人には残酷になれても、自分には残酷になれないんです。ぼくは、そう判断しますね。手のこんだ自殺をしようとしてるんですよ、この男は」

「そりゃあ、きみ、すこし……」

「考えすぎかも知れません。でも、ぼくらのために、そう考えてください。そっちが慎重になってくれなきゃ、こっちはたまりませんよ。こんな話をすることだって、娘さんの神経にゃあ、よくないんだから」

「そうだ。そうだ。三十分間、休憩ってことにしよう。おたがい、神経をやすませてやらないと、朝まで持たないぜ」

と、おもしろそうに、男がいった。

「警部さん、切れというんで、電話は切ります。三十分後にかならずかけますから、ぜったい確実という手を思いつかないかぎり、なんにもしないでくださいよ。この男とちがって、ぼくはまだ死にたくないんですからね」

福本係長がなにかいいかけたが、男ににらみつけられて、直次郎は電話を切った。赤い電話機のシルエットが、小さくついた蓋をしめて、直次郎が起きあがろうとすると、

「そのままだ。そっちのはじへころがっていって、ズボンのベルトを外せ。そいつで、自分の足をしばるんだ。足首じゃねえぞ。両足をまっすぐのばして、膝の上をしばってもらおう。飛びおきられないようにな」

「わかったよ。しかし、上半身を起してもいいだろうね。でないと、しばれないぜ」

「しばるあいだだけなら、いいさ」

「ついでに、上衣をぬいでもいいか？　だんだん、蒸暑くなってきた」

直次郎は壁ぎわで、上半身を起すと、上衣の襟《えり》に手をかけた。

「ちょっと待った。さきに両足をしばってもらおう。それくらいの我慢が、できないはずはない。おれだって、カーディガンをぬぎたいのを、おめえの始末がつくまで、我慢してるんだ」

「わかったよ。油断がないんだな」

直次郎は、のばした両足の上におおいかぶさって、膝の上にベルトを巻きつけた。いったん身を起して、バックルに通したベルトを、力いっぱい締めあげてみせたが、同時に両膝にも力をこめた。足のあいだに隙間《すきま》をつくって、その裏がわへ、ふたえに巻いたベルトのはじを、押しこんだ。これで、ぎゅっとしばったように見えるだろう。だが、両足をひろげながら、はね起きれば、ベルトはゆるんで、床に落ちるはずだった。直次郎が上衣をぬぎはじめると、男はいった。

「すんだら、また寝てもらうぜ。あおむけでも、うつぶせでも、どっちでもかまわないが、両手は頭のうしろで組んでくれ」

いわれた通りにするより、しかたがない。直次郎は上衣を床に敷いて、あおむけになった。

「なにかあったら、このまま射つつもりか、自由のきかない人間を?」

「ヒューマニズムに、訴える気かい?　あんた、矛盾してるな。さっきは正確な判断を、くだしてたじゃないか。おれは冷静な気ちがいさ。八十の婆さんだろうが、三つの子どもだろうが、平気で射つよ。起きてようが、寝てようが、しばられていようが、走ってようが、知ったことじゃねえ」

「さっきのは、警察に慎重になってもらいたいから、いったんだ。ほんとの気ちがいは、気ちがいといわれると、怒るもんだぜ」

「怒ってるさ。怒るとますます、冷静になるんだ。ついでに断っておくが、おれは左ききだよ。けれど、右手もおなじようにきくんだ」

だから、ころがってきて、体あたりしようなんて思うなよ、とでもいうように、銃をとちゅうで右手に持ちかえながら、男はゆっくりカーディガンをぬぎすてた。男の口もとは、だらしなく歪《ゆが》んで、にやにや笑っている。けれども、両眼はつめたく光って、顔の上半分と下半分が、それぞれ別人のものみたいだった。ナチの強制収容所長というのは、みんな、こんな男だったんじゃないか、と直次郎は思った。

「さあ、少しくつろごうぜ。朝まで緊張のしっぱなしじゃあ、まいっちまう」

左手に銃をもどして、娘の顳につきつけながら、男がいった。

「朝まで、警察が待つと思ってるのかい、きみは?」

天井を見あげたまま、直次郎は聞いた。

「やつらも、面子《めんつ》があるからな。なんにもしないで、朝まで待ってるわけにゃいかないだろう。きっと、なにかやりだすぜ。うまくいくはずは、ないんだがね」

残念ながら、それをみとめないわけにはいかなかった。直次郎は、ため息をついた。だいたいこのエレベーターが、七階建ての貸ビルにしては、大きすぎるのだ。もうすこしケージが狭ければ、ライフルの銃身の長さが、かえって邪魔をしてくれる。だが、現状では、この宙づりにされた密室へ、男に引金をひく間をあたえずに、侵入することは不可能だろう。エレベーター内の面積を、記憶のなかから選びだして、このビルに逃げこんだのだとすると、いよいよ相手に油断はできない。直次郎はもう一度、ため息をついた。

「とにかく、おめえたちは助からねえな」

と、男は笑った。とたんに、少女がさけびだした。

「あたし、死ぬなんていや！　助けて！　助けてよ！　なんでもするから」

少女の顔は、汗まみれだった。全身が小きざみにふるえて、いまにも床に、しゃがみこんでしまいそうだ。

「しっかりしたまえ。落着くんだ」

と、直次郎は声をかけた。

「むりいうなよ。まだ子どもなんだぜ、精神的には」

男は銃を右手に持ちかえると、娘のセーターの襟を左手でつかんで、ひっぱりあげた。けれど、からだはセーターのなかをずり落ちて、なめらかな胴をむきだした。下には白いブラジァをしているだけで、そのはじが健康な小爪《こづめ》のように、のぞいている。

「助かりたかったら、裸になれよ」

にやにやしながら、男はいった。胃がちぢまったみたいに、少女の腹がぴくりと動いた。

男はからかうような調子になって、

「なんでもする、といったろう？」

少女はうなずいて、目をつぶると、交差させた両手で、セーターの裾《すそ》をつかんだ。派手な横縞が裏がえしになって、少女のあたまを呑《の》みこんでいくのを、直次郎はなにもいわずに見まもった。かわいそうだが、事態が好転しかけたからだ。しかし、相手はやっぱり、甘くはなかった。セーターをぬぎすて、ミニスカートを足もとに落した少女が、目をつぶったまま、両手を背中にまわして、ブラジァのホックを外そうとしたとき、男がいった。

「そこまででいい。蒸暑さで、頭がおかしくなられちゃ、困るんだ。だから、裸になれといっただけさ。なにもしやしない。したくないわけじゃねえけどよ。おめえを抱けば、この野郎がとびかかってくる。下で穴掘りをしながら、上で格闘できるほど、おれは器用じゃねえからな。安心しろよ」

白いブラジァとパンティだけの細いからだをすくませながら、少女は大きな息をついて、目をひらいた。がっかりしながら、直次郎はいった。

「しかし、その格好でおいとくのは、目の毒だな。やる気があるなら、方法もあるはずだ。その子を四つんばいにさせて、うしろから責めたら、どうだい？　背中をテーブル代りに、銃をかまえて、ぼくに狙《ねら》いをつけてりゃあ、安心だろう？」

まるで直次郎が、生物改造光線をあびて、一瞬のうちに怪獣にでもなったように、少女は恐怖の視線をむけた。

「あんた、おれより、うわ手だな。けどよ、そんな手にゃのらないね。おれがいくら冷静でも、この子は好きなたちかも知れない。怖さをわすれて、けつでも振りだしたら、狙いは狂う。狙いが狂ったら、おめえ、すぐ飛びかかってくるだろう。銃身をつかまれたら、それでチョンだ。ノー・サンキューだよ」

と、男はゆがめたくちびるで、直次郎をあざけってから、急につめたい顔つきになって、

「いやに口かずが多いが、おめえ、怖くないのか？」

「ぼくは怖いと、おしゃべりになるんだよ。朝まで持ちこたえられるかどうか、自信がないんだ。逆上して、ばかなまねをしたら、殺されるんだからな。怖いよ。その子を助けたいなんて、思ってるわけじゃない。この瞬間にだって、病気や事故で死んでるひとは、いるはずだ。でも、別にどうってことはない。それを考えりゃあ、目の前で殺されたって、おんなじことだよ、ぜんぜん知らないひとなんだもの」

「本音かどうか怪しいもんだが、いい考えかただ。ベトナム戦争反対の集会へ、車でいくとちゅう、ひとを轢《ひ》きころして、歩行者がわの不注意だなんていうやつよりは、りっぱだよ。わかったから、すこし黙っててくれ。しゃべりまくられると、息苦しくなってくる」

黒いシャツの襟もとのボタンを外しながら、男はいった。

「息苦しいのも、暑いのも、ぼくのせいじゃないぜ。こんな閉めきったところに、三人もいるんだ。だんだん、空気は濁ってくる。このままだと、朝までには、呼吸困難におちいるぞ。明るいとこで、派手にひと殺しがしたかったら、いまのうちに天井のトラップ・ドアをあけるんだな」

直次郎は、後頭部でくんでいた手を、片っぽだけ外して、天井を指さした。男もちらっと、天井を見あげた。はじめてその顔に、心配そうな表情が浮かんだ。

「ぜんぶあけるわけにゃ、いかないな。おめえの上衣を、蓋のあいだにつっこんで、隙間をつくりゃあ、いいだろう。立てよ」

「ひとりじゃ、むりだ。飛びあがらなきゃ、とどかない。ところが、両足は不自由だ。ほどいていいのか？」

「だめだ。おめえ、手つだってやれ」

男は銃口で、少女の頬をおした。直次郎はなんとか立ちあがって、上衣をまるめた。それを少女に渡すようなふりをしながら、いきなり男に投げつけるつもりだった。けれど、男は少女のまうしろにまわって、銃口を背なかにさしつけていた。直次郎は、ベルトのトリックがばれないように気をつかいながら、少女にいった。

「この上衣を持ってくれ。きみを抱きあげるけど、こっちは足をしばられてるんだからね。よろけたはずみに、変なところへ手がいっても、さわがないでくれよ」

少女はうなずいて、上衣をうけとった。膝の曲らないゼンマイ人形みたいに、直次郎は前かがみになって、少女の腰に両手をかけた。うしろむきにして、少女を抱きあげながら、

「なかなか重いな」

と、直次郎は片手を下にすべらした。同時にパンティをずり落すと、少女は思わず足をすくめた。そのはずみで、よろめいたように見せかけて、直次郎は少女のからだを、男に投げ

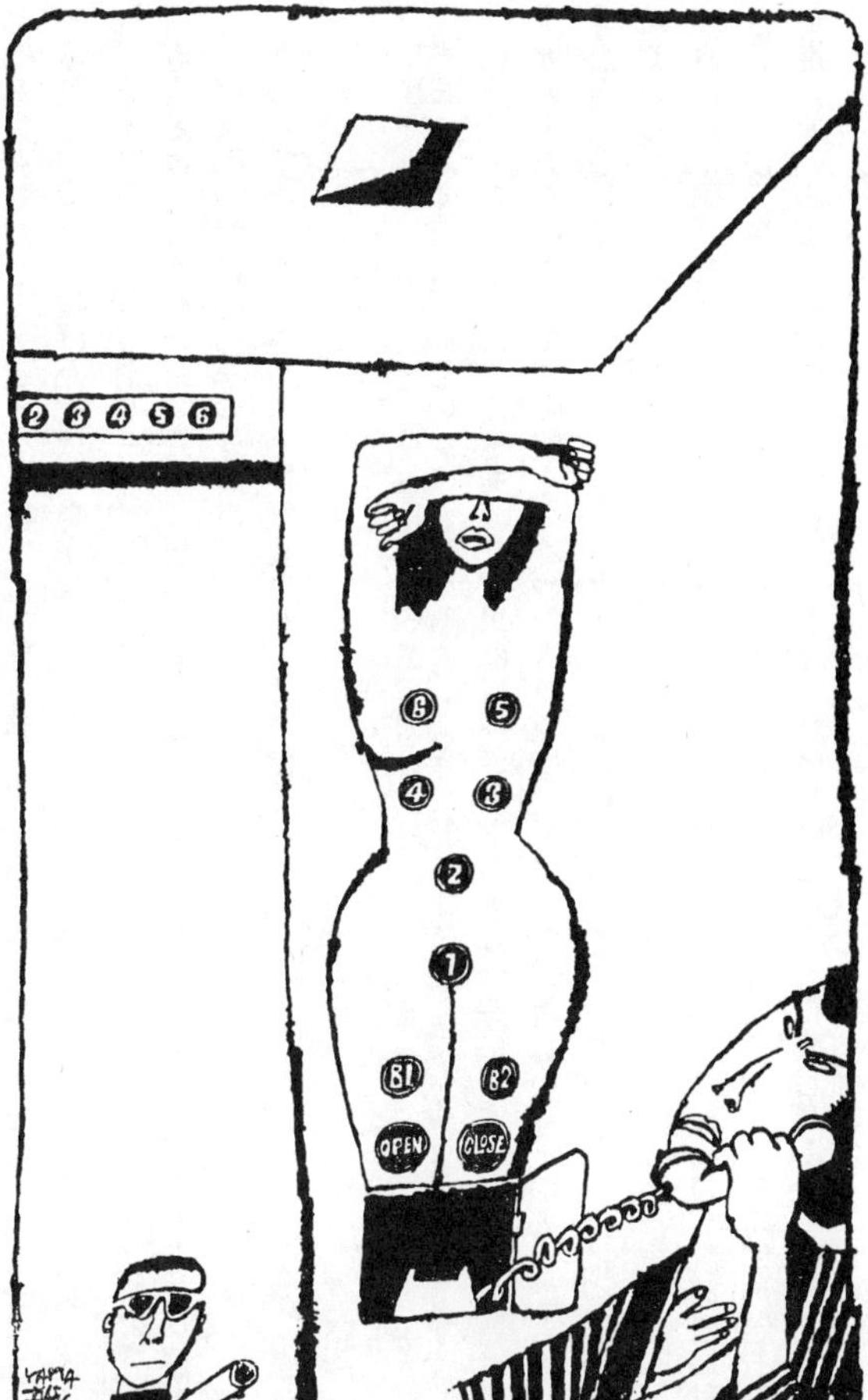
2 3 4 5 6
6 5
4 3
2
1
B1 B2
OPEN CLOSE

つけるつもりだった。ライフルは、直次郎を狙っている。銃身は、ほぼ水平だ。その上にのせる気で、少女を投げだせば、男が銃を落さないまでも、銃口ははねあがる。少女も怪我《けが》をするかも知れないが、骨の一本、二本、折れたとしても、殺されるよりはましだろう。

直次郎は、よろめいた。だが、男の動きのほうが早かった。ひとっ飛びにうしろへまわると、直次郎の背に銃口をつきつけて、

「楽しんでないで、さっさと換気装置をつくってくれよ」

3

あまりふくらんでいないブラジァの胸を、両手で抱くようにして、少女は床にうずくまっている。その首すじに銃口をあてて、男は操作ボードのそばの壁に、よりかかっていた。直次郎の上衣をはさんで、隙間をつくったトラップ・ドアから、新しい空気が入ってきて、もう息苦しさは感じない。だが、まだケージのなかは生暖かく、少女のひたいには、汗がにじんでいる。

直次郎は両手を後頭部にくんで、仰臥《ぎょうが》したまま、目をつぶった。とたんに、腕時計の秒をきざむ音が、アンプのスイッチを入れたみたいに、大きくなった。朝までの時間の苦しさを、予告しているような秒の音だ。さっきから、せいぜい二十分ぐらいしかたっていない。直次郎は目をひらいて、

「きみ、もうそろそろ……」

電話してやらなきゃいけないんじゃないか、といいかけた。

「静かに——だれかきたぞ」

男が目を光らしたとたん、スチールのとびらの外で、取りみだした声が聞えた。

「敏子！　敏子！」

中年の男の声だ。はじかれたように、少女が立ちあがった。

「パパ！」

「敏子、大丈夫か？」

父親の声はうわずって、扉をたたくこぶしの音が聞えた。

「パパ、助けて！」

「敏子、ほんとに大丈夫か？」

「うるさい。黙らねえと、大丈夫でなくなるぞ」

と、男がどなった。同時に首すじをえぐるように、銃口を動かした。敏子は悲鳴をあげて、床に膝をついた。

「きさま、娘になにをする気だ」

父親の声が、またいちだん悲痛に高まる。

「あんたがヒステリックにならなきゃ、なにもしないさ。あがってくるの、とめられなかったか？　おまわりによ」

「とめられたって、じっとしていられるか。娘をすぐに返してくれ」

「死体にしてからでよけりゃ、すぐ返してやる」

「宮坂さん、下へいってたほうが、いいですよ。この男、おどしやおだてで、気をかえるような人間じゃない」

と、直次郎は口をはさんだ。

「だれだ、きみは？」

「もうひとりの人質です。ご心配もわかりますが、そこで騒がれると、こっちは生きた気がしないんだ。そっちはお嬢さんがどうなろうと、かまわないのかも知れませんがね。ぼくは、殺されたくないんです」

「そりゃあ、わたしだって……」

「おい、黙れ！」

とつぜん、男が大声をあげた。

「畜生、上のドアをあけやがったな。おかしい、と思ったんだ」

肩の筋肉の腋《わき》の下にちかいあたりを、銃口でこじられて、少女が悲鳴をあげた。

「敏子！」

父親も悲鳴にちかい声をあげて、ドアをたたいた。直次郎も、それに負けない大声で、

「宮坂さん、上へいってくれ。おまわりさんを説得して、下へおりるんだ。このままじゃあ、お嬢さんも、ぼくも殺されちまう。話は非常電話でしましょう。おまわりがワイヤ・ロープをおりはじめたら、手遅れになる。急いでください」

「わかった。わかりました」

廊下を走りさる靴音がしたと思うと、つづいて、

「やめてくれ、おまわりさん！　失敗だ。娘が殺される！」

階段にひびく大声が聞えた。敏子は首をがくがくさせながら、吐息をふるわせると、両手で顔をおおって、床にうずくまった。男は右手で、ひたいの汗をぬぐった。

「きみ、電話で話してもいいだろう？　警部に文句をいってやるんだ」

と、直次郎がいった。男はうなずいて、

「そのままころがって、受話器をとるならな」

直次郎は寝がえりをうって、非常電話の蓋をあけた。送受話器をとりあげると、すぐ係長の声がした。

「もしもし、福本だ」

「片岡直次郎です。警部さん、ぼくらを殺すつもりなんですか？　こんなことをしたって、成功するはずないじゃないですか」

「しかし、われわれとしても、朝まで手をこまねいてはいられないんだ。だからって、きみたちの安全を、考えていないわけじゃない。気づかれたら、すぐやめるようにいってある」

「新聞記者や、テレビの中継車が、集ってきてるんでしょうね？」

「うん」

渋い返事だった。直次郎は送話口を胸にあてて、男を見あげた。

「きみの希望どおりに、なってるようだぜ。報道陣、やじうま連中、雲のごとく集ってるらしいぞ」

男はくちびるをゆがめると、喉のおくで低く笑った。ガラガラ蛇《へび》が、しっぽを鳴らしてるみたいな感じだった。直次郎は送話口を胸から離して、

「警部さん、あんたがたがいらいらすれば、犯人はよろこぶんですよ。みんなをやきもきさせて、大騒ぎされながら、死にたがってるんだから、この男は」

「犯人の態度は、かわってないんですか？」

「ますます、落着いてきてます。疲れてはいるようですが……」

「宮坂さんが、話をしたいそうだ」

「かわってください――ああ、宮坂さんですね」

「きみ、きみが犯人か。娘を返してくれ。金が欲しいなら、なんとかして、すぐ用意する。いくら、欲しいんだ」

父親の声は、さっきより乱れていた。

「待ってください、宮坂さん。ぼくは、さっきの人質のもうひとりですよ。片岡といいます。犯人は自分じゃ、電話口にでないんです。警部さんからお聞きになったと思いますが、犯人は金めあてじゃない。金どころか、命もいらない、といってるんですよ。だから、説得しようとしても、むだなんです」

「だったら、きみ、朝まで待ったところで、娘は――娘は……」

「落着いてください。あなたが取りみだしたら、警部さんが困るんじゃないかな。ここは、ぼくにまかせてくれませんか?」

「まかせるって、なにを?」

「お嬢さんをですよ。*faa*というのを、聞いたことありませんか、宮坂さん」

「ファア?」

「ファースト・エイド・エイジェンシイ。難問題をかかえて困ってるひとを、お助けする事務所ですよ。ぼくは、そこの所長なんです。残念ながら、政府の援助なんぞはうけてないんで、依頼人が費用をだしてくれないと、動けないんですがね」

「つまり、娘を助けられる、というのかね、きみ?　警察にできないものを、どうして……」

「警察はこのなかへ入れないんで、頭をかかえてるわけです。でも、ぼくはもう、なかへ入ってる」

「なかに入ってれば助けられるのなら、とっくに助けられたはずじゃないか」

「落着いてくださいよ。簡単にできるわけじゃない。命がけです、相手は気ちがいなんだから。それに、いままでは依頼人がなかった。まかり間違って殺されるより、朝になって警察がなんとかしてくれるのを、待ってるほうが利口だったわけですよ。でも、成功報酬百万だしてくれれば、冒険してみてもいいですがね」

「そんなことといって、犯人とぐるなんじゃないのか、きみは」

「心外ですな、疑われたんじゃあ——わかりました。自分が助かることだけ、考えましょう。警部さんによくいってください、早まったことして、ぼくが殺されたら、化けて出るからって」

「きみ、待ってくれ、きみ」

「犯人が怒りだしたから、もう切りますよ。でも、報酬のことは考えといてください。夜があけないうちに、お嬢さんを無事、助けだしたら……」

「待ってくれ、きみ、娘と話がしたいんだ」

「お嬢さんは、怖がって泣いてますよ。けれど、いちおう……うっ」

横っ腹でも蹴っとばされたような声をだして、直次郎は電話を切った。もとの場所へころがろうとする直次郎を見おろして、男がいった。

「おれは別に怒っちゃいないぜ。おめえ、どうもへんだと思ったら、そんな商売だったのか」

「口から出まかせに、いってみたまでさ。どうせ朝になったって、ぼくたちはふたりとも、自由にさせちゃくれないだろう。どっちかひとりか、あるいはふたりとも、きみは人質につれてくはずだ、と思ったんでね」

「いちかばちか、やってみようってわけか。できるかな？」

「自信はないよ。でも、うまくいけば百万円になると思やあ、勇気がでるかも知れないぜ。腹が立ったら、なぐれよ」

「なぐって、気がおさまるような腹の立てかたは、おれはしないんだ。だいいち、おめえ、相手にされなかったろう？」

「きみも、へんな男だな」

後頭部に両手をくんで、仰臥したまま、直次郎は男に笑いかけた。

「どうして？」

「かっとなって、すぐ暴力をふるう人間は、いくらもいる。ただの暴力じゃすまなくて、ひとをやたら続けざまに、殺すやつだっているだろう。しかし、きみのように辛抱づよく、頭をはたらかして、おまけに最後には自分も死ぬ覚悟をした上で、大量殺人をしようってのは、こりゃあ、珍らしいよ。ほんとに、目的の人物はいないのかい？」

「だれでもいいんだ。おめえ、考えたことないかな。土曜日の夕方、ターミナルの階段をおりていく。すると、下から改札口へむかって、わさわさ人間があがってくる。その頭かずを見てるうちに、みょうな気がしてきて、片っぱしから殺したくなりゃしないか？」

「学生かい、きみは？」

「さあね。おやじのせいなんだ。酒のみで、なまけものでさ。おふくろは愛想《あいそ》つかして、逃げちまった。姉きがいたんだよ、ひとりだけね。これがしっかりしてて、おふくろの代りをつとめた。おれも、新聞配達なんかしたもんだ。それがまた、おやじの気に入らない。おれたちがしっかりしているから、おふくろが帰ってこないんだ、というんだな。ある晩、ひどく酔って帰ってきて、なにをしたと思う？」

直次郎が首をふると、無表情に男はつづけた。

「姉きを強姦《ごうかん》したのさ。壁のうすいアパートだ。近所のうわさになっちゃいけない、と思ったんだろう。姉きは声を立てずに、抵抗したよ。ごていねいに灯りをつけて、むりやり裸にしたもんだ。おれは怖くて、動けなかった。部屋のすみにすわって、ふるえていたよ。けだものみたいに動いてるおやじの下から、姉きはみょうに悲しげな目つきで、おれのほうを……」

「やめて！　もうやめて！」

と、敏子がさけんだ。

「やめよう。それからあとは、思いつかない。おれの創作だからな。ほんとは、ひとりっ子さ。両親も、ちゃんとしてる。故郷《くに》じゃ旧家のほうだから、小づかいなんぞに不自由したこともない、安心したかい？　ただし、殺しは初めてじゃないぜ。子どもを、殺したことがあるんだ。猫《ねこ》だがね。かわいかったよ。シャム猫なんだ。足のさきと顔だけ、こげ茶いろをしたやつさ。おれが猫ずきだもんで、親戚《しんせき》の女の子が、誕生日のお祝いにくれたんだ。なぜ殺したのかな？」

男は首をかしげてから、肩をすくめた。

「二、三日あと、おれがその猫をじゃらしてるところへ、くれた女の子がきて、そうだ。たしか、いじめちゃだめよ、丹精して育てりゃ、あんたなんかより高く売れるんだから、といったんだ。それが癪《しゃく》にさわったのかどうか、よくわからないけど、とにかく殴りころした。

でも、埋めてしまうのが、なんとなくかわいそうで、庭のすみへおいといたんだ。夏だったな。何日かして、庭のすみへいってみると、猫が動いている。頭だけが——頭の毛が逆立って、ぞわぞわ動いてるんだ」

敏子は首をねじまげると、おびえた目つきで、男を見た。ひとりごとみたいに、男はつづけた。

「よく見ると、毛じゃなかった。ほかは外観、なんともないのに、頭だけが腐って落ちくぼんで、そこへびっしり、灰いろの糸屑《いとくず》みたいな小さなうじが、たかってるんだ。逆立ちしたようになって、押しあい、へしあい、うじが動いている。藻《も》か、うにを、海の底で見てるみたいな感じだった。気味がわるいくせに、だんだん美しく見えてくるんだ」

男は急に、口をつぐんだ。直次郎は、男を見つめた。男は冷たく、こちらを見ている。直次郎は、うながした。

「もっと、きみのことを聞きたいな」

「いやだね。つまらない。おめえの話のほうが、おもしろいんじゃないかな。いったいどうやって、この子を助けるつもりなんだ？　自分も助からなけりゃ、百万円はもらえないんだぜ」

敏子は期待をこめて、直次郎を見つめた。直次郎は答えないで、目をつぶった。目蓋《まぶた》のかげで、横目をつかってみると、男は楽しそうに、直次郎と敏子を見くらべている。直次郎はそのまま、様子をうかがいつづけた。

敏子は、ぬぎすてたセーターの上に、横ずわりになって、床を見つめていた。頰《ほお》はまだ濡《ぬ》れているが、もう涙は出てこないようだった。紫いろになったくちびるが、しきりに細かく動いている。なにか、つぶやいているらしい。その首すじに、ライフルの銃口をあてて、男は壁によりかかったまま、動かない。楽しげな表情は、いつの間にか消えていた。直次郎の上衣をかって、隙間をこしらえたトラップ・ドアを、ときどき見あげるだけで、まったくの無表情だ。

敏子の白いブラジァを上下させている息づかいが、緊迫して聞えるほかは、なんの物音もしない。七階のドアをあけかけたままで、刑事たちがまだいることは、明らかだった。けれど、それ以上の行動を起すことは、できないのだろう。直次郎は、大きな息をついた。頭ぜんたいが、しびれたような感じだった。男はまた、トラップ・ドアを見あげた。眉のあいだに、小皺《こじわ》がよっている。黒ずんだ舌が、意表をついた現れかたをして、瘡蓋《かさぶた》のような上くちびるをなめた。ぎらついた大きな目が、とつぜん、またたきをした。男がまたたきをしたのは、これが初めてではないか、と直次郎は思った。

男は自分の手のライフルに、視線を落した。くちびるのはしが、満足そうにつりあがる。男の視線は、かすかにふるえる敏子の裸の肩にうつった。ブラジァの細い肩紐《かたひも》が、右だけ腕のつけ根にたれかかっている。男は銃口をずらして、左の肩紐をすくいあげると、腕のほうに押しやった。敏子の上半身が、石になった。マジックハンドをあやつる技師のような目つきで、男は銃口を背骨ぞいにおろした。直次郎には見えないが、ブラジァの背バンドを、ひきちぎろうとしているらしい。ゴムののびる音が、ジェット機の飛翔音《ひしょうおん》ほどにも聞えた。敏子は目をとじて、両手で胸をかかえこむと、前にかがみこんだ。

直次郎は寝がえりをうって、両手を床につきながら、はね起きようとした。同時に、男の冷静な声が聞えた。

「よせよ。百万円はもらえねえぞ」

ブラジァの背バンドは、ふたつに離れて、腋の下のうしろで垂れさがっていた。銃口はなめ上から、敏子の左肩を押さえている。男の目は大きく見ひらかれて、直次郎をにらんでいた。直次郎はひそかに舌うちして、もとの仰臥にもどりながら、

「きみはやっぱり、ほんとは死にたくないんだな」

「どうして？」

「七階のドアを気にしたり、そんないたずらをするからだよ。不安で、じっとしていられないんだろう。虚勢をはらずに、ここから出たらどうだい？」

「まだ朝にはなってねえ」

「ぼくが人質として、ついていく。この子は、ここへおいていけ。見物人がほしいなら、下にじゅうぶん集ってるはずだ。夜があけたって、それほど増えやしないぞ。時間がたてばたつほど、かえって減るだろう」

「血の色がちがうよ。水銀灯に照されたのと、太陽に照されたのとじゃあな。おれは血だらけになって、死ぬんだぜ。好きな色の血をまきちらして、死にたいんだ」

「そんなことをいうのは、死ぬのがこわい証拠だよ。ぼくがまた黙りこんだら、きみは落着いていられなくなるだろう。警察だって、無能じゃないんだ。無色無臭の麻酔ガスだって、あるんだぜ。いまごろ、そいつを取りよせてるだろうな。七階からノズルをおろして放出すれば、トラップの隙間から入ってくる。気がついたときには、もう全身が動かない。眠ってるあいだに、きみは捕まるし、ぼくらは助けだされるってわけだ」

「笑わせるなよ。そんなガスがあったとしても、音のしない放射装置はないだろうな。隙間から入る量はわずかだから、おれたちを眠らせるには、よっぽど大量につかわなくちゃならない。日本の警察は、そんな気前のいいことはしないよ。総理大臣が、人質になってるわけじゃないんだから」

「しかし、気にはしたじゃないか」

「だいいち、おめえの考えは、最初が間違ってる。おれは退屈してるだけなんだ。夜があけたら、おれは主役をつとめられるんだぜ。待ちどおしくて、じっとしてるのが辛《つら》くなるのも、あたりまえだろう。そうだ。いい退屈しのぎを、思いついたよ」

男は銃口で、敏子の肩を小づいた。

「こっちをむいて、両手を床についてくれないかな、お嬢さん。むりにとはいわないが、いわれた通りにしてくれたら、あんただけは助けてやる。ほんとはその男がいったように、朝になってもふたりとも、このまま人質につれてくつもりでいたんだが……ほんとに助けてやるよ」

「ほ、ほんとに……？」

　かすれた声でいって、敏子は壁にむきなおると、床に両手をついた。ブラジァが落ちて、小さな乳房をあらわにした。

「そんな忠犬ハチ公みたいな格好じゃ、いけないな。もっと腰をひいて、四つんばいになるんだ」

　男は銃口を少女のこめかみにあてて、操作ボードによりかかった。

「片岡直次郎か。度胸のありそうな名前だな。正直なところ、おめえが怖くなってきた。最初に廊下へ、蹴りだしときゃよかったよ。だから、万一の場合にそなえて、おめえが百万円もらえないようにしておきたいんだ。おれ、意地のわるさでは、女性的なところがあるんでね。さっき、おれに教えた通り、やってみてもらいたいんだ」

「なにを教えたか、わすれちまった」

「その子のうしろから、抱きつくんだよ」

「いやだ、といったら？」

「その子を殺す。あとは運動神経の優劣で、片がつくだろう。おめえが死ぬか、おれが捕まるか」

「しかたがない」

　直次郎は上半身を起して、少女のうしろに匍《は》いよった。

「まるで犬だな」

にやりとしながら、男がいった。

「笑いごとかよ。このままじゃ、むりだ。ベルトをほどくぞ」

「ズボンをさげてからにしろ。ほどいたとたんに、飛びかかられちゃかなわない」

「貧弱なところを見せて、恥をかきたくないんだ。その気になるような状態にしてからでも、いいだろうね？」

直次郎は、白いパンティの上端に、片手をかけた。少女の喉が、うっと鳴った。

「ご自由に」

「靴が邪魔だな。まず、この子の靴をぬがしてもいいか？」

「勝手にしろ」

「勝手にするよ」

直次郎は両手で、少女の右足から、靴をぬがした。その靴を、男の右足にたたきつけると同時に、飛びかかるつもりだった。ベルトがほどけるように、直次郎が膝に力を入れかけたとき、がくっと敏子の両肩が落ちて、異様な声が、くちびるをつきやぶった。尻を立てたまま、上半身を左右に激しくもみながら、重ねた両手の甲に顔をこすりつけて、泣きわめきだしたのだ。男の銃口は、こめかみからは離れたが、二センチほどの空間をおいて、しっかり首すじをねらっている。

「どうするつもりだ。この子はもう、限界にきてる。ほうっておいたら、気が狂うぞ」

味方に裏切られたような気持ちで、顔をしかめながら、直次郎はいった。

「まだ狂っちゃいない。だが、ショウはやめにしよう。おめえ、もと通り寝ころがってろ」

「この子をほうっておく気かよ」

「気が狂ったら、おめえを殺すさ。それから、この子をベルトでしばって、朝まで待つ。狂っていても、生きてるあいだは、人質になるからな」

「よし、寝ころがってやる。でも、電話をかけさせてもらうぞ。鎮静剤がほしいんだ。七階から籠《かご》かなんかに入れて、吊《つ》りおろしてもらえばいいだろう。こんども、勝手にするぞ」

直次郎は床に腹ばいになって、非常電話に手をのばした。

「ああ、片岡さんか。いま、あがっていこうと、思ってたところだ」

と、福本警部が待ちかねたようにいった。

「どうしました？」

と、直次郎は聞いた。

「しかたがないから、条件をのむことにした。車を一台、用意する。ただ朝まで待たずに、すぐ出てきてもらいたいんだ。説得してみてくれないか」

「その前に、鎮静剤を用意してください。女の子が、だめになってきたんです。二、三時間、ぐっすり眠れるようなやつがいい。籠か箱に入れて、七階から紐でつりさげてくれませんか。薬を注射器に入れて、すぐ射てるようにしといてください」

「注射ができるのか、きみは？」

「できますよ。説得は治療がすんでからだ。急いでください。いいですね？　天井のトラップをあけて、待ってます」

直次郎は電話を切って、壁ぎわにころがった。少女は、わめき声こそ立てなくなったけれど、まだうずくまったままで、動かない。男は口もとに、ゆがんだ微笑を凍りつかせて、彫像のようにライフルをかまえていた。しばらくすると、天井になにかのあたる音が、かすかに聞えた。

「きたな」

直次郎は立ちあがると、両膝をしばったベルトをといた。

「安心しろ。薬をうけとるだけだ」

と、男にいって、直次郎はトラップ・ドアに飛びついた。上衣を押しこんでつくった隙間に、指がかかった。両腕に力をこめると、頭でトラップを押しあげて、直次郎はケージの屋根に、半身をのりだした。七階のドアから白い紐が長くのびて、そのさきに細長いボール箱がぶらさがっていた。箱のなかには綿が敷きつめてあって、薬液をつめた注射器が二本、寝かしてある。

気をきかして、拳銃かナイフでも、隠してありはしないかと思ったが、綿の下にも、箱の底にも、なにもなかった。警察の連中は、こちらの能力を知らないのだから、これは無理もないだろう。直次郎は、二本の注射器を左手の指のあいだに挟《はさ》むと、右手でトラップからぶらさがって、

「これだよ。鎮静剤だ。たねも仕掛もない。おりてもいいだろうな」

「早く射ってやれ。さっきみたいにわめかれたんじゃ、気が散っていけねえ」

と、男がいった。直次郎はとびおりると、敏子のそばに片膝をついて、一本の注射器を壁ぎわにおいた。注射針には、消毒用アルコールをしみこませた脱脂綿が、巻きつけてある。その綿をほぐして丸めたやつで、少女の左上膊部《ひだりじょうはくぶ》をこすってから、直次郎は注射筒を上むけた。注射まえにピストンを軽くおして、針のなかの空気を追いだすためだ。左手は、敏子の肩にかかっている。ライフルの銃口は、すぐそばにあった。

直次郎は腰を浮かしながら、注射器のむきをかえると、力いっぱいピストンを押した。同時に左手で、ライフルの銃身をはねあげた。注射器からほとばしった薬液を、まっこうに浴びて、男は一瞬、目をとじると、顔をそらした。立ちなおったときには、直次郎の手が銃身をつかんで、押しあげていた。銃口を天井にむけながら、

「ここで銃を射ったら、どういうことになるか、知ってるのか、きみは」

と、直次郎はさけんだ。

「まわりの壁を見ろ。木や漆喰《しっくい》じゃない。厚いスチールだ。弾はめりこみゃしない。はねかえるぞ。しかも、狭い場所だ。あまり威力は弱まらない。おまえ自身に、あたるかも知れないんだぞ」

「うそをつけ！」

もみあいながら、男はどなった。

「どうせ殺されるなら、いよいよのときに、あわてさせてやろう、と思って、黙っていたん

だ。うそだってんなら、引金をひいてみろ」

　直次郎の言葉に、男はためらった。だが、銃は放さなかった。直次郎は膝で、相手の下腹を蹴りあげながら、銃を横にふりはらった。斜めにのめってくる男の背に、片手をまわすと、うしろから抱きかかえた。男の正面をドアにむけて、力いっぱい押した。男は銃口をドアにあてて、それを支えに、押しかえそうとした。直次郎は男の両腕を、上から抱えこんで、

「こんどこそ、おしまいだ。さあ、引金をひけ。ひくんだ。弾がはねかえるかどうか、さっきは自信がなかったが、こんどは確実に内部暴発を起すぞ。銃口は厚いスチールで、ふさがれてる。射てば銃身がさけて、おれも怪我するかも知れないが、おまえが死ぬことは間違いない。引金をひくんだ。おれがひかしてやろうか」

　人間はまことしやかにいわれたことでも、最初は半信半疑で聞くものだ。だが、それを、うそだ、とうちあけられると、次に持ちだされたことに、非現実なひびきが多少あっても、無条件に信じこみやすい。この男も、例外ではなかった。思いきりよく銃をほうりだすと、自分からひっくり返った。直次郎は、男の背なかにのしかかられて、床にたおれた。頭をかばって、からだをひねると、直次郎は男といっしょに、床をころげた。

　男のこぶしが、直次郎の顎に鳴った。くちびるから血を流しながら、直次郎は飛びおきた。ななめ下から、頭突きにきた男をさけると、そのうなじへ、直次郎は手刀を打ちおろした。男はうなって、前のめりに倒れながら、うしろ蹴りに、直次郎の腹を突きあげた。気が遠くなるような痛みをこらえながら、直次郎は男の足をつかんで、ねじあげた。同時に、男の頭

を思いきり蹴っとばした。

足を放しても、男は起きあがらなかった。直次郎は壁ぎわに残してあった注射器にとびつくと、黒いシャツの上から男の腕へ、脱脂綿をはぎとるのももどかしく、針を突きたてた。注射筒がからになると、直次郎は床にすわりこんで、ほっと息をついた。少女はセーターを胸にかかえこんで、ケージのすみに身をすくめていた。恐怖の目を見ひらいて、直次郎と男のとっくみあいに注目していたのだが、いつの間にか、失心したらしい。首をたれて、両手をだらりと投げだしている。

直次郎は、男のズボンのポケットから、弾丸の函をとりあげて、自分のポケットへ入れた。さらに男のポケットをさぐると、紙幣が折りかさなって入っていた。一万円札、五千円札、千円札をとりまぜて、十四、五万はあるだろう。金額もたしかめずに、銃砲店からかっさらって、ポケットに押しこんできたらしく、皺《しわ》くちゃになっているのもある。これなら、すこし上前をはねても、気づかれまい。

直次郎の上衣は、さっき飛びおりたときに、ずりおちかけたまま、裾をトラップ・ドアにはさまれて、壁ぎわにぶらさがっている。それをひっぱりおろすと、大小とりまぜて三万円だけ抜きとった紙幣を、内ポケットにおさめた。残りはもと通り、男のポケットに乱雑に押しこんで、直次郎は立ちあがった。けれど、手足がばらばらになったみたいで、いっこうに力が入らない。ライフル銃を杖にして、ようやく立ちあがりながら、

「聞えないと思うからいうんだが、悪く思うなよ。おなじ一匹狼《いっぴきおおかみ》でも、これがアマチャーと

プロの違いだ。ただ働きは、主義に反するんでね。娘が無事にもどってみると、百万円は惜しくなって、おやじさん、なかなか出さないだろうからな」

と、直次郎は男にいった。

「でも、二、三十万なら出すと思うわ。あたし、あなたが命がけで闘《たた》かったって、せいぜい売りこんだげる。その代り、リベートをちょうだい？　三十万でたら、十万かな」

ぎょっとして、直次郎はケージのすみに顔をむけた。敏子が大きな目をあけている。

「なんだ！　気を失ったのかと思ってたら……」

「いま気がついたのよ。そんなことより、服を着せて。こんな格好で助けられたんじゃ、パパが心証を害して、百円玉も出さなくなるわ」

「あきれたお嬢さんだ」

「さっきは、ほんとうに怖かったのよ。いまだって、腰がぬけたのかしら。どうしても立てないの」

それでも両手は動くとみえて、敏子は派手なセーターを頭にかぶった。苦笑しながら、ミニスカートをとりあげる直次郎の頭上に、刑事の大声がふってきた。

「どうした？　返事をしろ！　どうしたんだ！」

直次郎はライフルで、トラップ・ドアを押しあげると、精いっぱいの声を張って、

「大丈夫です。片がつきました。犯人は気を失ってます」

「救急車を用意させてよ。あたし、演出効果上、もいちど気絶するから」

と、敏子が小声でいった。直次郎は顔をしかめながら、大声をつづけて、

「救急車を呼んどいてください、娘さんのために」

「あたし、いちど乗ってみたかったの、救急車に」

と、敏子がいって、セーターから首をだした。

第四問　性犯罪願望を持つ中年男性を矯正《きょうせい》する方法

1

「強姦《ごうかん》したいんです。手つだってください」

桑原耕吉と名のってから、客のいった言葉が、これだった。片岡直次郎は、めんくらった。だが、めんくらったような顔つきは、見せなかった。直次郎の経営する*faa*——ファースト・エイド・エイジェンシイは、二十四時間サービス、どんなことでも、ご相談ください、No job too small, no problem too big. という立てまえなのだから、客の話におどろいたり、笑ったりしてはいけないのだ。

客の桑原耕吉のほうは、そういう立てまえを知らないから、

「笑わないでくださいよ」

と、念を押して、話をすすめた。

「真剣なんですから……わたしには女房もいれば、大学生の息子《むすこ》もいます。つとめ先の社名は、申しあげたくないんですが——わたし個人の、これは問題ですから——とにかく、責任ある職についていて、暮しには不自由ありません。夫婦仲が悪いわけでもない。いや、むしろ、いいほうでしょう。やさしい、いい女房なんです」

「けっこうですな。失礼、からかってるわけじゃありませんから、気楽に話をつづけてください」

「ですから、単なる欲求不満じゃない、と思ってるんですよ、わたし自身は」

「つまり、浮気がしたいわけじゃない、ということですか?」

「そんなこと、ぜんぜん考えたおぼえはない、といったら、うそになるかも知れませんが……まあ、考えないほうなんです。出張なんかのとき、同僚が変なところを、紹介してくれたりはしますがね。利用したことは、一度もありません。もっとも、そうなると、こんな願望をいだいているのが、精神病みたいな気もしてきて、なおさら心配になるんですけれど……」

桑原耕吉は、ため息をついた。野暮《やぼ》ったいが、ものは悪くない三《み》つ揃《ぞろ》いをきた四十男を、直次郎は見つめた。髪には白いものがまじっているが、健康そうなからだつきで、顔立ちもハンサムといっていいだろう。その顔を恥ずかしげに伏せて、客用の椅子《いす》に肩をすくめているのを、観察しながら、直次郎はいった。

「もっと具体的に、話していただけませんか?」

「そういわれても、困るんですよ。ただ誰でもいいから、元気のいい若い女を、無理やり押さえつけて、思いをとげてみたいという、それだけのことなんです。でも、それが頭にこびりついてしまって……固着観念じゃないですね。強迫観念でしょう、恥ずかしいことだ、病的だ、と自分で思ってるんですから——出来ないことは、わかりきっているんです」

教養のあるしゃべりかただ。直次郎は聞きかえした。

「どうして?」

「体面ってものがあるでしょう？　四十づらさげて、婦女暴行現行犯なんかで、捕まってごらんなさい。家内や、息子や、世間に対して、顔むけができませんよ。めんどうなことになったら、自殺すればいいんだ、と思っても……」

「決死の覚悟で、やるほどのことじゃないでしょう」

「そうでなくとも、あとに残る女房、子どものことを考えると――というよりも、臆病なんですな、けっきょくは。だから、いっそう始末が悪いんです。自分には出来ないことだ、とわかってながら、頭はそれでいっぱいなんですからねえ。仕事も手につかないようなありさまなんです」

　われながら腑《ふ》がいない、というように首をふって、ため息をまたついてから、客はつづけた。

「なにしろ会社でも、たとえば昼休みがおわって、自分の課にもどってくると、女の子が私用の電話をかけてた、としますね。わたしを見て、あわてて話を切りあげようとして、『とにかく、あしたにしてよ』と、いったとしましょう。それが、わたしには『とにかく裸にしてよ』と、聞えるんです。きょうも、机の前へやってきた女子社員に、いきなり『強姦してください』といわれて、びっくりしました。なんのことはない。吸いとり紙を新しいのと差しかえたブロッターを持ってきて、わたしの机の上の汚れてるのと、『交換してください』といったんです」

　直次郎は、笑いだしそうになった口もとを、片手でこすってごまかしてから、

「この事務所より、病院へいらしたほうが、よくはなかったですかね。神経科へいけなんて、いってるわけじゃありませんよ。仕事をしすぎて、疲れてるだけのことじゃないんですか？」

「家内も最初は、そういいました」

　これには、直次郎も目をまるくした。

「奥さんに打ちあけたんですか？　びっくりなすったでしょう」

「あきれたようでしたよ。でも、笑いごとでは、すまされないような状態になってる、とわかると、心配しましてね。わたしの気持ちをしずめる方法を、真剣にいろいろ考えてくれました。急に若づくりにしてみたり、色っぽいネグリジェを買ってきてみたり……かわいそうになって、家では憂鬱《ゆううつ》な顔をしないように、わたし、努力しています。家内も、安心したらしいんですが、どうしようもないんですよ、わたしのほうは——誤解しないでください。けっして、あなたをポンピキかなんかと間違えて、相談にきたわけじゃないんです。女を世話してくれ、といってるわけじゃありません」

「わかってますよ。安心してください」

　と、直次郎は元気づけの微笑を見せた。

「どんなに技能すぐれたプロを世話されても、ただ寝るだけに、興味があるわけじゃないんですから……そのプロに演技力もあって、被害者としか思えないように、泣きさけんだとしても、つまり、非常にうまくお膳立《ぜんだ》てができたとしても、だめなんですよ。臆病なわたしは、

YAMA
Eiji
'68

手をださないでしょうからね」

「あなたの悩みの性質も、難題だってことも、わかってきました。若い女を強姦してみたい、という願望に、あなたはがっちり取りつかれてる。紳士のあなたにとって、これは厄介《やっかい》な願望だ。教養が邪魔をして、とても変質者にはなりきれない。といって、頭から追いだすことも出来ない。ほかの対象に振りかえることも、むずかしい。そういうわけでしょう？」

「なにしろ、無趣味な人間でして……つきあいのゴルフぐらいはやりますが、あとは将棋をすこし、もっぱら相手は息子です。勝ったり、負けたりで……本も読みますが、やっぱり変りものなんでしょうか、数学の本を読むのが好きなんです。戦後すぐ、ダンスに凝《こ》ったこともありましたっけ。このあいだ、家内が踊ろうといって聞かないもんで、ひさしぶりに家でやってみましたが、まだおぼえていましたよ」

「無趣味どころじゃ、ないじゃありませんか」

「なにかやってるうちは、たしかに気もまぎれますが、だめですね。二十四時間、なにかやりつづけてるわけには、いきません。通勤の電車のなかとか、考えごとしかできないときがありますから……どうして、こんなことになったのか――まあ、心あたりがないこともないんです」

「それは？」

「夏の終りのことなんです。仕事の関係で、ひとをたずねた帰り、夜の十時ごろでしたかな。私鉄の駅のちかくの交番へ、十六、七の女の子が保護されるところを、通りかかって見たんです。泣きながら、交番の奥の部屋へつれこまれるうしろ姿を、見たんですよ。白にちかいクリームいろのワンピースを着てたんですが、その腰の下のほうが――ちょうど、お尻《しり》のまるみを受けてるあたりが、まっ赤になってました。血です。血がにじんでたんですよ。かわいそうに、だれかに乱暴されたんでしょう」

「それを見たショックが、妙なぐあいに影響したわけですね？」

「最初は、腹が立っただけでした。犯人に対してです。だれだか知らないけれど、若いやつにきまってる。ばかものめ、むごいことをしやがる、といったあんばいです。ところが、夢を見ましてね。日の丸みたいに、血に染った白いワンピースの夢です。もちろん、ワンピースだけじゃない。かたちのいい尻のふくらみが、なかにピッチリつまってて、棄《す》てられた仔犬《こいぬ》みたいな泣き声まで、聞えるんですよ。おんなじ夢を、なんども見ました。それが頭にこびりついて、しまいには……」

「だいぶ、重症のようですな」

「だらしがない、とお思いでしょうねえ。さびしい場所で、若い女とすれちがったりしたとき、思いきって追いかけようとしたことも、なんどかあるんです。でも、とたんに、いまの女、色のついた靴下をはいてたな、なんて考えてしまって……ストッキングでなく、タイツをはいてるのも、近ごろはいるそうだから――いや、タイツならまだいいが、アンダーシャツまで、つながったやつがあるらしい。そんなのだったら、どうやって脱がせばいいんだろう？　なんて、真剣に思いまどっているうちに、まわれ右をしそびれてしまうんです」

「いまもお酒が入っているようですが、たくさんあがるんですか？」

「そうだといいんでしょうが、ほとんど飲めないんですよ。陰気な顔で考えこんでて、家族を心配させたくないもんですからね。最近はせいぜい、とちゅうで飲んで帰るようにしてるんです。すこしでも、陽気になろうと思いまして……でも、やっぱり陰気な顔して飲んでると見えて、隣りで飲んでたひとに聞かれました。ひとにいえない悩みがある、といったら、こちらを教えてくれたんです」

「それで、すぐお電話をくださったんですか？　一分おそかったら、ぼくは出かけてたところです。しかし、桑原さん、ベソコンに紹介料をとられやしなかったでしょうね？」

「ベトコン？」

「ベソコンです。新宿《しんじゅく》の酒場で、ぼくのことをあなたに推薦《すいせん》した男」

「ああ、紺野さん」

「泣きぼくろがあって、ベソをかいてるみたいな感じでしょう、顔が——ベソをかいた紺野だから、ベソコンです」

「なるほど。ここまでタクシイで案内してくれて、二千円でした」

直次郎は、舌うちした。ベソコンのやつ、いつぞやの未払分を、すこしでも取りもどそうとしたのだ。

「そんな必要はなかったんですよ」

「あなたが紺野さんのいう通りのひとだったら、もっとお礼してもいいくらいのつもりです。

引きうけていただけますか？」

「気弱な小学生のいじめっ子対策から、クーデターの立案まで、なんでも引きうけるのが、*faa*でしてね。医者の領分のしごとでも、場合によっては引きうけます。ストレートなやりかたでは、解決できない問題のために、この事務所はあるんです。曲線療法とでも、いいますかな。ただし、ギャラという問題が……」

「高いことは、承知しています。五万ぐらいなら、なんとか都合できますが……」

「五万ねえ」

「待っていただければ、もう五万ぐらいはなんとかなります。家内の知らない株券で、処分できるのがありますし、友人もいますから……」

「しかし、プロセスに違いはあっても、けっきょくは、女と一度だけ寝ることなんですよ。払いにくくなるんじゃないかな、あなたとしては」

「プロセスが違うところが、重要なんです。満足さえすれば、高いなんて思いませんよ。そりゃあ、平凡なサラリーマンのわたしとしては、気楽に口にだせる金額じゃありません。でも、このまま頭がおかしくなるくらいなら、どんな無理をしてでも、あなたの力で、ぜったい安全に……」

「だから、むずかしいんです。まかり間違えば、ぼくは共犯ですからね」

　と、直次郎が顔をしかめていったとき、デスクの上の電話が鳴った。電話機にとりつけてあるテープレコーダーのスイッチが入って、受話器がすこし持ちあがると、チャーミングな女の声がしゃべりだした。

「こちらファースト・エイド・エイジェンシイ。お困りのときは、片岡直次郎がお助けいたします……」

CMがおわったところで、直次郎はおもむろに、受話器をとりあげた。渋谷《しぶや》の盛り場のネオンが、夜空の不眠を訴えるテレタイプのように、窓のむこうで明滅している。それを眺《なが》めながら、直次郎は電話の相手に、短い返事をはさんでいた。

「なるほど……いいでしょう。わかりました。あとでまた、こちらから電話します」

と、話を切りあげて、受話器をおきながら、直次郎がむきなおると、桑原耕吉は期待にみちた顔をあげた。

「桑原さん、お引きうけしましょう。着手金として五万、ご満足いただけたら、もう五万つくってください。休暇はとれますか？」

「とれます。いつも有給休暇を、そっくり残してしまうくらいですから、いつでも大丈夫です」

桑原耕吉は、よろこび勇んで、立ちあがった。

2

三日おいた金曜日の午後、片岡直次郎は桑原耕吉を待っていた。渋谷の宮益坂《みやますざか》にある*faa*事務所ではない。原宿《はらじゆく》のまあたらしいビルの地下にある喫茶店だった。

ファッション喫茶という看板をかかげていて、あまり広くないフロアでは、ことしの夏に流行するヌードルックの発表会、というのをやっていた。マネキン人形みたいに類型的な瘠《や》せたモデルがふたり、右をむいたり、左をむいたり、くるりと廻ったりしながら、レディメードの微笑をふりまいている。

ひとりは、サイキデリック・エクスタティック・カラーとかいう、目がくらみそうな色どりの細長い布のまんなかに穴をあけ、そこに首をつっこんで、残余を前後に垂らしたようなものを着ていた。二か所だけ紐《ひも》でつないだ前後の布のあいだから、裸の側面を見ることができた。もうひとりのモデルが着ているのは、小さな金属の花びらを、つなぎあわせたようなもので、からだに銀いろのうろこがついているみたいに見えた。そのうろこは上半身で二か所、下半身で一か所に密集していて、ほかの部分では白い皮膚があいだにのぞいている。

大きなボストンバッグをぶらさげて、入ってきた桑原耕吉は、これを見ると、ぎょっとしたように立ちすくんだ。気をとりなおして、すみのテーブルの直次郎を見つけだすまでには、だいぶ時間がかかった。

「やあ、休暇はとれましたか？」

一杯五百円という値段のうち、四百七十円ぐらいは、モデルの観賞料になっていそうなコーヒーを持てあましながら、直次郎が聞いた。

「ええ、ちょうど忙しくない時期ですし、わたしがノイローゼ気味なのを、心配してくれた偉いひともいましたんで……有給休暇いっぱい文句なしです」

耕吉はむかいあった椅子にかけると、内ポケットに手を入れて、角封筒をひっぱりだした。

「これ、着手料の五万です。しかし、東京にはいろんな場所があるんですね。この夏、ほんとにこんな格好をした女の子が、街をのしあるくんでしょうか？」

フロアではモデルが代って、白いハンモックみたいなワンピースの下に、ピンクの小さなパンティと、ブラジァなしの乳房《ちぶさ》を、荒い網目ごしにちらつかせた小娘が、のしあるいていた。

「わたしのような中年男が、ふえるんじゃないかなあ」

と、耕吉はため息をついた。

「あなたを悩ませる気で、ここで待ちあわせたんじゃありませんよ。ほかの客の注意がモデルに集中されるから、ここなら密談ができる、と思ったんです。ちょっと面倒な、というか、都合のいいようでもある状況になっちまいましてね」

「なにかあったんですか？」

「あなたには関係のないことですけど、東京を離れたほうがいいことになったんです。あなたの問題も、都内じゃあ、ちょっと解決できそうもない。ぜったい安全じゃなければ、あなたも困るわけですからね」

「そうです。そうです。流行の蒸発というやつをやって、妻子と縁がなくなってから、どこかほかの土地でやってやろう、と考えたこともありました」

「そんな決心をしたことがあるんなら、ちょうどいい。出かけましょう。東京を離れたら、ぼくがなんとかしてあげますよ」

直次郎は、立ちあがりかけた。耕吉は残りおしげに、フロアをふりかえった。とたんに目をまるくして、

「なんです、ありゃあ——なにも着てないじゃないですか！」

フロアに立っているモデルは、半透明のビキニ・パンティを、はいているだけだった。ただ、そのパンティにも、裸の胸にも腹にも、腿《もも》にも肩にも、背なかにまで、大小のスティッカーが、いくつも貼《は》りつけてある。極彩色細密画《ごくさいしきさいみつが》の蝶《ちょう》、薔薇《ばら》の花、小鳥、白いバルーンのなかに、原色でLOVE MEとか、Hi-yaとか、UGH! Weeee!といった文字を書きこんだ漫画のセリフの吹きだしもあった。

「あれが、この夏の水着だそうですよ。むかし、子どもたちがやった移し絵みたいなもんですね。桑原さんも小さいころ、おでこや手に、べたべた貼ったくちじゃないですか」

笑いながら、直次郎は出入り口にむかって、歩きだした。

おなじビルの地下に、有料駐車場があって、そこに直次郎の車がおいてあった。車が西日のさしはじめた街路に出て、渋谷方面へ走りはじめると、心配そうに耕吉が聞いた。

「どこへいくんです?」

「横浜ですよ。第三京浜へむかってるんです」

「横浜には親戚《しんせき》があるんですが……」

ますます心配そうに、耕吉はいった。

「そんなことといってたら、なんにも出来ませんよ。あなたの命を、ぼくにあずけた気になってください。悩みを完全にとりのぞいて、いっさい後くされなし。それが*faa*のいいとこなんだ。手前味噌《てまえみそ》じゃありません」

「わかりました。すみません」

耕吉は小さくなった。直次郎はこみあった車のなかを、たくみなハンドルさばきで乗りきって、第三京浜に入った。ウイークデイの午後としても、珍らしいくらい、有料道路はすいていた。直次郎はスピードをあげて、平坦な道路をとばしていった。しばらくすると、直次郎はウイングミラーに目をやって、

「おかしいな？」

と、つぶやいた。耕吉が聞いた。

「どうしたんです？」

「中古の外車が一台、うしろについてくるでしょう。ちょっと気になるな」

「どうして？」

「見ててごらんなさい」

直次郎は、三分間ほどスピードを落して、次にまた三分間ほど、ぐんとスピードをあげてから、制限速度いっぱいに戻した。ウイングミラーに目をそそいでいた耕吉は、びっくりしたようにいった。

「間隔がぜんぜん、変りませんね」

welcome to Hell
welcome to Hell

「へんでしょう？」

「つけてるんでしょうか、わたしらを」

「そのうちに、わかりますよ」

直次郎は車を左はしに寄せて、スピードを落した。車のぐあいがどこか悪くなって、おっかなびっくり運転してるような速度だった。黒塗りの外車も、スピードを落したが、これはノロノロ運転ではなかったから、間もなくこちらに追いついた。ハンドルを握っているのは、黒っぽい大きなベレ帽をかぶって、黒っぽい大きなサングラスをかけた男だった。外車は右に出て、直次郎の国産車とならんだ。直次郎は無表情に、ノロノロ運転をつづけている。耕吉はその肩越しに、むこうのドライバーサイドの窓を見て、息をのんだ。

「片岡さん！」

その窓には、黒い紙が内がわから、貼りつけてあった。ただの黒い紙ではない。黒地に白く、人間の頭蓋骨《ずがいこつ》が書いてあったのだ。嘲笑《あざわら》うように歯をむいた髑髏《どくろ》の下には、白字で一行、Welcome to Hellと書いてある。地獄へようこそ！

「片岡さん！」

直次郎は、返事をしなかった。外車はたちまち、スピードをあげて走りさった。

「片岡さん！」

「わかってます。あんな子どもだまし、気にしなくてもいい。まるで、テレビのへたなスリラーだ。日本のテレビ映画に出てくる悪人は、きまって中古の外車にのるんですよ。なぜだか、桑原さん、わかりますか？」

「さあ……」

「スポンサーの関係ですよ。国産車にのせると、自動車会社に売れなくなるんだ。車屋と薬屋と酒屋には、気をつかうんです。悪党が立ちまわりのとき、ビール壜《びん》を割って武器にしないのも、お行儀がいいからじゃない。酒の会社に、売れなくなるからだそうでね」

「でも、なんでしょう、いまのは？」

「警告でしょうね、ぼくらに横浜へいくなっていう」

「しかし、どうして……」

「あなた、ぼくに命をあずけたはずだよ」

冷酷に、直次郎はいった。おびえたように、耕吉は黙りこんだ。有料道路を出て、横浜市内へ入ると、直次郎はまっすぐに、ニュー・ヨコハマ・ホテルへ車をのりつけた。地下の大きな駐車場へ、車を入れると、

「荷物は持ってかなくていい。ここに泊るわけじゃないんだ。ぼくはきのうから、ここに部屋をとってて、ゆうべ泊ったんですよ。きょうじゅうに、出発することになるでしょう、たぶん」

「どこへです？」

直次郎について、一階への階段をのぼりながら、耕吉が聞いた。直次郎は首をふって、

「まだ、わからない。あなたはロビーで待ってて、ぼくがフロントでキイを受けとったら、

ついてきてください。別のエレベーターに、のったほうがいいな。部屋は四〇八号室。四階です」

耕吉はあっけにとられながらも、いわれた通りにした。耕吉が四階の廊下へでたとき、直次郎は408のナンバーをうったドアを、あけようとしているところだった。

「さあ、早く入って」

耕吉をうながして室内へ入ると、直次郎は腕時計を見た。耕吉もつられて、自分の腕時計を見た。五時二十分だった。

「約束の時間だ。もう来るころだが……」

と、直次郎はつぶやいた。

「だれです?」

「あんたの知ったことじゃない」

そっけなくいってから、シングルベッドのそばのテーブルに、直次郎は歩みよった。テーブルの上には、カッティ・サークの大壜とグラスがふたつ、水さしといっしょに並んでいた。直次郎は、黄いろいラベルの丸壜をとりあげて、

「待ってるあいだに、いっぱいやりませんか? 氷はありませんけどね。水はまだある。いまちょっと、ボーイを呼びたくないもんで……」

「けっこうです。めし前にウイスキーをやると、かならず胃をやられるんです」

耕吉は落着かない様子で、窓ぎわへいった。窓にはカーテンがしまっている。耕吉がそれ

をあけようとすると、直次郎がするどくいった。

「だめだ。カーテンはそのまま。万一ってことがある。のぞかれたくないんです。窓ぎわにも、立たないほうがいいな。まあ、そこにおすわんなさい」

スカッチをたっぷりついだグラスで、テーブルのむこうの椅子をさししめされて、耕吉はますます落着かなくなった。

「どうしてです？　どうして、窓ぎわに立っちゃいけないんです？」

「やはり、万一ってことがある。ぼくと間違えられて、射たれたんじゃあ、死んでも死にきれないでしょう」

「そんな——そんな危険があるんですか？　それじゃ、約束が……」

「違やしませんよ。ぼくはあんたに、後顧のうれいなく、若い女を強姦させてやる、と約束しただけだ。どんな状況のもとでか、そんなことはいわなかった。青くなんなさんな。安全は保証したでしょう？　ぼくの指示にしたがえば、大丈夫ですよ」

「そうでしょうか」

「そうですよ。正直いって、わりのいい仕事じゃないが、金を受けとった以上、約束はまもります。安心してください」

「はあ……」

耕吉は椅子のなかで、小さくうなずいた。直次郎はグラスをテーブルにおくと、また腕時計をのぞいた。

「遅いな。きたら、すぐ出かけられるように、着がえをしておくか」

腰かけていたベッドから立ちあがると、直次郎は洋服だんすに歩みよった。ドアをあけると、とたんに中から、倒れかかったものがある。人間だった。ネクタイをゆるめて、喉《のど》もとのボタンを外したワイシャツすがたの大男だ。直次郎をよろめかして、男は床にたおれた。耕吉が立ちあがって、悲鳴をあげた。男の背なかに、大きな登山ナイフが、つきささっていたからだ。

「畜生、洋服だんすに死体を隠しとくなんて！　三文スリラーみたいな手を、わざと使って、ぼくを嘲《わら》笑ったつもりだな」

うめくように、直次郎がいった。耕吉は歯を、がちがち鳴らしながら、立ちすくんでいた。ふりかえって、直次郎がいった。

「桑原さん、これがぼくの待ってた使いですよ。すこし早くきすぎたらしいな。こいつは、厄介なことになったぞ」

男はシングルベッドの足もとの床に、うつぶせになって倒れている。その背につっ立っているナイフの柄に、直次郎が手をふれると、傷口から新しい血が、小さな噴水みたいに噴《ふ》きあがった。耕吉は片手で口をおおって、壁のほうに顔をそむけた。

「まだ、やられて間がないな。犯人は、ぼくらがくるちょっと前に、逃げだしたらしい。面倒なことになったぞ。とにかく、ここから逃げだしましょうや、桑原さん」

「しかし、その前に警察へ――」

おろおろ声で、耕吉がいった。

「そんなことをしたら、あなたがいちばん心配してること――奥さんや息子さんが、迷惑するようなことに、なるだけです。逃げるんだ。逃げるんだ」

カバーをかけたまま、洋服だんすに吊《つる》してあった着がえの服をはずして、シャツをはさんでから、直次郎はふたつに折りたたんだ。三方のジッパーをかけると、カバーはスーツケースに早替りした。それを片手に、直次郎は耕吉をせきたてて、廊下にでた。

「ひとにあわないように、階段をおりよう。地下駐車場まで、階段はつづいているはずだ」

廊下のはずれの防火戸をあけて、直次郎は耕吉を押しこんだ。青白い蛍光灯に照された階段は、ひえびえとして、ふたりの靴音《くつおと》がよくひびいた。あまりよく響くので、おびえたように、耕吉は立ちすくんだ。

「大丈夫だから、急いで――足音なんか、気にしなくてもいい。万一だれかに出あっても、ぼくらの顔をおぼえられないように、迅速《じんそく》に行動することです」

直次郎は、タップダンサーみたいな足どりで、軽快に階段を駈《か》けおりて、手本をしめした。おいてけ堀にされるのが怖かったのか、四十代にしてはいいタイムで、耕吉もつづいた。駐車場にたどりつくと、直次郎は歩調をゆるめながら、呼吸をととのえて、

「そうですか。そうですか。横浜がはじめてなら、やっぱり中華街へご案内しなきゃあね。ちょっと汚ないけど、うまい店を知ってるんですよ。はっはっはっは」

笑い声を、コンクリートの天井にひびかせて、自分の国産車のドアをあけると、耕吉の背

なかをたたいた。その勢いで、耕吉は車内へころがりこんだ。車がランプウエイをのぼって、夜の街路へでると、直次郎はいった。

「困るな。お芝居に調子をあわせてくれなくちゃあ」

「お芝居?」

「ひとがいたでしょう? さっきのセリフは、そいつに聞かせるためだったんです」

「気がつかなかった、ひとがいたなんて」

「あれがやつらの見張りなら、いいんですがね。赤の他人だとすると、急いでるように見せたくないから……」

「どうして、見張りならいいんです? 逃げるところを見られたほうが、困ったことになるんじゃないんですか?」

「どうせ、逃げると思われてるんだ。やつらは警察で証言なんかしたがらない。だから、見られたってかまわないんです」

「なるほどねえ」

耕吉はいやに感心してから、急に気がついたように、

「やつらって、だれのことです?」

「ぼくの部屋で、死体を製造したやつらさ。きまってるじゃありませんか」

「すると、中華街へいくってのは、うそですね」

がっかりしたように、耕吉はいった。

「腹がへってるんですか?」

「ええ、昼めしが早かったもんですから」

「じゃあ、どこかへ、めしを食いにいきましょう。ただし、食うのは、あなたひとりだけですよ」

「片岡さんは、なにも食べないんですか、いつも一日じゅう?」

「そりゃあ、人間だから、ぼくだって、食べないで生きてられやしませんよ。でも、いまはそれどころじゃないんだ。連絡をとらなきゃならないところがある。注意しときますがね。食事ちゅう、女が近づいてくるかも知れない。そしたら、びくびくしないで、相手をするんですよ」

「女?」

「たぶん、絶世の美人だな」

「なんのために?」

「最初が、髑髏マークの警告。次が、洋服だんすのなかの死体。ひと昔まえの冒険小説みたいな手をつかって、ぼくらをいじめにかかってる。とすれば、こんどは謎《なぞ》の美人が接近してくる、という段どりでしょう。心配しなくても大丈夫、あなたに危害をくわえるはずはない。それどころか、しごく友好的に接近してくるはずだ」

「どうも、話がわからないんですが……」

「わからないほうが、安全ですよ。知ってて知らないふりをするのは、あなたには骨でしょう。それに、強姦のひとつもしようという人間が、美人と口をきくぐらいのことに、おたついてるようじゃ、困りますよ」

「それは、そうですけれども……わけがわからないと、やっぱり」

「あなた、強姦の相手がみつかったら、いちいち住所氏名年齢を聞いてから、やるつもりですか?」

と、直次郎は皮肉に聞きかえした。

3

直次郎は、横浜公園のそばの駐車場へ、車を入れた。ひろい道路を横切って、生命保険のネオンサインが光っている大きなビルに、近づきながら、直次郎はいった。

「ここの二階に、ドイツ料理のレストランがある。ちょいとした店ですよ」

そのしゃれた店内のテーブルのひとつに、耕吉をすわらせると、

「ゆっくり、召しあがってください。タータル・ステーキなんかどうです? ヒレ肉料理の一種ですが、すごく精力がつきますよ。お勘定は、ぼくが払ってもいいけれど、どうせ雑費として請求しますから、ご自分で払ってもかまいません」

直次郎はそれだけいって、耕吉があっけにとられているうちに、さっさといってしまった。遠慮していたウェイターが近づいてきて、校長先生が優等証書を手わたすみたいに、でっかいメニューをさしだした。耕吉は反射的に、タータル・ステーキを注文した。やがて運ばれ

てきた皿の上には、ピンクいろのお祝いの鳥《とり》の子《こ》餅《もち》みたいなものが、のっていた。どうやら、生《なま》の挽肉《ひきにく》らしい。ちょっと恐れをなしたが、勇をふるって、いい加減に薬味をふりかけてから、スプーンで口へ入れてみると、なかなかいけた。食べつけないものには、手をださない保守主義を、断乎《だんこ》、排そうと決心したとき、頭上で明るい声がした。

「まあ、ミスタ・ミフネ。こんなところで、お目にかかるなんて！　ここへすわっても、いいですか？」

日本語にしては、ややアクセントがおかしかった。細かく刻んだ生肉を頰《ほお》ばったまま、耕吉が顔をあげてみると、大柄な女が立っていた。顔立ちは日本人だが、服装も化粧も大胆だし、髪のいろもおかしかった。

「あたし、きのう日本へついたばかり。ほんとに久しぶりですねえ」

と、かがみこみながら、小声の早口で、女はつけたした。

「ごめんなさい。おかしな人につきまとわれて、気味が悪いのです。助けてください」

耕吉はうなずきながら、口のなかの肉をのみこんで、あわてて立ちあがると、女のために椅子をひいてやった。

「ありがとう。横浜に知ってるひとはいないんで、心細かったところなんです。もともと、ひとり旅で……」

女は小声でいった。耕吉も小声で聞いた。

「アメリカからですか？」

「ええ」

「日本語、おじょうずですね」

「母は日本人ですもの。父も日系なんです。あたしはグラフィック・デザイナーの卵。東洋美術の研究もしていて、それで母の国へきたんです。もちろん、正直なところは、半分あそびですけれど——お名前は？」

「桑原耕吉です」

と、いってしまってから、耕吉は不安になった。

「あたし、サリイ小島です」

ストリッパーみたいだな、と耕吉は思った。からだつきも、ストリッパーになったら、成功しそうなカーヴを持っていた。その抑揚ゆたかな曲線を、若わかしい派手なツーピースにつつんでいる。事実、どう見ても二十《はたち》を越えたばかりのようで、小娘といいたいくらいだった。耕吉が観察しているあいだ、サリイはウェイターに料理を注文していた。流れるような英語だった。耕吉にはほとんど意味がわからなかったが、発音は本物の感じだった。ウェイターが立ちさると、

「やっぱり、あなたのこと、ミスタ・ミフネとお呼びするわ。さっき出まかせでいってしまったの、急に変えるのもおかしいから」

と、サリイは笑顔でいった。耕吉はてれながら、三船敏郎みたいなしかめ面をして、

「そのつきまとった男というのは、このなかにまで、入ってきてるんですか？」

「いますわ、入り口のちかくに。ああ、見ないほうがいいかも知れません。あなたにご迷惑をかけることになると、あたし、困りますもの。でも、もう迷惑かけていますわね。すみません」

「かまいませんよ、そんなことは」

「お願いです。この店をでるまで、いっしょにいてください。あたし、大急ぎで食べますから」

「わたしも、ゆっくり食べることにしましょう。日本には長くご滞在？」

「ひと月はいるつもりですけれど、まだ予定が立っていないんです。ひと足さきに来日している先輩がいて、きょう、いっしょに日光へいく約束になってたんですけど、そのひとのつごうが急にわるくなったもので……あたし、今夜はひとり、おっぽりだされたってわけ」

と、サリイは肩をすくめた。そこへ、料理がはこばれてきた。長ったらしい名称のわりに、見たところはごくあっさりした魚のフライだった。サリイが旺盛《おうせい》な食欲を見せているあいだ、耕吉はコーヒーをとって、時間をつなぐことにした。学生時代からのくせで、コーヒーに砂糖を入れて、かきまわしてから、耕吉は慎重にクリームをそそぎこんだ。クリームは濃いコーヒーの上に、模様をえがきながら浮かんだ。

「あら」

と、サリイが口走った。その目がウイーン風の小さなコーヒーカップを、のぞきこんでいるのに気づいて、耕吉は聞いた。

「どうしました？」

「いいえ、なんでもありませんわ」

「このコーヒー茶碗《ぢゃわん》、どうかしましたか？」

「カップじゃないんです。なんでもありません。つまらないことですわ」

「気になるなあ」

「気になさるたちですの？　占いやなにかを」

「いや、そんな意味じゃないんですよ。占いなんかは、いっこうに気にしないほうですがね」

「そんなら、いいましょうか？　二、三年前、パリで、ジプシイの占い師だというお婆さんに、おそわったことがあるんです、コーヒー占いを」

「へえ。紅茶の占いってのは、聞いたことがあるが……」

「クリームを浮かして、占うんです、そのお婆さんのは。絵をかいて教えてくれたんですけど、そのなかに、めったに出ないが、いちばん不吉な模様というのがあって――」

「それが、出てるんですか？」

耕吉はあわてて、コーヒーカップをのぞきこんだ。だが、もうクリームは溶けていて、かすかに白く渦《うず》をえがいているだけだった。サリイは元気づけるように笑って、

「ばかばかしい迷信ね。どこか家を離れたところで、自分でもわけのわからない死にかたをするんですって」

耕吉は大急ぎで、コーヒーを飲みほした。サリイも間がわるそうに、料理の残りを片づけた。

「ごめんなさい。すっかりおひきとめしてしまって」

サリイはナプキンの下に紙幣を隠して、耕吉のほうに押してよこした。

「これで払ってくださいい、あなたの分も。ほんのお礼ですから、気になさらずに」

「困りますよ。わたしのは自分で払います。それに、わたしはまだ……」

と、耕吉がいいかけたとき、戸口に直次郎のすがたが見えた。耕吉は安心して、立ちあがった。

「とにかく、出ましょう」

いちおうサリイの金で勘定をすませると、ビルの一階へおりてから、耕吉は自分の支払い分を添えて、つりを返した。サリイはくどくさからわずに、それを受けとると、

「おかげで、助かりましたわ。母がいってた通り、日本人は親切ね。もうお目にかかることはないでしょうけど、わすれませんわ。さようなら、桑原さん」

手をふって、サリイは歩みさった。耕吉は首をかしげながら、道路を横断して、公園横の駐車場へいった。直次郎は、車のなかで待っていた。

「片岡さん、いまの女、見ましたか?」

直次郎のわきに乗りこみながら、耕吉はいった。

「見ました。なかなかのヴォリュームですな」

「サリイ小島と名のってましたが、あれ、やつらの仲間なんでしょうか？　どうも、わたしには信じられない。別れぎわもあっさりしてたし……そりゃあ、話しかけてきた口実は、わざとらしいものでしたが――あんがい、ほんとだったのかも知れません」

「どこに泊ってるとか、いいませんでしたか？」

「いいません。日光へ行く予定だとは、いってましたが」

「日光か」

　直次郎は、にやっと笑った。

「サリイ小島は、また現れますよ、桑原さん」

「どうして？」

「ぼくらも、日光へいくんです。ぼくはいま、あるひとと連絡をとってきた。その結果、日光へいくことになったんです。サリイはあんたに、かまをかけたんですよ。ところで、桑原さん、運転はできますか？」

「これとおなじ車を、持ってます。中古で、わたしより息子がつかうほうが、多いですけど」

「そりゃあ、好都合だ。交替で寝ることにしましょう」

「いまから、いくんですか、日光へ？」

「そうしたほうが、いいらしい。やつらが見当をつけてるとわかった以上、急ぐに越したことはないでしょう。どこかで、食料も仕入れてったほうが、いいですね」

　直次郎は車を、元町へむけた。ジャーマン・ベーカリーで、黒パンのレバ・サンドイッチと、白パンのエッグ・サンドイッチを、二人前ずつ包ませ、魔法壜にコーヒーをつめさせてから、中華街へまわって、中華菓子を数種類、買いこんだ。まるでピクニックへでも出かけるみたいに、ニコニコ買物をすませると、直次郎は車を第二京浜へむけた。空はいつの間にか雲でおおわれて、それを川崎の灯《ひ》が明るませているのが、妙に生あたたかい感じだった。直次郎が運転に神経を集中して、こみあった国道をすすんでいくあいだ、耕吉も黙りこんでいた。それが、東京に近くなったところで、口をひらいた。

「どこでも、けっこうです。都内へ入ったら、おろしていただけませんか？」

「どうして？」

　直次郎は、怪訝《けげん》な顔をした。

「わたしがいると、足手まといになりそうですから」

「あんたは、ぼくの雇い主ですよ」

「でも、あなたは別の仕事も、現在していらっしゃるんでしょう？　まあ、日系だとしても、外国人が関係してるところを見ると、なにか情報活動のような……」

「スパイですか。否定も肯定もしないけど、怖くなった？」

「ええ、正直なところ」

「安全は百パーセント保証するって、最初にいったはずですがね。だいたい、後顧のうれいなく、若い女を強姦《ごうかん》させてくれなんて、難問ちゅうの難問なんだ。さすがのぼくも、お断りしよう、と思ったくらいです。そこへ、こっちの話が持ちこまれたんで、考えなおした。こういうことに嚙《か》んでる女ってのは、美人が多い。チャンスもつかみやすい。しかも、頑強《がんきよう》に抵抗はするだろうけど、命までかけようとはしないもんだ。おまけに、いちばんいいところは、あとくされがない。これは、ぜったい保証つきだ。こういう仕事にたずさわる人間ってのは、自分の失敗を公表したりはしませんからね」

「まあ、そりゃあ、そうでしょうが……」

「でも、まだなんにも起っていないのに、びくびくするようじゃ、強姦なんて出来ない相談ですな。あきらめて家へ帰って、ひとりくよくよ悩むのも、けっこうですよ。しかし、ちょっと遅すぎましたね。やつら、あなたの顔をおぼえてしまった。いまだって、監視の目が、どこかに光っているかも知れない。じきに名前も、住所もつきとめるでしょう、いくらぼくが、おとくいさんの秘密をまもったとしても」

サリイ小島に、うっかり本名をしゃべってしまったことを、耕吉は思いだして、ため息をついた。それを横目でみながら、直次郎はいった。

「もう都内ですが、おりますか？」

「いや、いきますよ、どこへでも。けれど、安全は保証してくださいい、間違いなく」

「くどいなあ、桑原さん。そんな心配より、いまのうちに寝といたら、どうです？」

「そうしましょう」

耕吉は目をつぶったが、なかなか眠るどころではなかった。車が千住新橋《せんじゆしんばし》をわたって、日光街道へ入ったことは、気づいていた。ほかには車が、一台も走っていないことにも、気がついた。ふと見ると、前に大きなトラックが一台、横むきにとまって、道をふさいでいる。あぶない、と思ったとたんに、車がとまった。同時に、トラックの荷台から、火花が散った。こちらの車のフロントグラスに、くもの巣のようなひびが入った。耕吉は車から飛びだして、夢中で走った。だが、足もとは泥田らしく、なかなか足がはかどらない。たちまち、数人に追いつかれた。

ぐるりと取りまいたのを見ると、女ばかりだ。バレエの稽古《けいこ》でもするみたいな黒タイツすがたで、日本刀を斜めに背なかにしょっている。それを抜きつれて、女たちは襲いかかってきた。耕吉は右に左に身をかわして、ひとりの女の刀を奪いとった。だが、いくら敵だといっても、女を殺すことは、耕吉にはできない。といって、反撃しなければ、逃げることもできない。耕吉はかかってくる女たちの両腕を、片っぱしから斬りすてた。白い腕は次つぎに飛んで、ぬきかけた大根みたいに、泥田につきささった。

ひとり残らず腕を斬りおとすと、耕吉は刀を投げすてて、走りだした。だが、女たちは執《しつ》拗《よう》に追いかけてきた。ひとりに体あたりされて、耕吉はひっくりかえった。顔の上に、別のひとりが倒れてきた。押しのけようとする両腕にも、女の尻が落ちてきた。ひとりが口で、耕吉のズボンのベルトをひきぬいた。どうしても、秘密書類をとりあげる気なのだ。耕吉は必死でもがいた。両足のあいだに、女の顔がわりこんできた。女は舌で、耕吉のからだをくすぐった。

「それよ。きっと、それよ」

と、だれかが叫んだ。耕吉はうめいた。女はそれを食いちぎって、立ちあがった。ほかの女たちも、立ちあがった。一団になって、逃げていく女たちにむかって、耕吉はさけぼうとした。

「それは違う。秘密書類じゃない。違うんだ。返してくれ。わたしを男にしてくれ！」

だが、いくら大きく口をあけても、声はでなかった。ズボンを押さえて、追いかけようとしたとたん、がくんと車がはずんで、耕吉は目をさました。

「道路工事をしてるんです。おどろいたでしょう。あんまり、よく眠れなかったらしいですな」

と、直次郎がいった。耕吉はてれくささを、あくびでごまかしながら、

「いや、寝ましたよ。すっかり、肩がこってます。考えてみると、きょうは半日以上、車にのってたようなもんだから」

「これくらいで疲れるようじゃ、しようがありませんよ」

「疲れたとはいってません」

「じゃあ、すこし運転を代ってください」

「どこです、ここは？」

「幸手《さって》をすぎて、もうじき栗橋《くりはし》です」

道ばたに車をとめて、直次郎はすばやくドアから飛びだした。耕吉はハンドルを握ると、

車のうしろをまわった直次郎が、反対がわのドアから入ってくるのを待って、スタートさせた。曇った春の夜の四号国道には、長距離運輸のトラックが、怪獣の大行進みたいにつづいている。そのあいだに挟《はさ》まれて、一定速度で走りながら、ウイングミラーをのぞくと、後続車のヘッドライトが、折りかさなって見えた。いよいよ、怪獣に追いかけられているような感じだった。いつぞや大学生の息子が、

「テレビの怪獣の目には、なぜ電気がついてるか、知ってるかい？　やたらに電線なんかひっちぎって、停電させるだろう。だから、怪獣（懐中）電灯が必要なんだよ」

と、だじゃれをいったのを、耕吉は思いだした。車はバイパスで、古河《こが》市の外がわを通りぬけた。さらに小山《おやま》市内を通りぬけて、宇都宮《うつのみや》に近づくと、サンドイッチとコーヒーで、元気をつけた直次郎が、肩をたたいた。

「さあ、代ろう。慎重運転、大いにけっこうだけど、そろそろスピードをあげないとね」

宇都宮市内をぬけて、国道一一九号線に入ると、車はぐんぐんスピードをあげた。耕吉はコーヒーを飲んで、目をさまそうとしたが、あまりきき目はないようだった。道の左右に山が近づいて、夜がいっそう暗くなった。トラックも、ぜんぜんいなくなったわけではないが、四号線にくらべると、うそのようにすくない。

「桑原さん、お化けが出ましたよ」

いきなり直次郎にいわれて、耕吉は閉じかかっていた目をひらいた。直次郎が顎《あご》をしゃくるほうを見ると、前方の左がわに桜の木が五、六本、まばらに花をひらいて、並んでいる。

その下に鮮やかな色彩が、目立っていた。赤いレザー・コートをまとった女が、ヒッチハイクのサイン、親指を立てた片手を、さかんに上下にふっているのだ。ヘッドライトの光のなかに、それが見る見る近づいて、目鼻立ちがはっきりすると、耕吉は口走った。

「あの女ですよ。サリイ小島！」

「やっぱりね。神出鬼没だな。ぼくらより、だいぶ早く出発したらしい。なにをいうか、とにかく聞いてやりましょうや」

直次郎は車をとめて、車内灯をつけた。耕吉が窓ガラスをおろすと、サリイは顔をよせてきて、

「おお、ミスタ・ミフネ。うれしいです。また助けてもらえますね」

「どうしたんです、こんな夜ふけに？」

と、聞いたのは、直次郎だった。耕吉はねむ気がさきに立って、うまく口がきけなかった。

「日光へいきたいんです。先輩、さきへいってしまったんです。あたし、追いかけなければなりませんの。ここまで、ヒッチハイクできたんですけれど、乗せてもらった車、このへんのひとのものでした。おりないわけに、いかなかったんです」

「あなたは運がいい。ぼくらも、日光へいくんだ。乗りたまえ。ちょっと待って——夜になると、まだ寒いな」

直次郎は、耕吉の前に手をのばして、窓のガラスをあげてから、うしろのドアをあけてやった。サリイ小島は、身をかがめた。と思うと、あいたばかりのドアを、外がわから力いっ

ぱい叩《たた》きつけた。ただ閉めただけではない。なにかを車内に、投げこんだのだ。太い蠟燭《ろうそく》のようなものだったが、耕吉には見えなかった。けれど、それがたちまち、黄いろい煙を噴きだしたことは、わかった。

「なにをするんだ！」

煙のなかで、直次郎がさけんだ。耕吉は立ちあがろうとしたが、からだが動かなかった。ドアのハンドルにかけようとした手が、ひどく重い。直次郎が、シートバックにもたれた格好で、がっくり首をたれるのを、耕吉はぼんやり見つめた。その目も、すぐに見えなくなった。女の笑い声が、遠くで聞えたようだった。なにがなんだか、よくわからないうちに、耕吉は眠りの底にひきずりこまれていた。

4

目がさめたときも、耕吉は腰をおろしていた。ただし、車のシートにではない。かたい木製の椅子《いす》に、腰をかけているのだった。両手は左右の肘《ひじ》かけに、両足は椅子の前がわの脚に、それぞれ麻縄《あさなわ》でしばりつけられている。頭がひどく痛んで、首を動かすのは、つらかった。だが、がまんして動かしてみると、すこし離れたところに、直次郎のすがたが見えた。おなじような椅子に、おなじように縛りつけられている。

そこは、煤《すす》けた白壁のせまい部屋だった。ささやかな住宅のささやかな応接間、といった感じの洋室だ。けれど、調度はなにひとつない。天井の照明も、はだか電球ひとつだけ。室内はなんとなく、かび臭かった。視野のなかに、ドアがひとつあって、それがあいたと思うと、サリイ小島が入ってきた。ミニのニット・ドレスで、胸のところに黒っぽい紺の横縞《よこじま》が、太く通っている。そのほかは甘いピンクで、部屋の冷たさとは、そぐわない格好だった。耕吉は、口をひらいた。けれど、舌がもつれて、しゃべれなかった。

「麻酔ガスのさめぎわってのは、いやな気分でしょうね」

と、サリイが笑った。直次郎が目をひらいて、嚙みつくような声でいった。

「どういうつもりか、説明してもらいたいな。ひどすぎるよ、こりゃあ」

「どういうつもりって、話を聞きたいだけよ。あっさり打ちあけてくれれば、拷問ってことにはならない、と思うわ。年上のほうに、まず聞きましょうか。日光でだれにあうことになってるの、ミスタ・ミフネ？」

サリイは片手に、オンザロックのグラスを持っていた。声は甘ったるかったが、目はグラスのなかの氷みたいに冷たかった。

「そんなことを聞かれても、答えられない。わたしはなんにも、知らないんだ」

「思いだすのね。さもないと、拷問しなきゃならないわ」

ドアのわきに立てかけてあった折りたたみ式の椅子をひらいて、サリイは腰をおろした。

耕吉は聞きかえした。

「拷問？」

「そう、拷問よ。日本の辞書をひくと、肉体的な苦痛をあたえて、自白を強いること、と書いてあるわ。いため吟味《ぎんみ》ともいったそうね、昔は」

「日本人より、くわしいようですな、ミス……ええっと」

直次郎が口をだすと、サリイはにこやかに会釈《えしゃく》して、

「サリイ小島。くわしいはずよ。あたし、その方面のベテランなの。どんなに口の固いひとでも、エンピツ一本、タバコ一本でおしゃべりにしてみせるわ。前のはゲシュタポがよく使った手。戦争がおわるまで、日本の警察でも使ってたそうね。あとのはイタリア系のギャングが、いまでも愛用してるらしいわ。でも、あなたには、これでじゅうぶんそうね」

サリイは、オンザロックのグラスを左手に持ちかえると、茶いろい髪を壁にもたせかけて、左足を高くあげた。ミニ・ドレスがすべって、格好のいい太腿《ふともも》がショッキングにむきだされると、ストッキングのはじに、幅びろのガーターが見えた。ただの靴下どめバンドではない。腿の内がわの部分が、小さなホールスターになっていた。サリイの右手のひとさし指が、そのホールスターにさわったと思うと、かすかにスプリングの戻るような音がした。ホールスターから、サリイの右手に落ちこんだのは、細長い金属片のようなものだった。サリイが右手をあげると、同時にその金属片から、シュッと長い刃が起きあがった。天井の裸電球の光に、それがぎらつくと、耕吉は身をふるわせた。

「片岡さん、な、なんでわたしが、わたしが拷問されなきゃならないんですか……」

ふるえ声で、耕吉がいうと、直次郎は青ざめた顔をふった。

「ぼくに聞いたって、わかるもんか」

と、不機嫌《ふきげん》にいってから、サリイにむかって、

「おい、このひとになにをしたって、むだだぞ。このひとは、なにも知らないんだ」

「そうかしら？　そういうところを見ると、やっぱりこのおじさまを、責めてもらいたくないらしいわね」

サリイは立ちあがって、耕吉の前に近づいてきた。飛びだしナイフの刃が、鼻のさきへ近づいてから、まっすぐに顎の下へおりた。刃と皮膚のあいだは、五ミリと離れていなかった。耕吉は目をとじて、全身をかたくした。細い悲鳴が、口からもれた。

「これじゃ、血が噴きだしたら、たちまち気を失っちゃうわね」

サリイは嘲笑《あざわら》って、左手のグラスのなかへ、ナイフの先をひたした。刃のひらにアイス・キューブをひとつ乗せて、グラスから出すと、椅子の腕木にしばりつけられている耕吉の左手首に、そっとあてがった。ナイフをひくと、四角な氷は麻縄《あさなわ》のあいだに残って、手首の皮膚を、ひやりとさせた。

「これなら、気絶はしないでしょう？」

サリイは、グラスを持った左手の肱《ひじ》に、刃の峰《みね》を押しあてて、ナイフを閉じると、立ったまま左足をあげた。内腿のホールスターに、畳んだナイフをさしこみながら、

「でも、子どもだましだと思ったら、大間違いよ。こういうときは、鈍感に生れたほうが、しあわせね。鈍感なひとは想像力がないから、怖がらない。おまけに、そういうひとは、肉体的苦痛にも強いのがふつうだから――でも、そんな人間じゃ、情報活動はつとまらないし、

世のなかって、ままならないものね」

目蓋《まぶた》の音が聞えそうなくらい、派手に片目をつぶって見せてから、サリイはドアをあけた。出ていきながら、もう一度ふりかえって、

「しゃべる気になったら、大声をあげてちょうだい」

サリイのいったことが、最初はよくわからなかったけれど、ドアがしまってしばらくすると、わかりすぎるほど、わかってきた。たかだか三センチ角の氷塊ひとつでも、使いようによっては、大の男を苦しめることができるのだった。手首にのせられたアイス・キューブは、最初は冷たく皮膚に感じられただけだった。そのうちに、だんだん冷たさが増してきた。薄気味のわるい冷たさだった。耕吉は怖くなって、身をもがいた。けれど、間もなく、皮膚の感覚がなくなった。耕吉は、ほっとした。体温で氷は、どんどん溶けていくだろう。つらくはあったが、悲鳴をあげるほどではない。耕吉は余裕をもって、

「片岡さん、なんとかしてください」

と、訴えた。そのとき、突如、はげしい痛みが起った。氷の塊が、焼けた鉄の塊に、とつぜん化けたみたいだった。手首の皮膚も、同時に感覚をよみがえらせた。耕吉は、うめき声をあげた。手首が焼けただれて、穴があいていくような苦痛だった。手首だけではない。痛みは肘から肩、肩から胸、胸から全身にひろがった。

「助けてくれ！　わたしはなんにも知らないんだ。助けてくれ！　おねがいだ。助けてくれ！」

きつい縛《いまし》めのなかで、身動きしながら、耕吉はさけんだ。いまになって、サリイの笑顔のおそろしさが、はっきりわかった。

「これが、あたしの拷問の手はじめよ。本気になったら、どういうことになると思う？」

と、あの笑顔はいっていたのだ。手首の上で溶けかかって、歪《ゆが》んできたアイス・キューブを、張りさけるばかりの目で見つめながら、耕吉は恐怖のさけびをあげた。

「もうすこしの辛抱だ。がんばってくれ、桑原さん。じきに縄がとける」

離れた椅子でもがきながら、直次郎がいった。

「がまんするんだ、桑原さん。あんたの年配だと、兵隊の経験もあるはずだ。古参兵にいじめられたときのことを思いだして、がんばってくれ」

「そりゃ、兵隊にはとられましたよ。でも、戦争末期だったし、学徒出陣だった。おまけに内地で、穴掘りばかり。それも、動員できた女学生を、指揮するだけだったから、楽しかったくらいです。食うものも、一般人より豊富だった」

と、耕吉はいった。直次郎は舌うちして、

「だったら、その女学生のことでも思いだして、がまんしてください」

「その女学生のひとりが、いまの家内なんだ。やっぱり、都内で車から、おろしてもらえばよかったなあ」

「泣きださないでくださいよ。よし、どうやら解けた。気づかれないように、あんたはうめきつづけてくれ」

直次郎は前かがみになって、足の縄をほどくと、ひと飛びに耕吉のそばへきて、手首からアイス・キューブを払いおとした。

「まだ、うなりつづけて」

直次郎は小声でいいながら、耕吉の手足の麻縄をほどいてやった。耕吉がいわれた通り、うめきつづけていると、その手足にいったんといた縄を巻きつけて、

「これで、いつでも立てますよ。さあ、助けてくれ、なんでもしゃべる、と叫んでください」

こんども耕吉は、いわれた通りにした。三回めにどなりおわったとき、ドアがあいて、サリイ小島が入ってきた。直次郎は、壁ぎわに立って、身がまえていた。サリイが入ってくると同時に、飛びかかって、鍵を持っている右の手をねじあげた。鍵をうばいとりながら、背中でドアをしめると、声をあげかけるサリイを、耕吉のほうへ突きとばした。耕吉は手足の縄をふりとばして、立ちあがりながら、サリイの大柄なからだを抱きとめた。けれど、ヴォリュームのあるからだに、抱きとめかねて、耕吉は床にひっくりかえった。

直次郎はドアに鍵をかけると、すぐ応援のために飛びかかった。はね起きかけていたサリイを、髪をつかんで引きずりたおすと、大声をあげようとする口に、丸めた大きなハンカチをつっこんだ。それを、左手でねじこみながら、右手で上半身を抱きすくめて、

「桑原さん、早くナイフを取りあげてくれ」

耕吉は、カンガルーの尾みたいに暴れまわるサリイの足と、懸命にたたかった。両膝のあ

いだに、やっと手をわりこませたと思うと、サリイの両足はコンクリートで固めたようになった。それでも、どうやら内腿のホールスターに指がとどいて、飛びだしナイフが外れると、サリイはあきらめたらしく、全身の力をぬいた。

耕吉は安堵《あんど》すると同時に、はじめて視線をあげた。とたんに、生つばを飲みこんだ。ミニ・ドレスが腰までたくしあがって、そこには、苺《いちご》アイスクリームみたいな、すばらしい色をしたナイロン・パンティが、二階の窓からレースのカーテン越しに、庭木の梢《こずえ》を望んだごとく、内がわにある茂みの影を、おんもりとうかがわせていたからだ。耕吉は思わず、飛びだしナイフを手から落した。

「こんどは、こっちが聞く番だ」

直次郎は声にすごみを加えて、サリイに話しかけていた。

「だれに頼まれて、おれたちの車に、麻酔ガス弾を投げこんだ？　いう気になったら、うなずけよ。口のハンカチをとってやる」

サリイは、目に憎しみをこめて、首をふった。直次郎は、耕吉にいった。

「ナイフを」

「は、はい」

耕吉が飛びだしナイフをひろって渡すと、直次郎はその刃を立てて、サリイの顎にあてがった。

「いわないか？」

サリイはまた、首をふった。

「じゃあ、拷問だ。桑原さん、チャンスがきたぜ。さっきのしかえしだよ。あんたにまかせる」

直次郎にうながされて、耕吉は口ごもった。

「……しかし、わたしにはとても」

「あんたが夢にまで見ていたことを、実行すればいいんです。この女にとっちゃあ、それが拷問になるんだ」

直次郎が手をはなすと、サリイは口のハンカチをひっぱりだそうとした。その手をあわてて、耕吉は押さえた。直次郎はナイフの刃を寝かして、そっとパンティの上べりにさしこんだ。冷たい刃が腹にふれると、暴れかけたサリイの足が、ぴたっと鎮まった。直次郎がナイフの刃を、上むきに立てて持ちあげると、苺アイスクリームいろのナイロンは、紙のように切れて、左右にひらいた。

「さあ、桑原さん、急いでくれ」

「でも、わたしは……」

猛然と暴れはじめたサリイを、持てあましながら、耕吉は自信なげな声をあげた。直次郎がその頭上で、叱りつけるように、

「ぼくなんぞ、気にするな。死ぬか生きるか、これが境い目なんだぜ。こいつの黒幕を聞きださないことにゃ、ぼくら、安心して逃げだせないんだ。早くしないと、仲間がくるかも知

れない。楯にして逃げるにしたって、敗北感を味わわせておかないと、おとなしくならないよ。あんたがいやなら、ぼくがやる！」

「わかった。わかりました。やります」

耕吉は、くちびるをかみしめた。だが、サリイの抵抗は、すさまじかった。耕吉の手や顔に、ひっかき傷ができた。上衣は埃《ほこり》まみれになった。サリイのほうも同様だった。おまけに、この女は慢性の肥厚性鼻炎らしい。口にハンカチを丸めこまれて、鼻だけで息をしているのが、苦しいのだろう。ときどき、全身の力がぬける。鼻孔をひろげて、大きくあえぐのだ。その救いがなかったら、耕吉のほうが疲れはてて、ダウンしてしまったかも知れない。やっと耕吉が侵入して、内がわから攻めはじめても、サリイは抵抗をあきらめなかった。くやし涙を目に浮かべながら、全身を躍動させて、耕吉をはねのけようとした。それが、かえって耕吉を奮起させ、サリイ自身を敗北にみちびいたのだ。ハンカチの奥で、かすかな声をあげると、サリイは眉《まゆ》をしかめて、血ののぼった顔をのけぞらした。上半身の動きが、自然にとまった。そのとき、ドアの外で、男の声が起った。

「サリイ、あけろ！　どうしたんだ！」

つづいて、ドアをたたく音がした。耕吉はその音を、ほとんど聞いていなかった。自分の意志に反したからだの動きに、目をとじて従っているサリイ小島を、一心不乱に抱きすくめていた。ドアをたたく音が、さらに高まったとき、パリの灯《ひ》をはるかに望んだリンドバーグのような気持ちで、耕吉は満足感と征服感を、一気に相手にそそぎこんだ。とたんに、ドアの外で銃声が起った。耕吉はサリイのからだから、ころがり落ちた。

「あぶない！」

と、さけんだ直次郎の声は、銃声に圧倒された。ドアはすごい勢いで、蹴りあけられた。黒っぽい影が飛びこんできた。直次郎はナイフを右手に、その影におどりかかった。黒い男は片足をあげて、直次郎の腹を蹴った。直次郎は悲鳴をあげて、ひっくり返った。やぶれかぶれのように横たわったまま、身動きもしないサリイのかげで、耕吉は、おそるおそる顔をあげた。黒いコートをきた男の手には、オートマチックが一挺、鮪《まぐろ》の背みたいに青黒く光っていた。だが、耕吉の身をすくませたのは、拳銃《けんじゅう》ではなかった。その男の顔だった。それは、ふつうの人間の顔ではなかった。灰のように光沢のない黄ばんだ顔は、ぶきみな骸骨《がいこつ》だったのだ。

5

本物の髑髏《どくろ》であろうはずはない。アメリカみやげによくあるようなゴムでつくったマスクだった。それをかぶった黒いコートの男は、右手に拳銃をにぎったまま、壁によりかかっていた。サリイ小島は、埃だらけのニット・ドレスのまま、耕吉と直次郎を、にらみつけている。にらまれているふたりは、以前のように椅子にかけていた。ただし、ふたりの自由をうばっているのは、麻縄ではない。椅子のうしろにまわした両手首と、前にそろえた両足首に、手錠がくいこんでいる。耕吉の顔はまっ青だったが、直次郎はまだ元気で、

「きさまが黒幕だってことは、よくわかったよ。こんどは、なぜおれたちの邪魔をするのか、聞かしてもらいたいな」

と、どなる気力を残していた。黒いコートの男は、ゴムのマスクにこもった声で、陰気に答えた。

「大きな声をださなくても、聞えるよ。だいいち、邪魔をしたつもりはないぜ。それどころか、ずいぶん協力したはずだがね。だから、すなおに返事してもらえないかな」

「なにを?」

「日光へいって、だれにあうのか、なんのためにあうのか、ということをさ」

「きさまたちには、関係ないことだ。死んだって、いわないよ」

「死んじまっちゃ、いえないな。じゃあ、こっちの桑原さんとやらに、いってもらおう」

耕吉は口をひらいたが、どうしても声がでなかった。かわりに、直次郎がいった。

「このひとは、なんにも知らない」

「けれど、このひとが苦しむのを見れば、あんたがしゃべる気になるんじゃないかな。サリイがさっきから、いらいらしてるよ。しかえしがしたいらしい。とりかからせようか?」

と、髑髏マスクは顎をしゃくった。

「待ってました、というとこね。さっきみたいな真似《まね》は、二度とできないようにしてやるわ。文字どおりの意味でよ」

サリイは残忍な微笑を浮かべて、シャキッと飛びだしナイフの刃を立てた。直次郎が、あざけるようにいった。

「桑原さんはもう、じゅうぶん怖がってる。ちぢみあがってて、きみの考えてることをやるのは、むずかしいぜ」

「見そこなわないでちょうだい。東南アジアから中近東へかけて、一年間まわってきたエキスパートなのよ、ジャパニーズ・スタイル・トルコ風呂の特殊技術指導員としてね」

サリイは右手のナイフを宙に投げあげて、器用に左手でうけとめてから、あいた右手の指三本で、妙なジェスチャーをして見せた。耕吉はあわてて、力いっぱい両膝をあわせた。直次郎は、くちびるをゆがめて、

「しかし、おれは薄情な男だよ。桑原さんが泣きわめこうが、死んじまおうが、いいたくないことはいわないぜ」

「片岡さん！」

耕吉がおろおろ声で抗議したが、直次郎は耳もかさずに、

「甘くみないでもらいたいな。しゃりこうべのお面なんかかぶりゃがって、ふざけるなってんだ。黄金バットじゃあるまいし……」

と、どなりちらした。髑髏マスクの男はうなずいて、

「その点では、わたしも同意見だね。こんな子どもだましのお面はとりたくて、うずうずしてたんだよ」

いったと思うと、左手を顎の下へかけて、べろり男はマスクをはがした。その下から現れ

た顔に、耕吉は見おぼえがあった。だが、どこで見たのか、すぐには思いだせなかった。

「おい、なにを——」

と、直次郎がいいかけたとき、男は黒いレーンコートをぬぎすてて、くるりと向きをかえた。

「ついでに、こいつも取りたいな」

耕吉は目を見はった。男のコートの下は、白いワイシャツだった。しかも、その背に、登山ナイフが刺さっているのだ。それが、記憶装置のボタンを押して、男の顔をどこで見たのか、耕吉の頭に浮かびあがらした。ちらっと見ただけだから、すぐには思いだせなかったのだ。男は横浜のホテルで、洋服だんすからころがりだした死体だった。死体が凶器を背なかにさしたまま、いま目の前に立っているのだ。

「おい、きみ——きさま、いったい……」

直次郎が、また声をあげた。それを聞きながして、サリイが男の背の登山ナイフに手をかけた。傷口と刃のあいだから、小さな噴水みたいに、血がほとばしった。耕吉は、あっと口走った。サリイは笑って、男の背からナイフをひきぬいた。それには半分しか、刀身がなかった。刃さきのかわりに、小さなゴムの袋がついていた。それを抜きとったあとの男の背には、シャツに小さな裂けめがあるだけで、もう血は噴きださなかった。

「いまの血は、いたずらオモチャにつかう赤インクでね。ほうっておいても、しばらくすると、消えるんだ。ご心配なく」

と、耕吉のほうにむきなおって、男がいった。

「きみ——きみたち、なにもかもぶちこわす気か?」

と、直次郎がいった。声の調子が、いままでとは違っていた。おもしろそうに、サリイが答えた。

「あたしたち、あんたの台本が実は気にいらなかったの。だから、後半を書きかえといたのよ、最初から」

「なんだって!」

直次郎のからだは、おどろきのあまり、椅子から飛びあがったように見えた。

「つまり、あんたはおれたちに、だまされた、というわけさ」

と、直次郎にいってから、男は耕吉にむきなおった。

「そして、あんたはこの片岡に、だまされていたんだ。最初からサリイはここで、あんたに強姦される段どりになってたんだよ。でも、ふつうの段どりじゃあ、お芝居だってことに、すぐ気づかれちまう。そこで、スパイの争いみたいな道具立てを、でっちあげたんだ。おれが変なポスターを貼った車で、あんたがたを追いかけたり、先まわりして死体になったり、サリイが謎《なぞ》の美女をつとめたりしたわけさ。ついでにいっとくが、ここへつれこむ前に、あんたを眠らしたのは、片岡だぜ。サリイが車に投げこんだのは、ただの花火だ。片岡があんたの飲む前に、魔法壜のコーヒーに眠り薬を入れたんだよ」

「ほ、ほんとですか、片岡さん」

と、耕吉は聞いた。返事のかわりに、直次郎はするどい口調で、男をなじった。

「なぜ、ぼくを裏切った？　ギャラの残りの半分が、欲しくないのか」

「そんなふうにいわれるのは、心外だな。スポンサーを裏切ったおぼえは、ぜんぜん、ないぜ。金をだしたのは、桑原さんだ。桑原さんが、スポンサーってわけだ。桑原さん、あんたは、自信を持っていいんだよ。サリイは本気で、抵抗したんだからな。うそじゃない。おれはさっきから、真実だけをしゃべってる。片岡みたいなすれっからしを、うそで嚇《おど》かすことはできないからね。桑原さん、あんたには気の毒だが、あきらめてくれ」

「あきらめるって、なにを？」

おそるおそる耕吉が聞くと、男はまじめな顔つきで、

「あんたは生きてここからは、出られないんだ。おれは、この片岡直次郎を殺す。あんたにはなんの怨《うら》みもないが、おれの安全のために、あんたも殺さなきゃならない」

真実の持つ重み、というやつかも知れない。男の言葉は、うそでないように感じられた。その証拠には、直次郎の顔が見るみる青ざめた。それに気づいたとたん、耕吉の歯は、カスタネットみたいに鳴りだした。

「ちょっと待て。桑原さんには、なんの怨みもない、といったな？」

男の顔に目をすえて、直次郎がいった。男は軽くうなずいて、

「ああ、いった」

「それじゃあ、ぼくには怨みがあるのか？」

—JAPANESE SPECIALIST

「あるとも」

「ぼくには、ぜんぜん心当りがない」

「おれの本名を聞けば、心当りができるはずだ。あんたにいったのは、でたらめの名前でね」

「こんどから、ひとを雇うときには、住民登録票を見せてもらうことにするよ。ほんとうの名は？」

「浪川良平」

と、男はいって、にやっと笑った。直次郎は首をかしげて、

「心当りがないな、やっぱり」

「浪川清二という名前にもか？」

はっとして、直次郎は良平の顔を見つめた。

「こんどは、心当りができたらしいな。おれは浪川清二の弟だよ。あんたにだまされて、殺された浪川清二の」

「とんでもない見当ちがいだ。あんたの兄さんを殺したのは、ぼくじゃない」

「なんとでも、いえるだろうさ。あのときは、たくさんの人間が死んだからな」

「たがいに、殺しあったんだ。聖書にでも、経文にでも、おふくろの名誉にかけてでも、誓うよ。ぼくは、ひとを殺したことはない。ありゃあ、欲にかられた連中が、たがいにだましあって、共倒れになっただけのことだ」

「だが、ひとりだけ逃げだして、うまい汁を吸ったやつがいる。きさまさ。おれはヘリコプターの仲間より、ひとあし遅れて、あの天城の山荘へかけつけたんだ。ひとりだけ、まだ息をしているやつがいた。そいつから、きさまのことを聞きだしたんだが、名前まではわからない。探しだすのに、苦労したぜ。探しだしてからが、またひと苦労だ。きさまや、きさまの知りあいの連中に近づいて、こんどのチャンスをつかむまでには、ずいぶん辛抱したよ。きさまをただ殺すだけじゃ、気がすまなかったからだ。きさまが兄きをだましたように、おれもきさまをだまして、あっといわせてから、殺したかった。わかるだろう、この気持ち？」

「兄きの敵討か。古風だな。ぼくを敵よばわりするんなら、ほかにもたくさん、そう呼ばなきゃならない人間がいる」

「たとえば？」

「警察さ。きみの兄さんが、社員寮に逃げこんで、警察に包囲されなかったら、ぼくの出る幕にはならなかった」

「そういや、そうだな」

いやにあっさり、良平はうなずいた。直次郎が拍子ぬけして、相手の顔を見つめていると、良平はもう一度うなずいて、

「古風だってことも、みとめるよ。だから、考えなおしてやってもいい。日光へいく目的を、話さないか？」

「わかってるはずだろう？　桑原さんを満足させるために、しくんだ芝居だ。ほんとの目的地はここで、日光じゃない」

「しらばっくれるな。おれたちを、値ぎったくらいだ。桑原さんからもらえる金は、そんなに多くはないんだろう？　きさまにはちゃあんとほかに、横浜へいってから、日光へいく用があったはずだ。その用むきを、聞いてるんだよ」

「そりゃあ、きみの考えすぎだ」

と、直次郎がいいおわらないうちに、良平の手もとで、耳がちぎれそうな音がした。と思うと、天井から漆喰《しっくい》のかけらが、ざらざらっとふってきて、直次郎の髪を白くした。首をすくめた直次郎の顔は、恐怖のために一瞬にして、白髪になった男みたいに見えた。

「あんたが支給してくれたモデル・ガンじゃないんだぜ、これは」

天井をねらった銃口を、直次郎の顔にむけなおしながら、良平はいった。

「わかった。ほんとのことをいったら、ぼくと桑原さんを、助けてくれるんだな？」

と、直次郎が念をおした。

「約束する。あんたの儲《もう》けを横どりできれば、兄きの敵討になるからな。それが、いちばんスマートな方法かも知れねえ」

「中禅寺湖《ちゅうぜんじこ》のそばの貸別荘に、ロン・マークフィルドというスイスからきた外人がいる。そいつのところに、マイクロフィルムをとどけて、日本円で八百万、ざっと二万ドルだな。もらってくるのが、ぼくの仕事なんだ」

「マイクロフィルムって、なんの?」

「くわしいことは知らない。設計図だ。産業スパイのメッセンジャーをつとめるわけさ。自分がいったんじゃ疑われて、あとの仕事がしにくくなるんで、ぼくに頼んだらしいな。貸別荘へいって、『アルプス・チョコレートの株は、最近あがりましたか』と聞けば、マークフィルドがあってくれる。品物を見せれば、すぐ八百万くれるそうだ。七百五十万だけ、横浜の依頼人にとどければいい」

「依頼人の名はいうな。いいかけたら、もう一度、きさまの頭に漆喰の雨をふらせるぞ。そうすりゃあ、銃声でなにも聞えない。聞えなけりゃあ、依頼人はわからない。わからなけりゃあ、いくらおれが良心的な人間でも——」

「七百五十万は、とどけられない。とどけられないから、八百万ぜんぶ、きみがポケットに入れちまうってわけか」

「かんじんのマイクロフィルムは、どこにある?」

「車のなかだ」

「うそをつけ」

「うそじゃない。グラヴコンパートメントに、葉巻の半ダース函が入ってる。〈ロミオとジュリエット〉っていう、一本一本アルミのチューブに入った上物だ。そのなかの一本に——どれだか、ぼくも知らないんだけど、巻きこんであるって話だ。だから、半ダース函をそっくり、プレゼントだといって、渡すことになってる」

「いちおう、信用しとこう。しかし、葉巻をほぐして、たしかめるわけにはいかないんだ。だから、保証の意味で、身体検査をさせてもらうぜ」

良平は、直次郎のうしろにまわると、まだ漆喰のかけらの乗っている頭のてっぺんに、銃口をあてがってから、

「サリイ、遠慮なくなでまわしてやれ。マイクロフィルムは、ひと齣《こま》ずつに切れば、尻の穴にだって隠せるんだ。念入りにやってくれ。こいつが持ってなかったら、桑原さんも調べさせてもらおう、気の毒だが」

サリイは、うれしそうに笑った。準備運動のつもりか、両手の指を、くもの足みたいに動かしながら、

「まかしてよ。目の玉までほじくりだして、調べてあげるわ」

6

天井の裸電球を消されて、部屋のなかは、まっ暗だった。桑原耕吉は、心細げな声をあげた。

「片岡さん、このまま、だれかが見つけてくれるまで、待つんですか？　やつらが戻ってきて、手錠をはずしてくれるとは、思えないんですが……」

「同感だね。まあ、ぼくにまかせて、静かにしててください」

と、直次郎の低い声が答えた。

「でも――」

「しっ、黙って！」

しかたなく、耕吉は口をつぐんだ。暗闇《くらやみ》のなかで、椅子がごとごと動く音がした。つづいて、金属のぶつかりあう音がした。と思うと、急に天井の電灯がついた。まぶしさに、耕吉は目をとじた。椅子の背にまわしている両手が、とつぜん楽になった。四、五回、目蓋をぱちぱちやってから、目をあけてみると、足もとに、直次郎がうずくまっている。たちまち、足首をしめつけていた手錠が、はずれた。耕吉は目をまるくして、

「片岡さん！　あんた、持ってたんですか、鍵を？」

「鍵なんかなくても、手錠ぐらい外せますよ。エスケープ・マジックとしては、ごく初歩のテクニックだ。ましてや、これは警察でつかってる本物じゃない。頑丈にできちゃあいるが、オモチャの手錠です」

ワイシャツの袖口に、細いピンのようなものをさしこみながら、直次郎はすずしい顔で、

「さあ、逃げだしましょう。桑原さん、電灯を消してください」

耕吉は直次郎のあとから、廊下にでたとたん、目を見はった。襖《ふすま》もなにもない日本間が、いくつかつづいている。だが、そのほとんどに、屋根がなかったからだ。畳をはがした床板に、陽光があかるくふりそそいでいる。まるで、映画のセットのようだ。

「なんです、これは？」

「こないだ、自衛隊の練習機が落ちて、ぶっこわれた家ですよ。二、三日うちに改築をはじ

めるってのを、一日だけ借りたんです。いまの窓のない部屋は、暗室だそうだ。ここの主人、写真道楽らしいな」

直次郎の車は、家の横手にとめてあった。深い林を背おっていて、近くに家は見あたらない。直次郎につづいて、車にのりこみながら、耕吉は聞いた。

「ここはどのへんなんですか？　わたしには、さっぱりわからない」

「今市《いまいち》から、ちょっと入ったところです。そんなことより、桑原さん、顔をひっかかれてますね。とがめるといけない。応急手当をしときましょう」

直次郎はグラヴコンパートメントをあけて、平べったいブリキの救急箱をとりだした。

「ドイツのいい薬があるんです。ただ目に入るといけないから、ちょっとつぶっててください」

あっという間に、手当はすんだ。バックミラーをのぞいてみると、耕吉の右の眉の上には、二センチ五ミリ角ぐらいの肉色のビニール絆創膏《ばんそうこう》が、貼りつけられていた。

「家内がうるさく聞くでしょうな。なんで、こんな怪我《けが》をしたのか……」

と、耕吉はため息をついた。

「大丈夫、あした剝《は》がすときには、傷はあとかたもなくなってますよ」

「これからまっすぐ、家へ送ってくれるんじゃないんですか？」

直次郎は車をすすめて、家の前の砂利道にでながら、

「気の毒だけど、そうはいかないんだ。やらなきゃならない仕事が、まだ残ってる。一日の

ばして、あんたを家へ送りとどけてからでも、ぼくのほうはいいんですがね。浪川良平さんが、そうさせてくれないんだ」

「でも、あのひとは、マイクロフィルムを売りにいったんでしょう？」

「ぼくは九十パーセント、ほんとうのことをいったんだが、あのひと、信用してないよ。信用したんだったら、いまごろ、ぼくもあなたも、息をしてませんね、間違いなく」

「殺されてるってことですか？」

耕吉は、身ぶるいした。直次郎は、けろりとした顔で、

「もちろんですよ。あいつ、ぼくらをわざと逃がして、あとをつける気でしょう。だから、あきらめて、ぼくとつきあってください。さっきの身体検査を思いだしたら、あんただって、サリイ小島をもう一度、ぎゅっといわせてやりたくなるはずだがな」

「そりゃあ、あんな恥ずかしいめにあったことはありませんが……」

耕吉はくちびるを嚙《か》んで、考えこんだ。けれど、一分とたたないうちに、大きくうなずいて、

「よし、いきましょう、どこへでも」

「その意気だ。ヤマトダマシイでいこう！」

直次郎は車のスピードをあげると、日光街道の杉並木を走りぬけた。だが、日光市へ入ると、急にのんびりした顔つきになって、一軒の食堂の前に車をとめた。

「ここで、なにか詰めこんでいきましょう。腹がへっては、いくさはできぬ、といいますか

ら」

「しかし、いいんですか、急がなくても？」

「時間はたっぷりある。ただし、こんな店ですからね。ろくなものは出来ませんよ。すき腹にまずいものなし、という俗言を信じて、箸《はし》をとってください」

と、因果《いんが》をふくめられたせいか、甘ったるいカツ丼《どん》を、あまり閉口しないで、耕吉は食べることができた。直次郎は、あっという間にくいおわって、なんの用があるのか、調理場へ入っていった。耕吉が丼《どんぶり》をからにして、白湯の味のするお茶を飲んでいると、直次郎はもどってきた。紙きれを一枚、耕吉の前において、

「これからが、むずかしい。運転はあなたにしてもらう。それでね。このさきを左に曲るとき、ぼくは飛びおります。あとはひとりで、この略図の通りに走ってください。往きはゆっくり、帰りは急いで。いいですね？　ぼくはこの地点で、あなたと落ちあいます」

食堂を出て、耕吉がさきに車にのりこむと、直次郎はとなりにすわって、姿勢を低くした。すこし進んでから、スピードを落して左折すると、直次郎はドアをあけて、飛びだした。よろめきもしないで、直次郎が家のあいだへ走りこむのを、ウイングミラーで見とどけてから、耕吉はスピードをあげた。裏通りを東照宮下へぬけてから、耕吉は略図の指示にしたがって、いろは坂へむかった。風がつめたくなって、山には霧がかかっていた。ウイークエンドの有料道路はこみあっていて、のぞみ通りに時間がかかった。

中禅寺湖にでると、戦場ガ原への道をすすんで、菖蒲《しょうぶ》ガ浜《はま》が折りかえし地点だった。車首

をまわして、スピードをあげながら、湖畔の道をひきかえしていくと、一軒のみやげもの屋の横へ、あわてて乗りいれる車があった。黒塗りの外車だった。浪川良平とサリイ小島が、のっているに違いない。耕吉はおもしろくなって、車をとばした。傾いた日ざしをあびて、中禅寺湖は金いろに波立っていた。いろは坂をくだって、清滝《きよたき》のちかくまで戻ったころには、あたりは薄暗くなっていた。薬師岳《やくしだけ》のほうへいく道に曲りこんで、しばらくいくと、右手に林のあいだへ入る道があった。木かげから、直次郎が顔をだして、手をふっているのが、ヘッドライトの光に浮かんだ。耕吉が小道へ車を入れると、直次郎は乗りこんできて、

「この道を、まっすぐいったところだ」

「やっぱり、やつらに教えたのは、でたらめの場所だったんですね？　たぶん、まいたと思うんですが……」

「ご心配なく。ぼくがずっと車にのってたと、やつが思ってくれさえすりゃあ、いいんです。完全にまいてしまったんじゃ、かえって困るんだ」

ゆるい勾配《こうばい》をのぼりつめると、林はひらけた。崖《がけ》を背にして、二階建ての山荘が、正面に見えた。どの窓にも、カーテンがしまっていたが、なかに灯《あか》りはついている。直次郎に肩をたたかれて、耕吉は車をすすめた。そのとき、うなりをあげて、前庭へのりいれてきた車があった。黒塗りの外車だった。それは、すみに五、六台、駐《と》めてある車のわきにすべりこむと、大きくドアをひらいた。出てきたのは、浪川良平とサリイ小島だった。

「桑原さん、車を入れるなら、まだこの横があいてるよ」

良平は、オートマチックをひけらかしながら、にやりと笑った。

「おっしゃる通りにいたしましょ」

と、直次郎は肩をすくめた。ふたりが車からおりると、良平はオートマチックの銃口で、直次郎の背なかを小づいて、

「おれは別に、怒っちゃいねえぜ。仲よくやろう。口をきくのは、あんただ。おれがしゃべって、相手の名前や、合言葉がちがっていると、あんたにも迷惑をかけるからな」

「ご心配いただいて、恐縮です」

直次郎は靴のかかとを鳴らして、ドイツ式の会釈をしてから、玄関にむかって歩きだした。ドアのブザーを押して、しばらく待つと、菱形《ひしがた》ののぞき窓があいた。外人の若い女の顔がのぞくと、たどたどしい日本語で、

「なにかご用?」

「ミスタ・ロン・マークフィルドに、とりついでください。アルプス・チョコレートの株は、最近あがりましたか?」

「チョコレート?」

聞きかえされて、直次郎はおなじ内容を、かなり達者な英語でくりかえした。

「わかったわ。ちょっと待っててね」

と、相手も英語になって、のぞき窓をしめた。直次郎は良平をふりかえって、

「どうです? ほとんど真実をいってたんですよ、ぼくは」

「わかったよ」

と、良平は苦笑した。

「プレゼントの用意はいいですかな？　あれまで疑って、とちゅうでほぐしてみたり、しなかったでしょうね」

「そんなことしたら、取引きができなくなるくらいのことは、わかってる」

と、良平がいったとき、ドアが大きくあいた。さっきの金髪娘が、朱《しゅ》いろのガウンの裾《すそ》から、素足をのばした全身を見せて、

「どうぞ、お入りになって。ロンがお待ちかねよ」

屋内には暖かすぎるくらいな空気と、遠い音楽が渦まいて、ひとの気配がにぎやかに感じられた。派手な楽調に肩の動きをあわせながら、娘はさきに立って、左手のドアをあけた。耕吉は直次郎の肩ごしに、室内をのぞきこんで、目をまるくした。絨緞《じゅうたん》の上に男の靴、女の靴がぬぎすてられ、テーブルの上、長椅子の上には、男女の衣服がつみかさねてあったからだ。

「さあ、みなさんもここで、パーティ用のバースデイ・スーツに着かえてね」

と、娘はいって、朱いろのガウンをぬぎすてた。ぎょっとして、耕吉は目をとじたが、またあわてて、大きく見ひらいた。ガウンの下に、娘はなにも着ていないで、金髪が生れながらのものであることを、証明していた。娘はごく当然のような態度で、四人にむかって立ったまま、上半身だけ軽くひねると、入ってきたのとは別のドアに手をかけた。すこしひらい

た戸口から、サイキデリック・サウンドが急に大きくなって、溢《あふ》れこんできた。そのドアの隙間《すきま》を、男の裸身が横ぎるのが、ちらっと見えた。

「どういうことだ、こりゃあ？」

と、良平が直次郎にささやいた。

「おもしろいパーティが、進行ちゅうだってことだろうね。バースデイ・スーツってのは、生れたときの格好——つまり、裸って意味だ」

「そんなことぐらい、知ってるよ。しかし……」

良平は、ポケットのなかで握っている拳銃を、不服そうに動かしてから、金髪のヌードに声をかけた。

「ぼくらはミスタ・マークフィルドと話をするだけだ。それでも、そっちのみんなとおなじスタイルをしなけりゃ、いけないいかな？」

品はよくないが、これも馴《な》れた英語だった。娘は、意外なことを聞く、といった表情で、

「ほかのお客さまが、変に思いますわ。ロンにとっては、もう見えているみなさんも、あなたがたも、同じように大事なお客さまですから」

「そう、そう。先客を不愉快にさせないのが、あとからきたものの主人に対する礼儀だよ」

と、直次郎は日本語でいって、サリイ小島をかえり見た。

「なんなら、きみは外の車で待っていてもいいぜ」

「ご心配無用。あんたがたより、このスタイルには馴れてるし、自信もあるわ。それに、待

ちぼうけだけ食わされて、うまい汁のほうは吸いそこなったりしたら、目もあてられないもの」

と、鼻で笑って、サリイはニット・ドレスの背なかのジッパーに、両手をまわした。この言葉で、サリイと良平との結びつきは、欲得ずく以外のなにものでもないことが、耕吉にも察しられた。その耕吉に、こんどは直次郎の質問がまわってきた。

「桑原さんは、どうします？」

「なにも経験ですから」

と、耕吉は上衣のボタンを外しはじめた。多少のおじけはあったが、いくら良平が用心深くても、裸で拳銃は持ってあるけない。素手と素手ならば、直次郎のそばにくっついていたほうが、安全だろう、と考えたのだ。それに、怖いもの見たさ、というやつで、ワイルド・パーティにも好奇心をそそられたし、この場を直次郎がどうさばくかにも、興味があった。

「ぼくはもちろん、エチケットをまもる。異議のあるのは、きみだけらしいな。なんなら、ミスタ・マークフィルドへのプレゼントは、ぼくが取りつごうか？」

直次郎が手をさしだすと、良平はいまいましげに、オートマチックを手ばなして、

「ばかをいえ。おれだって、からだには自信があるんだ」

7

広間のいっぽうは、日光の山々を見わたす大きなピクチャー・ウインドウらしかった。だ

が、いまは葡萄酒《ぶどうしゅ》いろの厚いカーテンが、眺《なが》めを完全にさえぎっている。ほかに眺めるものが、たくさんあるせいかも知れない。煖炉にしこんだ石油ストーヴが、青い炎をあげている前には、デンマーク刺繍《ししゅう》の大きなクッションや、低いイタリア・レザーの椅子にもたれて、肥った中年の外人や、やたらに足の長い赤毛の娘や、大きなめがねをかけた金髪の青年たちが、笑いころげていた。もちろん、みんな裸だった。二階へ通じる階段のかげに、プレイヤーが据《す》えてあって、窓の両脇《りょうわき》においたアンプから、威勢よく音楽をはじきだしている。それにあわして、五、六人の男女がゴーゴーを踊っていた。もちろん裸で、汗ばんだからだが美しい若者たちだが、下腹のたるんだ中年女もまじっている。ぜんぶで十五、六人、東洋系の顔も見えるが、白人のほうが多いようだ。

裸の直次郎たちが入っていくと、煖炉のそばに立って、東洋系の三十女と話していた男が、こちらをむいた。髪には白いものがまじっているが、運動選手みたいにいい体格の大男だ。それが、オンザロックのグラスを炉棚《ろだな》において、こちらへやってこようとしたとき、耕吉の足もとから、たどたどしい日本語が起った。

「あなた、新顔ね。あたし、日本人すき。挨拶《あいさつ》がわりに踊りましょうか。起して」

下腹に脂肪のついた赤毛の女が、とろんとした目つきで、足もとに寝そべっていた。それが、起きあがる手がかりを求めて、片手を泳がせると、耕吉の足のあいだをつかんだ。耕吉は思わず、悲鳴をあげた。案内役の金髪娘が、女の手をはらいのけて、

「この方たち、ロンにお話があるの。あとでお相手していただきましょうね」

と、英語でなだめた。中年の大男は、直次郎の前にくると、握手の手をさしだして、

「ロン・マークフィルドです。アルプス・チョコレートの株は、いまが頂点ですよ。売りどきでしょうな」

「横浜のひとも、それを聞いたら、よろこぶでしょう」

と、直次郎も英語でいって、握手をかわしながら、

「さっそくビジネスに入りますか？」

「そうですな。どうぞ、わたしの部屋へ」

マークフィルドは、ほかの客を二階へはよこさないように、金髪娘に注意をあたえてから、さきに立って階段をあがった。あがり口には若い男が、東洋系の小柄な女と抱きあっていた。ふたりとも目をつぶって、男のほうはなにか囁《ささや》きつづけながら、立膝《たてひざ》をした女の片腿《かたもも》のかげで、しきりに手を動かしていた。そのふたりが、透明人間でもあるような顔つきで、マークフィルドは二階へあがった。四人もそれを見ならって、あとにつづいた。

「どうぞ、おかけください。飲みものは？」

部屋へ入ると、マークフィルドは、大きなデスクの前に、小さな椅子を四つならべてから、壁ぎわのキャビネットに歩みよった。

「いや、飲みものは商談が成立してから、祝杯ということにしましょう」

と、窓を背に腰をおろして、直次郎はいった。

「お好きなように。まずお断りしておきますが、あなたがたを警戒して、武器が持てないよ

うに、こんなパーティをひらいたわけじゃない。誤解しないでくださいよ」

と、マークフィルドは笑顔で、デスクのむこうにすわりながら、

「日本に本格的なヌーディスト・リゾートをつくろう、と計画してる連中がいましてね。きょうは、その発会記念パーティなんです。わたしは日本で、そんなものがつくれるとは、思わない。でも、運動資金をだすというのに、断わる手はありませんからな」

片目をつぶって見せてから、マークフィルドは言葉をつづけた。

「じゃあ、さっそく品物を見せていただきましょうか」

「それが実は、ぼくは持っていないんです、この通り」

と、直次郎は両手を派手にひろげて見せてから、

「ここにいるパートナーが……」

「これですよ」

良平が膝の上においた葉巻の函をとりあげると、椅子から立ちあがって、

「このなかに、入ってます。しかし、そちらの用意はできてるんでしょうね？」

「金のこと？」

と、マークフィルドは聞きかえした。

「そうです」

「もちろん用意はしてあるが、品物を見ないうちは、渡せないな」

「見せますよ。そちらも、見せてください。机の上におくんです。この葉巻、半ダースのう

ちのどれに入ってるか、おれも知らない。そっちが調べているうちに、こっちも金を数えさせてもらう、というのはどうです？」

「いいだろう」

マークフィルドはデスクの引出しをあけて、紙幣束をとりだした。良平は葉巻の函を、デスクのまんなかにおいた。マークフィルドは、その横に紙幣束をおいて、

「わたしが葉巻を、ぜんぶ取りだしてから、金を数えはじめてもらいたいな」

「いいですよ」

「〈ロミオ・イ・フィリエタ〉か。わたしの大好物だが、日本じゃなかなか手に入らない。ちょうど切らしていたところなのに、それをむだにさせるとは、ちょっと残酷だな」

首をふりながら、マークフィルドは、六本の太い葉巻を、アルミニュームのチューブから取りだすと、束ねてデスクに立ててみた。

「不揃《ふぞろ》いだから、このどれかにあることは、確からしいな。金を数えてもいいよ、きみ」

マークフィルドは葉巻を一本、一本、指でなでまわした。良平はまた立ちあがって、ひと束ずつ、紙幣を数えはじめた。その手もとを、サリイ小島は、食いいるように見つめた。腿のつけ根で両手を握りしめて、大きな乳房が激しく上下している。

「これかも知れないな」

マークフィルドは一本を選びだすと、ペイパーナイフで、慎重にほぐしにかかった。その一本が、ばらばらになりきらないうちに、良平は金勘定をおわった。

「一万円札で八百枚、本物でたしかにある」

「納得がいったら、うしろへさがっててくれ。こっちはまだ、見つからないんだ」

マークフィルドは、一本をほぐしおわると、あとの五本をもう一度、丹念にしらべなおして、

「どうもおかしいな。これだけのものに、スタンプを巻きこむのは、大変なことだ。それなのに、どれにも巻きなおしたようなあとがない。切りちぢめてはあるようだが……すこし膨らんでるから、これかな？」

マークフィルドが別の一本をとりあげたとき、良平が低い日本語を直次郎にぶつけた。

「おい、スタンプって、なんのことだ？」

「切手。郵便切手さ。そろそろ、きみは逃げだしたほうがいいぞ。これは奇《く》しくも、きみの兄きのケースと同じなんだ。ある男が盗品を、蒐集家《しゅうしゅうか》に売ろうとしてるのさ。ただ盗品が、ダイヤモンドでなくて、古切手だ。もっとも、なまじっかのダイヤよりは、お値段が張る切手だがね」

直次郎は、にやりと笑った。マークフィルドが顔をあげて、するどくいった。

「ここでは、日本語は遠慮してもらいたいな。きみたち、うそをついてるんじゃないのか？この葉巻には……」

「入ってませんよ、ミスタ・マークフィルド。あなたはぼくの言葉を、勘ちがいなすったんだ。この男が——」

と、直次郎は良平を指さして、

「勘ちがいのもとを、つくったんですがね。こいつは、ぼくらを脅してわりこんできたんで、パートナーじゃありませんよ」

「わたしとしては、切手さえ手に入れば、だれから買っても、おんなじだが……」

「ご覧に入れる前に、ちょっとだけ日本語を使わせてもらいます」

と、断わってから、直次郎は、サリイと良平にむきなおった。

「切手は、ぼくが身につけてた。最初は腕時計の裏に、サリイが身体検査をしたときには、椅子の底に貼りつけてたのさ。そして、いまはここにある」

直次郎は手をのばして、耕吉のおでこから、ビニール絆創膏をひっぺがした。

「これが、有名なボリビアの赤切手だ。刷《す》りまちがいで赤一色、合法的に買おうとすれば、八百万円どころじゃない珍品だよ。なにしろ、世界に五枚とはないしろものだ」

いいながら、絆創膏の下のガーゼをひろげると、小さなパラフィン紙づつみが、デスクの上に舞いおちた。直次郎は英語にもどって、マークフィルドに、

「どうぞ、お気のすむまで調べてください。タバコを一本、いただいてもいいでしょう？　葉巻でなく、紙巻でけっこう」

「いいとも。勝手にやりたまえ」

マークフィルドは、頭に大きな拡大鏡のついた懐中電灯と、切手の拡大カラー写真を引出しから出すと、ピンセットでパラフィン紙をひろげて、調べはじめた。直次郎は、デスクの

上のウエストミンスターの罐《かん》から一本ぬいて、卓上ライターで火をつけた。耕吉の耳に、良平とサリイの歯がみする音が、聞えた。拡大鏡をあてた切手と、写真で拡大した切手とを、なんどもなんども見くらべながら、マークフィルドがうなりだした。

「本物だ。たしかに本物だ。間違いない」

パラフィン紙にはさんだ切手を左手に、拡大鏡つきの懐中電灯を右手に持って、とうとう裸の大男は、立ちあがってしまった。

「夢にまで見たボリビアの赤だよ、きみ」

「畜生！」

日本語でうめいて、良平も立ちあがった。そのときだ。ぶわっというような異様な音とともに、白熱光がひらめいた。耕吉は目がくらんで、両手で顔をおおった。

その直前、直次郎が〈ロミオ・イ・フィリエタ〉の入っていたアルミ・チューブを一本、もてあそんでいたのを、耕吉は気づいていた。そのなかへ、火のついたタバコを落しこんだことも、気づいていた。けれど、なにが起ったのかは、理解できなかった。目をひらいてみると、光のかわりに灰いろの煙が、視野をさえぎっていた。つめたい風が流れこんで、煙が吹きはらわれだしたとき、最初に気づいたのは、デスクの上の八百万円が、消えていることだった。

「片岡、なにをしやがった！」

良平の声が、いらだって聞えた。カーテンと窓ガラスがあいていて、直次郎が闇のなかへ身をのりだしている。その顔は、夜空をあおいでいた。耕吉も走りよって、良平とサリイのうしろから、直次郎が見ているほうを、ふりあおいだ。ラジオ・ゾンデのような風船が、銀いろの小箱をぶらさげて、舞いあがっていくところだった。

「畜生、あんなものを、用意してやがったのか！」

と、良平が舌うちした。サリイが魂のぬけていくような声で、

「八百万円が飛んでくわ……」

「ミスタ・マークフィルド」

と、直次郎がいった。

「あなたにご迷惑はかけません。こいつらに、金を横どりされたくなかっただけです。あの箱には、貴重な実験資料だから、拾って届けてくれれば、交通費べつ一万円の謝礼をする、という文句といっしょに、依頼人の住所が書いてある。時間はかかるが、確実にとどきますよ」

「そうはさせないぞ。射ちおとしてやる」

と、良平がいった。

「あの箱の鍵は、めったなことじゃ、あかないよ」

「ぶっこわしゃいいんだ」

「あたしもいく」

良平につづいて、サリイも戸口へ駈けよった。だが、そこにはマークフィルドが、ボリビ

アの赤を左手につかんだまま、右手に拳銃をかまえて、立ちはだかっていた。

「見っともないから、やめたまえ。男らしく、あきらめたらどうだ」

「なにさ、そんなもの！　射てるものなら、射ってごらんよ」

サリイが大きく乳房をそらして、すすみよった。日本語だったが、その意気ごみで、意味が通じたのだろう。マークフィルドはためらった。その右手に、サリイがすがりついたとたん、その顎《あご》に良平のアッパーカットが飛んだ。マークフィルドは拳銃をほうりだして、ひっくり返った。良平は拳銃をひろいあげて、窓のほうにむきなおった。だが、風船はすでに射程外と見てとると、拳銃を窓から投げすてて、ドアを飛びだしていった。サリイが、そのあとにつづいた。耕吉もふたりを追って、部屋から出たが、直次郎の声に呼びとめられた。

「ほっときゃいいんだ、桑原さん。このひとの介抱のほうが、大事だよ」

耕吉が部屋にもどってみると、直次郎はマークフィルドの大きなからだを、一所懸命、抱きおこそうとしていた。耕吉が手を貸そうとすると、マークフィルドはうめきながら、目をひらいた。

「あの男、どうした？」

「風船を追いかけていきましたよ」

「切手は？　ボリビアの赤は？」

「さあ……ああ、そこに落ちてます」

直次郎の指さす絨緞《じゅうたん》の上から、パラフィン紙づつみをひろいあげると、マークフィルドは

目に近づけた。急に顔いろが変ったと思うと、デスクに走りよって、拡大鏡をとりあげたが、たちまち、

「これは違う。にせものだ！　ボリビアの赤じゃない」

マークフィルドの声はふるえた。直次郎も目をまるくして、

「でも、さっきは、本物だ、といってたじゃありませんか」

「さっきはたしかに、本物だったんだ。そうか。きみがすり替えて、金といっしょに、バルーンで飛ばしたんだな」

「そんなばかな！　あのときには、あなた、切手はしっかり手に持ってたじゃないですか」

「そういや、そうだ。じゃあ、いまわたしが気絶してるあいだに、すり替えたんだろう。そうに違いない」

「あの男ですよ。あいつが金が手に入らない場合を考えて、すり替えていったんだ。ぼくらにゃ、動機がないでしょう？　依頼人にとどくかどうかは、いまや運まかせとしても、とにかく金は受けとった。ぼくの仕事は、おわったんだ。気がすまないなら、どこでも遠慮なく、しらべてください」

直次郎は、両手両足をひろげて立って、ついでに口も大きくあけて見せた。それにならって耕吉も、おんなじ格好をして見せた。マークフィルドは、直次郎のしゃべるのを聞きながら、葉巻のアルミ・チューブのなかとか、紙巻の罐の下などをしらべていた。それがすむと、耕吉と直次郎をふくめて、部屋じゅうに、さっきと変ったところがあるかどうか、もう一度、

ドリルのような目つきで見まわしてから、

「きみのいう通りらしい。きみたち、よかったら今夜は泊っていけ。とにかく、わたしが戻るまで、待っていてくれ」

いいながら、大股《おおまた》にドアに歩みよって、マークフィルドは、部屋を出ていった。金髪娘の名らしいものを呼びながら、階段をかけおりていく足音が、ドアの隙間《すきま》から聞えた。

「桑原さん、だれかきたら、合図してくれ」

と、直次郎はいって、窓に近よった。耕吉がドアに耳をあてながら、見まもっていると、直次郎はアルミサッシュの外がわから、細長いテープをはがした。テープのまんなかにくっついているのは、ボリビアの赤切手らしかった。

「にせ切手は、ぼくの足の裏に、テープで貼ってあったんだ。そのテープに、二度のつとめをさせたわけさ」

いいながら、直次郎は、窓の下の壁に吸いつけてあったゴムのサクションカップを外して、それについている紐《ひも》をたぐりあげた。紐のはじにはバスケットがさがっていて、その蓋《ふた》をあけると、小さな黒ずんだものが動いた。伝書鳩《でんしょばと》だった。胸の袋に赤切手を押しこむと、

「こいつ、夜間飛行のベテランでね。しっかり頼むぞ」

鳩のあたまに軽くキスして、直次郎は夜空にほうりあげた。たちまち遠ざかる小さな羽音を見おくりながら、吸盤と紐を入れたバスケットを、窓のそとへ力いっぱい投げて、

「さあ、そろそろ逃げだしますか」

「まだわからないことがあるんですが、片岡さん。さっきの光は……?」

と、耕吉が聞いた。

「この葉巻のチューブには、どれにもマグネシュームと、発煙剤をしこんどいたんですよ。ほかの質問は、あとにしてください」

直次郎は部屋を出て、レコード音楽の鳴りひびく階下へ、おりていった。階段の下には、若い男女のかわりに、金髪娘が立っていた。

「飲みもの、お持ちしましょうか?」

「いや、けっこう。やっぱり、じっとしていられません。ミスタ・マークフィルドを応援しにいきますよ」

「でも、ロンは、待っててくださいって、いってましたけど」

「やだな。あんたも疑ってるんの?　耳の穴でもどこでも、検査してくださいよ。この通り、なんにも持ってないんだ」

直次郎はまた、両手両足をひろげた。その上、ぐるりとひと廻りしてから、べろんと舌を長くだして、ゴリラみたいに飛びはねて見せた。耕吉も、おなじことをして見せた。金髪娘は、おびえたように後退した。直次郎は重ねていった。

「ぼくは男色家じゃないから、チューブへ入れて、押しこむなんてことは出来ない。でも、疑うんなら、四つんばいになりますよ」

「いいえ。もうわかったわ」

「あとで、なんかいわれたくないからね。服を着るところも、検分してください」

ふたりは隣室へいって、大急ぎで服を着た。娘はガウンをひっかけて、玄関までついてきた。ふたりが車のほうへ走りだすのを、ドアから首をつきだして、見おくった。直次郎は走りながら、小声でいった。

「見られてるから、また籠《かご》ぬけだ。林の外のさっきのところで、待っててください」

さきに車にのりこむと、直次郎は反対がわのドアをあけて、外にころげだした。つづいて運転席にすわった耕吉は、直次郎のすがたが林のなかへ匍《は》いこむと、車をバックさせて、さっき入ってきた小道に、車首をむけた。林の外の道路へでると、車をとめて、エンジンをかけたまま、耕吉は待った。しばらくすると、両手いっぱいになにかをかかえて、直次郎が走ってきた。耕吉があけてやったドアから、直次郎は車内へとびこむと、伝書鳩が入っていたバスケットや、大きな滑車《かっしゃ》のようなものや、壁に吸盤をとりつけるのに使ったらしい折畳式のマジック・ハンドなどを、バックシートにほうりこんで、

「さて、東京へ帰りますかな、桑原さん」

「やつらを追いかけるんじゃ、ないんですか？」

「遠ざかったほうが無難だよ。急いだ、急いだ」

直次郎に肩をたたかれて、耕吉は車をスタートさせながら、

「でも、大丈夫かな、あの金？」

「金って八百万のこと？　それなら、ここにちゃんとある」

上衣の下から、直次郎が紙幣束をひっぱり出すのを見て、耕吉はおどろきのあまり、車を道から飛びださせそうになった。

「運転は慎重にねがいますよ、桑原さん」

と、直次郎は笑って、

「この金はね。ゴムの袋におさまって、窓の下から林のなかへ、斜めに張った紐をすべっていったんです。紐といっても、映画の特殊撮影につかうようなやつだから、ちょっと見たくらいじゃ、わからない。それに用ずみになったとたんに、吸盤をはずしたから、むこうの装置に巻きこまれちまった」

「おまけに、みんなは風船に気をとられてた、というわけですね。いろは坂をのぼったり、くだったりして、わたしがやつらを引っぱりまわしてるあいだに、片岡さんが先まわりして、こういうものを仕掛けたってことぐらい、わかりますよ。でも、いったいどこに、これだけのものが、用意してあったんです？」

「わかりませんか？　昼間の食堂にあずけてあったんですよ、おとといから。まあ、予定とは違ったつかい方になったけど、ぜんぶ役に立った。用意はしとくもんですな」

「それじゃ、やつらが邪魔に入らなくても、切手は取りもどす気だったんですね？」

「盗品ですから、本来の持ちぬしに返すべきでしょう」

「あの伝書鳩、警察のですか？」

「違いますよ。警察なんかへ持ちこんだら、依頼人に迷惑がかかる。ぼくは依頼人には、忠実ですからね。この金だって、全額、依頼人に渡します。取引き終了後にしろ、トラブルが起ったのは、ぼくの責任だからといって」

「それじゃあ、ただ働きになるじゃないですか、片岡さんが」

「実は保険会社に交渉すると、日本円にして百万円、ノークエスチョンで、懸賞金がでるんですよ。依頼人の報酬を返上しておけば、マークフィルドから抗議がいっても、突っぱねてくれるでしょうしね。突っぱねられたマークフィルドが、どんな態度にでようと、ぼくの知ったこっちゃない」

「やつら、風船を追いかけて、箱がからっぽだと知ったら、どんな顔をするでしょうね」

にやにやしながら、耕吉はいった。夜の日光の町なかを、車は走りぬけていた。ふいに気づいたらしく、耕吉が心配そうな声をだした。

「やつら、わたしの住所をつきとめて、あとあと仇《あだ》をするようなことはないですか？」

「あんたもここまで、首をつっこんだんだ。他人に口をすべらしゃしないだろうから、安心させてあげますよ。浪川良平も、サリイ小島も、その場にいあわせたとしたら、マークフィルドもね。箱のなかみを見ることは、出来ないな、ぜったいに」

「そんなに、頑丈《がんじょう》なんですか？」

「ちっとも」

と、首をふってから、直次郎はこともなげに、

「ただ、こじあけると、爆発するんだ」

ショックをうけたらしく、耕吉は黙りこんだ。

車が今市に近づいたころ、おずおずと口をひらいて、

「片岡さん、ちょっとお願いがあるんですが……」

「わかってますよ。せっかくの強姦も、お芝居とわかったんじゃあ、満足できない、というんでしょう?」

「とんでもない。もっとおもしろそうなことを、発見したんです」

ヘッドライトが浮かびあがらせる国道一一九号線を見すえながら、耕吉は目をかがやかした。

「こんど、なにか仕事をなさるとき、片岡さん、わたしをアシスタントに使ってくれませんか?」

俺は切り札

拘束衣《こうそくい》の女

1

　ドアの曇りガラスに、ほかにはなんの説明もなく、ただ*faa*とだけ書いた金文字が、裏がえしに見えているのを指さして、

「あれは、きみ、なんと読ませるつもりなのかね?」

と、長椅子《ながいす》にふんぞり返った肥《ふと》った客は、横柄《おうへい》に聞いた。

「はい、エフエイエイと読んでくださっても、ファーッと読んでくださってもけっこうです」

　事務所の若い主人は、鉢《はち》のひらいた頭をさげて、ていねいに答えた。あくびが途中でつぶれたみたいな、その声のまねをして、

「なるほど、ファーッか。ファースト・エイド・エイジェンシイの略だな」

と、客はいった。品のない顔に似あわず、英語の発音は悪くない。事務所のあるじ片岡直《かたおかなお》次郎《じろう》は、愛想よく微笑した。クラシカルな趣味をお持ちの読者は、この名前から、番傘《ばんがさ》片手に頬《ほお》かむり、清元《きよもと》の『三千歳《みちとせ》』にのって、人工雪のちらちら降る舞台へ、花道をあゆんでいく色おとこを、すぐ連想されることだろう。

しかし渋谷《しぶや》は宮益坂《みやますざか》のちかく、小さなビルの四階にあるこの小さな事務所で、古道具屋おさめらしいスチール・デスクのむこうにすわっている片岡直次郎の頭には、チョンマゲはついていない。したがって、おすきや坊主の悪名たかい河内山宗俊《こうちやまそうしゅん》とも、なんの関係もない。善と悪との見さかいのつかないところは、似ていないこともないけれど。

「ファースト・エイド・エイジェンシイというからには、危急の場合の助けになってくれるんだろうね？」

と、欲ばりタンクはいった。ぶくぶく肥って、いかにも欲がふかそうな第一印象から、直次郎はこの客を、欲ばりタンクと名づけたのだ。

「きみが三流新聞に出している小さな広告によると、どんなことでもひきうけるそうだが、ほんとうかい？」

「手数料によりますがね。とにかく、誇大広告はしていませんＬ」

「不道徳なことでも、法律に反することでも？」

「難問題は歓迎だけど、くだらない問題はごめんですよ」

「盗まれたものを、取りかえしてもらいたいんだ。盗んだやつは、だれだかわかっている。だから、その点は難問題じゃないが、簡単には取りもどせそうもない」

「警察にたのめば無料《ただ》なのに、ぼくにたのむところを見ると、大きな声では所有権を、主張できないもののようですな」

「マルセル・ゲクランという絵かきを知ってるだろう？」

「ハガキ大のスケッチでも、ものによっちゃあ四、五十万円するというフランスの巨匠でしょう。豊倉《とよくら》産業が麴町《こうじまち》に建てるビルに、壁画をかかせる交渉に成功して、近く日本にやってくるそうですな。それにあわせて、展覧会もやるとかって、新聞で読みましたよ」

「そのゲクランに、『拘束衣《こうそくい》を着た狂女』という作品があって――暴れる気ちがいに着せる服さ。その絵を門田《かどた》礼蔵《れいぞう》がもっていることになっている」

「ああ、蒐集《しゅうしゅう》狂の大金持のね。持ってることになっている、というと、つまり?」

「門田コレクションにあるのは、実は贋物《にせもの》なんだ。礼蔵氏は高齢で、ほとんどもう目が見えない。それでも、けちで、絵を貸さない。最近は写真もとらせなかった。だから、無事にすんでいたんだが、寝ているほうが多くなって、気が弱くなったんだろう。こんどのゲクラン展には、『拘束衣を着た狂女』を貸すといいだした。それを聞いて、わたしのために本物を持ちだした人間が、びっくり仰天したわけだ。事情が変ったから、本物を返してくれ、といいだした」

「目の悪い老人の手もとにあるのなら、いいけれども、展覧会に出て、専門家に見られたら、たちまち贋物とわかってしまう。そうなると、すぐ疑いのかかる立場にいるわけですね、その人間は?」

「当人はそういってるが、わたしの支払った金は、月賦《げっぷ》でかえすなんて話に、応じられるはずがないだろう。一言のもとに断ったら、それきり姿を見せない。十日たったから、あきらめたのか、と思って、油断したのがいけなかったんだな。きのう消えてしまったんだ、その絵が」

欲ばりタンクはくやしそうに、両手をもみあわせながら、長椅子から立ちあがった。

「早くなんとかしないと、門田礼蔵のところに逆もどりしてしまうんだ。だが、暴力をつかえば、相手はやけをおこして、新聞社にでも駈《か》けこむかも知れない。だから、やつの手もとにあるうちに、盗みかえすのが、いちばんだ。なぜかというと、やつはきょう、わたしが詰問したら、自分は盗んだりしないと弁明した。となると、わたしに盗みかえされても、なにもいっては来られないわけだろう。そうじゃないか、きみ？」

「わかりましたよ。その盗みかえす役目を、ぼくにやらせたいんですね？」

「むずかしい註文《ちゅうもん》とは思うが……ただし、安うけあいはしてもらいたくない。この一日《か》ふつ日が勝負なんだから、けっきょく取りもどせませんでしたじゃあ、困るんでね」

「ノー・ジョブ・トゥースモール、ノー・プロブレム・トゥービッグ。ささいな悩みもうかがいます、大問題にも尻《しり》ごみいたしません。これがファーのモットーですよ。第一、あなた、新聞広告をみただけで、ここへ来たんじゃないはずだ。こんな相談に来る以上、どこかで、だれかから、ぼくのことを聞いたんでしょう？」

「責任をもって、ひきうけてくれるかね？」

「ギャラさえ折りあえば――その絵にいくら払ったんです、最初に？」

「その金額から、割りだされたんじゃあ、たまらない。成功報酬《せいこうほうしゅう》五十万じゃあ、どうだね？」

「いまここで二十万、絵とひきかえに残り三十万円なら、ひきうけますよ、責任をもって」

「いいだろう」

欲ばりタンクは、弁当箱みたいに厚ぼったい紙入を、内ポケットから抜きだすと、一万円紙幣を二十枚、三度かぞえなおして、直次郎の目の前にならべた。

「その絵の写真かなんかありませんか？」

「持ってきた。三年ばかり前、美術雑誌にのったものだが」

欲ばりタンクがデスクの上においたのは、雑誌から切りぬいたモノクロームの写真だった。汚れた壁を背にして、椅子に腰かけた女の腰から上をかいた絵だ。ストレート・ジャケットを着せられ、長い両袖《りょうそで》を背後で結びあわされて、女は身をよじっている。顔に乱れた髪のあいだから、左の目だけが異様に光って、のぞいていた。

「かなりエロティックな絵ですね」

「ああ、色情狂の女をかいたもんじゃないかと思うんだ。この絵はね、きみ、展覧会なんかで、大勢がやがや見る絵じゃないよ。なにもかもわすれて、一対一であじわう絵だ。とにかく、すごい」

欲ばりタンクは、意外に真剣な目つきになって、写真を見つめていた。

2

片岡直次郎という名は、父親が大まじめでつけたものだ。『天保六花撰《てんぽうろっかせん》』の歌舞伎《かぶき》も講談も知らないような堅物の息子だけに、*faa* の片岡直次郎には、ひとつ律義なところがある。ひきうけた仕事は、ちゃんとやるのだ。

問題の絵は、額ごと盗まれたわけではない。けれども、Fの25号だから、畳半畳《はんじょう》ぶんに近い大きさがある。キャンバスをまるめて、筒にでも入れたとしても、ちょっとしたお荷物だ。夜陰に乗じて忍びこんで、ポケットに入れてくるわけにはいかない。

「しかし、持ちだしにくい、ということは、隠しにくい、ということでもあるんだから、恐れるにおよばないぜ」

と、自分にいい聞かせて、直次郎はプランを立てた。時間的な余裕はないので、依頼人《クライアント》の欲ばりタンクが帰ると——それは午後五時半だったが、すぐ思いつきを実行に移しはじめた。

相手の名は、浜田薫《はまだかおる》といって、家は代々木上原《よよぎうえはら》にある。油絵の修理と手入れでは、親の代から知られた人物だそうで、欲ばりタンクがたずねたときの記憶をたよりに、家の見とり図を書いてくれた。それを睨《にら》みつけながら、プランを練って、直次郎はつづけざまに、なん本も電話をかけた。それがすむと、宮益坂に近い事務所を出て、ひどく見ばえのしない国産車で、代々木へむかった。けれども、相手の家のまわりをひとまわりしただけで、あっさりと帰ってきた。あとはもう、することがない。直次郎はいつものように、ツケのたまったバーに飲みに出かけた。

「今夜はちゃんと精算していくよ」

と、直次郎はカウンターに肘《ひじ》をつくと、威勢よく宣言してから、小声でつけくわえた。

「半分だけ」

翌朝、事務所の長椅子の上で、目をさましたときには、もう九時をだいぶ廻《まわ》っていた。ドアをノックする音に、起されたのだ。直次郎はあくびをしながら、ドアをあけて、

「やあ、ご苦労さん。用意はちゃんと出来てるだろうね？」

廊下には、三人の男が立っていた。

「まあ、入って一服したまえ。まだ時間は、じゅうぶんある。十一時半から十二時っていう見当で、むこうへいけばいいんだ」

事務所のなかで一時間ほど、最後の打ちあわせをしてから、四人は出かけた。直次郎は自分の車、あとの三人は中型のトラックにのって、まっすぐ代々木上原にむかった。トラックの横腹には、鈴木《すずき》運送と書いてある。借りもののトラックに、いちばんありふれた名前を書かせたのだ。直次郎はオーバーオールを着こんで、目的地のそばに車をとめると、作業帽をかぶって、とびだしていった。

浜田薫の家は、古ぼけてはいるが、そうとうに大きかった。玄関のブザーを押すと、黒の厚ぼったいタートルネックのスウェーターに、ジーパンをはいた女が、ドアをあけた。とくに化粧をしていない顔に、ソバカスがあって、老《ふ》けてみえるが、顔立ちは悪くない。直次郎は作業帽をずりあげて、

「遅くなって、すみません。なんだか知らないが、きょうはやたらに引越しがあってね。日がいいんですかね。急いでやりますよ。こっちですか？」

外観から見当をつけておいたアトリエのほうへ、どんどん入っていくと、おなじオーバーオールの作業衣を着たもう一人の男が、あとにつづいた。

「あんたがた、いったい、なあに？」

と女が、追いすがってくるので、

「電話をいただいた鈴木運送ですよ、駅のそばの」

アトリエのドアがあけっぱなしなのを幸いに、なかをのぞくと、修理と手入れは副業が有名になったもので、本業は絵かきらしい。キャンバスがたくさん、おいてあった。

「あたし、電話なんてかけないわよ」

「浜田薫さんから、電話をいただいたんです。ほら」

と、直次郎は受注伝票を見せながら、

「この荷づくりしてあるやつですか。早いとこ、やろうぜ」

あとにつづいてきた男に、声をかけておいて、直次郎はテーブルのわきにおいてある円筒形のケースを二、三本かかえあげた。助手役の男は、直次郎の目くばせをキャッチして、茶いろい厚手の紙で包装したキャンバスを、二枚いっしょに持ちあげた。

「浜田薫は、あたしだけれど――こんなこと、たのんだおぼえないわ。ここに書いてある番地も、あってはいるけど、なんかの間違いじゃない？」

女はうけとった伝票を見ながら、眉《まゆ》をしかめている。直次郎はがっかりして、かかえあげたブリキの筒をおろすと、

「へえ、あなたですか。名前だけ見て、男のひとだとばかり思ってました。すると、これ、あなたが書いたんで？」

イーゼルにかかっている書きかけの裸婦に近づいたが、薫はいっこうにあわてない。円筒形のケースのなかにも、包装したキャンバスにも、未完成の裸婦の下にも、ゲクランの気ちがい女は、隠れていないことになる。

「あなたを書いた、と思ってるわけじゃないですよ。よくわからないけど、しろうと考えじゃ、すごくうまく見えるから――」

「わかった。関根《せきね》にたのまれたのね？」

と、薫はくちびるを歪《ゆが》めた。関根というのは、例の欲ばりタンクの本名だ。

「だったら、どうぞ。なんでも持っていらっしゃい。ただし、納得《なっとく》がいったら、持ってかえってきてね」

「なんだかわからないけど、どれを運べばいいんです？　届けさきが、なんとか美術店としてあったでしょう？　だから、絵だと思いこんじまったんですが……」

「なんでも、好きなものを持ってらっしゃい。そのストーブでも、テーブルでも、――奥の寝室から、ベッドを運びだしても、かまわないわよ。なんなら、あたし、外へ出ましょうか？」

「いやだな、奥さん」

「あたし、まだ独身よ。婚期に遅れてることは、みとめるけど」

「失礼しました」

　直次郎は、頭をペコリとさげてから、助手に声をかけた。

「なにを、ぼやぼやしてるんだよ。そこにある絵を、どんどん運ぶんだ」

「そんな手間をかけないで、ここで調べたら？　あとでちゃんと元通りにしてくれるなら、壁をこわしても、床をはがしても、かまわないわよ」

　スウェーターの腕を組んで、薫はおもしろそうにいった。すこし、自信がありすぎる。直次郎はあきらめて、大声をあげた。

「だめだよ、こりゃあ。やりにくくて、しょうがねえや」

　それを合図に、東京第五チャンネル、おったまげカメラ、と書いたプラカードをかかげて、もうひとりの助手が飛びこんできた。三人めの助手は、ボストンバッグに仕掛けた隠しどりカメラをかかえて、あとから入ってきた。直次郎は帽子をとると、ポケットからメガネを出して、鼻のあたまにかけながら、

「申しわけありません、浜田さん。コメディアンの凡田《ぼんた》凡太郎《ぼんたろう》です。チャンネル・ファイヴの〈四の五のいいまショー〉なんですけどね。いや、おどろいた、おどろいた。すっかり食われちゃいましたよ。これじゃ、フィルムにならないから、ひきあげます。ほんとうに申しわけありません。おさわがせしちゃって――」

「じゃあ、そういうことにしといてあげるわ。プラクティカル・ジョークのテレビ番組があって、よかったわね」

「まったく形《かた》なしだな。最初から、わかってたんでしょう。役者が一枚、上ですねえ」

「なんでもいいから、帰ってちょうだい」

「すみません。失礼しました」

直次郎は頭をかいて、アトリエから出ていった。戸外へ出ると、四人はトラックに乗って、走りだした。角をまがって、直次郎の車がとめてあるところまで来ると、

「もう君たちは、用ずみだ。このトラックを返して、解散してくれ。これは、約束のギャラだ。こっちはチップだよ、よくやってくれたから」

直次郎はトラックをとめさせた。

「すみませんね。あんなことで、よかったんですか?」

と、臨時やといの助手は、頭をさげた。

「上出来さ。助かったよ」

直次郎はトラックからおりて、自分の車にのりこんだ。ダッシュボードのポケットをあけると、なかに小型のテープレコーダーが入っていた。盗聴装置の受信機と組みあわせてあって、聞きながら録音できるようになっている。直次郎は受信機のスイッチを入れてから、ゆっくり車をスタートさせた。

アトリエのなかで、薫と話をしているあいだに、エキストラのひとりに取りつけさせた盗聴マイクは、消ゴムくらいの大きさしかない。廊下の電話機をのせた小さなテーブルの下に、ゴムの吸盤で貼《は》りつけてあるから、薫がリノリュームにすべって、あおむけにひっくり返り

でもしない限り、見つかる心配はないだろう。

薫の家の近くの露地から露地へ、ゆっくり車を走らせながら、直次郎は受信機に耳をすました。マイクには、なんの物音も入ってこない。

「おかしいな。どこへも電話をかけないとすると、まだあの家にあるのかな？　そんなはずはないんだが……」

首をかしげていると、遠くのほうで、足音が聞えた。足音はしきりに、歩きまわっている。

「電話をかけようか、どうしようか、迷ってるんだな。共犯者がいるかいないか、電話をかけさえすりゃあ、わかるんだが」

直次郎が舌うちしたとき、足音が近づいてきた。それが大きくなったと思うと、ぴたりと停《とま》った。いよいよ電話をかけるな、と直次郎が舌なめずりをしたとたん、カチリと音がして、三味線が聞えた。つづいて、録音テープの回転音をまじえながら、

〽あっとおどろく為五郎《ためごろう》。

そこでカチリとテープはとまった。先代広沢虎造《ひろさわとらぞう》のナニワブシ、『清水次郎長伝《しみずじろちょうでん》』のうち、『本座村の為五郎』の一節だ。

「畜生、むこうもテレビでお返しか！」

直次郎は歯ぎしりして、車を走りださせた。

3

その晩の九時、よろず代理業の片岡直次郎は、世田谷九品仏《せたがやくほんぶつ》にある関根大輔《だいすけ》——欲ばりタンクの屋敷の応接間に、腰をおろしていた。

「絵をとりもどしてくれたそうだが、早く見せてもらいたいな」

葉巻のけむりを漂わせながら、関根はいった。直次郎は笑って、

「まあ、もう少し待ってください。浜田薫さんは、なかなか歯ごたえのある相手でしたよ。すんでのところで、いっぱい食わされそうになりました」

「そのくらいのことは、わかっていたはずだよ。この屋敷から、ゲクランを盗みだしたほどの女だ」

「そこが、問題です。お屋敷を拝見させていただきましたが、なかなか厳重だ。薫さんは深夜、ここへ忍びこんで、絵を盗んでいったんでしょう?」

「そうだ。この家には、半地下の物置があって、そばに古風な焼却炉がある。その口が、庭へ通じている。庭からも、ごみを投入れられるようになっているんだ。いまは使っていないが、その口はひらく。そこから入って、また出ていったんだ」

「ぼくも、そこへ見当をつけましたがね。しかし、どうして気がつかなかったんです? みなさん、お留守だったんですか?」

「いや、わたしもいたし、召使も三人いた。わたしには、家族がないんだ。そのときは四人とも、眠っていた。警報装置は鳴らなかった。電源を切ったらしい。朝にはもと通りになっていたから、その点でもあの女の仕業《しわざ》ってことが、すぐわかったんだ。あの女なら、ゲクラ

ンがどこにあるかも、ちゃんと知っている。わたしの蒐集を手つだわせて、ひところはずいぶん信用もしたからね」

「焼却炉の口は、女だから通りぬけられたんですよ。ぼくのような痩《や》せっぽちでも、からだが硬いから、だめでしょう」

「そうだろうな。もう過ぎたことより、早く絵を出してもらおう」

「まだ残金三十万を、いただいていませんが」

「絵をわたしてからだ」

「もう来るころなんですが……」

「だれが？」

「浜田薫さんですよ」

「なんだって？」

とたんに、ドアにノックがあった。関根が返事をすると、召使の顔がのぞいて、

「浜田さんが、お見えになりました」

「ここへ通してくれ」

関根は直次郎を見ながら、召使にいった。しばらくすると、浜田薫が入ってきた。きちんとしたスーツ姿だが、顔のソバカスは塗りかくしていない。

「ゲクランの絵が、見つかったそうですわね？　昼間のコメディアンさん、あなたも美術に趣味がおありなの？　これ、わすれものよ。安くないものだろうと思って、持ってきてあげ

たわ」

　薫は直次郎にむかって、片手をさしだした。その手の上には、小さな黒い盗聴マイクがのっていた。

「恐れ入りました」

　直次郎は押しいただいて、盗聴マイクをポケットにしまった。

「関根さん、『拘束衣を着た狂女』はどこにあるの？」

「これから、それを聞くところだ」

　関根がいうと、直次郎は椅子から立ちあがって、

「ぼくもそれが聞きたくて、あなたに来ていただいたんです」

「なんだって？」

　と、関根が口走った。

「あわてない。あわてない。見当はついてるんだが、薫さんの口から聞きたいんです。ゲクランは、関根さんのコレクション・ルームから消えたが、この屋敷からは出ていっていないはずだ」

　と、直次郎にいわれて、薫は首をふった。

「あたしは、なにも知らないわよ」

「しらばっくれるなら、ぼくの想像をいいますかね。『拘束衣を着た狂女』のキャンバスは、焼却炉のなかで、灰になったんじゃありませんか？」

「なんだって!」

ほかの言葉は知らないみたいに、関根が叫んだ。

「落着いて。落着いて。灰になったからって、あわてることはない。贋物ですからね。本物はちゃんと、いや、ずっと、といったほうがいいな。ずっと門田礼蔵氏のコレクション・ルームにあったんです」

「なんだって!」

「つまり、関根さん、あなたは偽物をつかまされていたんです。だから、薫さんはあわてたんですよ。本物が展覧会に出れば――専門家やゲクラン自身が、門田コレクションの『拘束衣を着た狂女』を見て、なにもいわなければ、たちまち関根コレクションのは偽物だってことになってしまう。そしたらあなたは怒って、なにをするかわからない。だから、偽物を始末したんです。法律で罰せられるんじゃないだけに、懸命だったんでしょう」

「わたしに殺されるとでも、思ったのかな」

関根は苦笑しながら、うめくようにいった。

「コメディアンさん、どうしてわかったのかしら?」

「ゲクランの絵が消えたのは事実だけれど、あなたにあって、アトリエを見せてもらって、おかしいな、と思ったんですよ。関根さんのところから盗みだして、門田さんのところへ盗み入れる――変ないいかただけど二重の手間で、大変なことだよ、こりゃあ。それにしちゃあ、余裕がありすぎる。もう全部おわって、安心してるって感じなんで、考えかたを逆転させてみたんです」

「あんないたずら、するんじゃなかったな」

と、薫は微笑して、

「あなたのいう通り、あたしのつくったゲクランの偽物は、焼却炉で灰にしたわ」

「こういうわけです。いちおうぼくは、ご依頼の問題を片づけたんだから、手数料の残りとともに、さようなら、ということにしたいですね」

と、直次郎はいった。

「そうはいかない。きみは『拘束衣を着た狂女』を、責任をもって取りもどす、と約束したんだ。わたしは、偽物のことをいってるんじゃない。本物のことをいってるんだ」

関根はしごく平静な顔つきで、直次郎と薫を見くらべた。

「浜田さん、あんたにも責任があるだろうね。わたしは、偽物のゲクランが欲しいといったおぼえはないんだから——さいわい、来月そうそう、ゲクランは来日する。展覧会もひらかれる。ここはどうしても、きみたちふたりで、金では買えないゲクランを、わたしのために手に入れてもらいたいね」

「そりゃあ、まあ、手数料しだい……」

といいかける直次郎をさえぎって、関根は冷たく、

「金はもう払ってあるじゃないか。きみには残金があるが、それは絵とひきかえだ。特別に譲歩して、『拘束衣を着た狂女』でなくても、いいことにしよう。おなじていどの出来のゲ

クランなら、納得するよ」

　直次郎は薫と顔を見あわせて、

「あんたが偽物で金もうけをしようなんて不料簡《ふりょうけん》を起したから、いけないいんだぜ。この旦那《だんな》、あんたに盗まれて、偽物と気がついて、本物を手に入れるために、ぼくらを罠《わな》にかけたらしいや」

「だからって、なにもあたしたちが……」

「ゲクランをなんとかするより、しょうがないらしいよ」

　直次郎は、顎《あご》をしゃくった。細目にあいているドアのほうを、薫にしめしたのだ。そのドアの隙間《すきま》から、猟銃の銃身がのぞいていた。頑丈なからだつきの男が、そのむこうにいるらしいのも、ちらっと見えた。

替《か》え玉作戦

1

渋谷は宮益坂のちかく小さなビルの四階に、ドアにはただ*faa*とだけ、金文字でしるした小さな事務所がある。ファースト・エイド・エイジェンシイ——試験問題の事前入手から、革命の下準備まで、お困りのことはなんでも引きうけます、という代理業だが、大事業ではない。

資本家から所長、秘書、調査員、行動員、夜勤の電話番から小使いまで、ぜんぶひっくるめて、就業人員はたったひとり。しかも、それが片岡直次郎という、どこかで聞いたような名前の、はなはだ風采《ふうさい》あがらぬ青年なのだ。

けれど、それほど馬鹿にしたものでもない。古ぼけたスチール・デスクに尻《しり》をのせて、電話片手にまくし立てているところを、まずは見ていただこう。

「関根さん、もうあきらめて、マルセル・ゲクラン大先生の絵を一枚、しかも、ご注文の『拘束衣を着た狂女』を、展覧会場から盗みだす気になってるんですよ、ぼくは——あんたが執念ぶかくて、怖《こわ》いことは、よくわかったんだ。でも、見張りをつけられていたんじゃあ、思うように動けない。準備があって、もう動いているんです。こんなデッカイのに、どこまでもついて来られて、仕事になると、お思いですか?」

　直次郎は顔をしかめて、足もとを見おろした。古ぼけた長椅子の前の床に、男がひとりたおれている。健康増進器具の広告みたいな、大きな男だ。まいった鮪《まぐろ》のように、のびているその男を、見つめている人物が、事務所のなかには、もうひとりいた。

　それは女で、長椅子に腰かけたまま、床の男とデスクの直次郎を、あっけにとられた顔つきで見くらべている。しかも、黒のタートルネック・スウェーターを胸までまくりあげて、下のほうは水いろのパンティひとつ、という恰好《かっこう》だから、おだやかでない。

「だから、こちらで処分しました。引きとりにきてください。殺しちゃあ、いません。目をまわしているだけだから、ご心配なく」

　といいながら、直次郎は、オルモースト・ボトムレスの美人にむかって、にやりとした。関根派遣の見張り役は、この女が、いや、いやよ、助けて、だれか来て! という声をドアのそとで聞いて、すわとばかりに飛び込んで、スウェーター・アップ、パンティややダウンの姿に、思わず目を見はったところを、うしろから、靴のかかとで殴られたのだった。

　早合点のないように説明しておくが、直次郎の足は比較的長いといっても、バレリーナみたいにあがるわけではない。片方の靴をぬいで、爪《つま》さきのほうを握って、ドアの横手にひそんでいたのだ。

「ぼくはこれから、あなたがパートナーに選んでくれた浜田薫さんといっしょに、出かけます。オフィスは閉めていきますが、一階の郵便受の内がわに、鍵《かぎ》をテープで貼《は》りつけとくから、入れますよ。帰りには、鍵をもと通りにすることを、おわすれなく——ああ、見張りの先生、意識をとりもどして騒ぐといけないんで、クラフト・テープで口および手足の自由を、うばっときましたからね。それを根にもたないように、よくいい聞かせてくださいよ」

　直次郎が電話を切ると、浜田薫は首をふって、

「あなたって、なかなかやるじゃない」

「あんたがすなおに、協力してくれたからさ。せっかく、そこまでぬいでくれたんだから、もう少しぬいで、もっと仲よくしようか」

　と、直次郎は薫のそばに腰をおろした。薫は身をくねらせて立ちあがると、床にぬぎすててあるジーパンをひろいあげながら、

「それどころじゃあ、ないでしょう?」

「関根大輔は、世田谷の九品仏から来るんだから、まだ時間はたっぷりあるよ。この鮪が気になるんなら、耳に綿でもつめこんで、目もふさいじゃってあげるけど」

「そんなことじゃないの。気になるのは、ゲクランよ。この見張りはたしかに邪魔だったけれど、こんなことをしちゃって、もし絵を盗むのに失敗したら、いよいよ、ただじゃすまないわよ、あたしたち」

「それじゃあ、きみの意外に見事なからだは、おあずけにしとこうか」

「あなたの意外なあたまの冴《さ》えのほうが、あたしは拝見したいんだから、嫌味《いやみ》はいわずに出かけることよ」

身じたくをすませた薫が、ドアをあけると、直次郎は床にのびている男に、

「電話が鳴っても、出るにはおよばないよ。応答と録音テープが、ちゃんとセットしてあるんだ」

といってから、廊下に出た。渋谷の午後十時はまだ宵《よい》の口だから、ネオンの点滅する空の下に、車がひしめいている。直次郎は薫をのせて、そのなかのもっとも見ばえのしない一台になった。

「どこへいくの？」

薫が聞くと、直次郎は前の車が動くのを、のんびりと待ちながら、

「だいぶご心痛のようだから、安心させてやろうと思ってね」

「心配しないでいられたら、あたしは馬鹿か気ちがいよ。展覧会の期間は四十日だから、まだ三十五日あるわけだけど、豊倉美術館の警備は完璧《かんぺき》なんだもの。きのうも、そういってたでしょ、専門家のあんたが」

「まるで、ぼくが泥坊みたいなことをいうね」

「だって、泥坊じゃないの」

「泥坊とおなじことをする場合が、あるだけだ。認識をあらためないなら、ぼくは手をひいて、香港《ホンコン》あたりへ逃げちゃうぜ」

「プランを発表して、安心させてくれたら、たちどころに認識をあらためるわよ」

「これなら絶対、というアイディアが浮かんだんだが、ひとつ問題があるんだよ。十日以内

に『拘束衣を着た狂女』の偽物ができるかな」

「どうして、十日以内じゃなきゃいけないの？」

「来日したゲクラン大先生は、目下、赤坂《あかさか》のキャピタル・ホテルにご滞在だ。でも、あと十日すると、豊倉ビルの壁画を制作に、箱根《はこね》かどっかへ、こもってしまうんだろう、たしか」

「ええ、新聞にはそう出ていたわ」

「関根をいっぱいくわせるには、ゲクランが東京にいないと、だめなんだ」

「じゃあ、ほんとうに絵を盗みだすわけじゃあないの？」

「そりゃあ、できない相談だよ。できたとしても、ぼくはこっちのプランをとるね。欲ばりタンクに本物をわたしてやるなんて、癪《しゃく》じゃないか」

「欲ばりタンク？」

「ぼくが関根につけたあだ名さ」

「でも、二度もひっかかるかしら、偽物に」

「ひっかかる手があるから、贋作《がんさく》が必要なんだ」

「それなら、あるわ。『拘束衣を着た狂女』は、もう一枚あるの。もちろん、あたしが書いたものだけど——なにしろ、あの絵は資料がなくて、むずかしかったから、二枚、偽物をこしらえて、出来がいいような気がしたほうを、関根のところに持っていったの。でも、展覧会で本物をつくづく見てから、もう一度ひっぱり出して見たら、あんがい悪くなかったわ」

「それだけの腕があって、偽物をつくってることはないと思うが——」

「それは、しろうと考えよ」

「オリジナリティがないのか、つまり」

「癪だけど、そうらしいの」

「そのもう一枚、きみのところにあるわけじゃないんだろ？」

「いまは、あるわよ。いつぞや、あなたが探りにきたときは、棄てるつもりで、近くの空地のごみすて場に出していたんだけれど、屑屋《くずや》さんも持ってってくれなかったの」

2

直次郎が薫をつれていったのは新宿《しんじゅく》の花園町《はなぞのちょう》、露路のなかの小さなバーで、ドアには鍵がかかっていた。直次郎がドアをたたくと、小さなのぞき窓があいて、化粧をした男の顔がのぞいた。

「ゲイバーね？」

薫がささやくと、直次郎も小声で、

「きみにあわせたい客がきてるんだ」

ふたりが店に入ると、男装の女性のように見えるホストは、またドアに鍵をかけた。店内には低く音が流れていて、カウンターの上では、すっ裸の男がたくましいからだを、女みたいにくねらして、踊っていた。薫はちょっとたじろいでから、画家らしく目をすえて、

「あれ、どうやって隠してるの？　それとも、除《と》っちゃったのかしら、手術して」

と、直次郎の耳に、画家らしくない質問をした。

「見せたいのは、客だといったろ。あのすみだ」

そちらへ視線をうつしたとたん、薫は息をのんだ。先客はふた組しか、いない。ひと組は、落着かない感じの中年男ふたりで、もうひと組はひとりきり、これが猪首《いくび》にあから顔をのせた外人だった。

「ゲクランじゃない?」

「そうみえるだろう。キャピタル・ホテルのロビーに張りこんで、実物を近距離観察したぼくらでさえ、そう思うんだ。新聞やテレビでしか見てないやつは、本物と信じるよ」

「じゃあ、他人の空似《そらに》?」

「きみ、英語しゃべれるか」

「フランス語なら、いくらかものの役に立つけれど、英語は自信ないわ」

「まずいな。それを、関根は知ってる?」

「しらないでしょうね。どうしてよ」

「やつは英語なんだ。きみがフランス語をやるのを、関根が知ってると、やつが英語をしゃべったら、おかしなことになるだろう」

「つまり、あのひとをつれてくわけ?」

感心したように薫がささやいたとき、奥のテーブルから、外人が立ちあがった。

「おお、カタオカさん、気がつきませんでした。よく来てくれましたね」

酔いのうかがえる英語でいって、さしまねいた。

「あいつはニコライデスといって目下、バクチの借金で困っている。金になるなら、なんでもやる、といってるんだ」

と、ささやきながら、直次郎は薫を奥のテーブルにみちびいた。

「今晩は、ニコライデス。こちらは浜田薫さん、ゆうべの話のひとだ」

直次郎がわりあい達者な英語でいうと、ゲクランそっくりのニコライデスは、大きな顔じゅうを微笑して、

「カオルさん、よろしく。あなたもその、なんとかいう偉い絵かきに、わたしが似ていると思いますか?」

「ええ、マルセル・ゲクランそっくり。まるで双生児のようですわ」

薫が正確な英語で答えたので、直次郎は肩をすくめた。ニコライデスは大きな手をこすりあわせて、

「それでは、この儲《もう》けばなし、うまくいきますね?　問題がひとつ、あったでしょう。あれは、うまく片づきそうですか?」

「ああ、『マッド・ウーマン・イン・ストレートジャケット』の偽物のこと?　あれなら、大丈夫。あたしのところに、もうひとつあるんです」

「それは、すばらしい。見せてくれませんか。わたし、見たことないんです。昼間、展覧会へいってみようか、と思ったんですが、そんなにその、ええとゲクランですか、それに似て

るとすると、めんどうが起るかも知れない。そう思って、やめました」

「よく気がついてくれたよ。新聞記者にでも見つけられたら、せっかくのアイディアが台なしになるところだった」

と、直次郎がいった。薫は直次郎に顔をむけて、

「それじゃあ、いまから、あたしの家へいきましょうか?」

「そうしようか。巨匠が自分の書いた絵を知らなくちゃあ、お話にならないからな。そうときまったら、こんなところに長居をして、ふんだくられることはない」

三人はそうそうに店を出ると、直次郎の車で、代々木上原にむかった。薫の家について、アトリエで絵をみせられると、ニコライデスは大げさに感心してみせた。

「じつに見事な絵だ。これだけのものがあるんだったら、カタオカさん、すぐにでも金儲けにとりかかろうじゃありませんか。わたし、今夜にでも、お金ほしいんです」

「そんなことといったって、ニコライデス、例のほうは大丈夫なのかい?」

と、直次郎は聞いた。

「おお、馬鹿にしたものじゃありませんよ。あたしがオーストラリアにいられなくなったのは、なん人ものひとのサインを、あまり上手にまねしたからなんだ。小切手を書くときにね。あなたがくれた写真をお手本に、じゅうぶん練習しました。みせましょうか?」

薫がマジックインクと紙を持ってくると、ニコライデスは慎重に、ゲクランのサインを書いてみせた。直次郎は、展覧会場で盗みどりしてきた絵のサインの部分を、拡大した写真を

そばにおいて、見くらべながら、

「うん、悪くない。まだ勢いが足りないが……」

「もうひと晩、練習すれば、大丈夫ですよ」

ニコライデスがいうと、薫が口をだして、

「でも、それは最近のサインじゃない？『拘束衣を着た狂女』のころは、すみに小さくGと書いてるだけよ。ビュッフェと張りあうみたいな、派手なサインをつかいだしたのは、もう二、三年あとからのはずだわ」

「だからいいんだよ」

のみこみ顔に、直次郎がいった。

3

あくる日の午後八時、直次郎はニコライデスと薫をともなって、九品仏の関根邸をおとずれた。関根大輔は、ニコライデスの顔を見ると、目をまるくして、

「こりゃあ、きみ、いったいどうしたわけだ。このひとは、きみ……」

「そう。マルセル・ゲクラン先生ですよ。ご機嫌が悪いようだから、態度に気をつけてください」

と、直次郎は声をひそめて、

「また偽物を持ってきたろう、なんていわれると、いやですからね。ご当人についてきても

らったんです」

「しかし、きみ、どうやって？」

「職業上の秘密だけど、半分だけ打ちあけましょう。じつは苦心して、この大先生の弱味を握りあてましてね。ゆすりをかけたってわけです。だから、怒ってるんですよ。あんたがつけてくれた見張りを追っぱらったのも、ひょっとしてその弱味なるものを、けどられでもして、あんたに筒ぬけになると、いけない。職業道徳に反するし、これ以上、大先生を怒らしたら、すべてがぶちこわしになる恐れがある。そういうわけです」

「わかった」

と、うなずいてから、欲ばりタンクはニコライデスに笑顔をむけて、

「お目にかかれて、光栄です。いろいろ失礼なことがあったらしいが、おゆるしください。よろしかったら、例の絵を拝見したいのですが——」

それが、たどたどしくはあっても、意味はとおるフランス語だったから、薫は思わず全身をこわばらせた。直次郎も、フランス語だということはわかって、両手をにぎりしめた。

すすめられた椅子にもかけずに、不機嫌な顔つきで、応接間のなかを歩きまわっていたニコライデスは、びくっと歩みをとめた。

薫は逃げだしたくなった。ニコライデスは、関根をにらみつけて、

「きみたち、卑怯《ひきょう》な日本人の口から、母国語を聞きたくはない。保証でもなんでもするから、早くきみたちのあいだの取りひきを、すませたらいいだろう」

と、吐きだすように、英語でいった。欲ばりタンクは直次郎にむかって、

「なんといわれたんだ？　よく聞きとれなかったが」

直次郎はほっとしながら、通訳をしてやって、

「だから、質問があったら英語ですれば、返事をしてくれるでしょう」

「きみはよっぽど、ひどい手をつかったんだな。いいだろう。とにかく絵を見せてくれ」

と、関根はいった。薫はいそいそと、すみに立てかけていたキャンバスの包装をといて、関根の前に持っていった。欲ばりタンクは、近よったり離れたりして、それを眺めながら、

「いったい、どうやって盗みだしたんだね？」

「大先生が手びきをしてくれたんだから、簡単でしたよ」

直次郎が笑って答えている前に、ニコライデスが立ちふさがって、

「セキネ氏がこの絵を、だれにも見せずに秘蔵することは、たしかだろうね？」

ゆっくり英語をしゃべったので、欲ばりタンクにも聞きとれたらしく、

「もちろんですよ。わたしはこの絵に惚《ほ》れこんでいるのです。わたし以外の人間の目には、二度とふれさせたくない」

ゆっくり英語で返事をするのに、ニコライデスはうなずいてから、

「だったら、他人には見せられないような、証明のしかたをするが、かまわないかね？」

「まあ、しかたがないでしょう」

「よろしい」

ニコライデスは、薫が用意してきた絵筆とパレットを受けとると、キャンバスのすみに、黒い絵の具で大きくサインをした。勢いのいい見事なサインに、直次郎は舌を巻いた。関根も相好をくずしていた。ニコライデスは、次にキャンバスを裏がえすと、読みやすい大きな字で、フランス語の文章を書いた。

「わかりますか？　こう書きました。この絵は不法な手段によって、セキネ氏の所有に帰した。それを認めたくはないが、これがわたしの筆になるものであることは認める。いいですね？」

直次郎が文案をつくり、薫がフランス語に翻訳したものを、暗記して書いたのだ。間違いがないので、薫はほっとした。文句の下にも、大きなサインと日づけを書きこんでから、ニコライデスは、薫に絵筆をわたして、

「さあ、これで要求されたことは、すべてやった。カタオカ君、わたしをホテルに送りとどけてもらいたいね」

「わかりましたよ。ちょっと待ってください」

直次郎はうなずいてから、関根にむきなおった。

「大先生がせいてますから、残金の三十万円をいただきましょうか。取りひきは品物と代金が交換されて、はじめて成立する。ぼくが金を手に入れないと、まだ利用されるんじゃないかと思って、先生が不安がりますよ」

「払うさ。約束だ。払わないとは、いっていない。むきだしで、いいかね？」

「そのほうが、けっこう」

「じゃあ、三十万。数えながら、ならべるよ」

欲ばりタンクは、ひとり占いでもするみたいに、テーブルの上に一万円紙幣をならべた。

直次郎はそれをまとめて、内ポケットにしまいこみながら、

「受けとりは書きませんよ。これで、契約は完了だ。おたがいに秘密は厳守しましょうや。またお困りのせつは、ご利用のほどを、と申しあげたいが――」

「こりたかね？」

「いや、ギャラを三倍いただきますよ、この次は」

直次郎はにやっと笑って、立ちあがった。

4

次の日の午後一時半、片岡直次郎が二日酔いの頭を垂れながら、事務所のデスクで、出前のラーメンをすすっていると、いきなりドアがあいた。

「やったわね、あんた！」

声といっしょに、とびこんできたのは、薫だった。直次郎は、おつゆのこぼれそうになるドンブリを、あやうく宙にささえながら、

「やったって、なにを？」

「本物の『拘束衣を着た狂女』を、豊倉美術館から盗んだでしょう」

「なんだって？」

「しらばっくれないでよ。おひるのテレビ・ニュースで、ちゃんと見たわ。午前ちゅうに美術館へきたゲクランが、あの絵を見ていて急に狂ったようにわめきだして、『偽物だ。絵がちがってる。これはわたしのじゃない！』って、ナイフでずたずたに切りさいてしまったそうよ」

「ほんとか、おい？」

「うそをつくはず、ないでしょう？　テレビ、見なかったの？」

「ゆうべ祝杯をあげすぎて、さっきまで寝てたんだ。起きてたとしても、ぼくはテレビなんか持ってない。しかし、間違いないんだろうね、ゲクランが絵をめちゃめちゃにしたってことは？」

「かなりよく似ているんで、これ以上、一分でもひと目にふれさせたくなかったんですって——落着いてから、ゲクランがいったことだけど」

「なるほどね」

「そんな出来のいい贋作、どこで手に入れたのよ？」

「そんなに目を三角にすることはないだろう。とにかく、これで欲ばりタンクは、きみの絵をゲクランの真筆と信じて、うたがわなくなるよ」

「ごまかさないでちょうだい。本物はどこへやったの？」

「本物はゲクランが、めちゃめちゃに切りさいてしまったよ」

直次郎はうなずいてから、ラーメンの残りをすすりはじめた。

「どういうことよ、それ？」

「ああ、うまかった。このラーメン、近所の店のだけど、実にうまいんだ。こんど、ご馳走《ちそう》しよう。きょうは今から、出かけなけりゃならないから」

「あたしもついていきますからね」

「ゲクランにあいにいくんだぜ」

「うそ。あってくれるはずがないわ。そうか。本物を買いもどせ、というのね？」

「ちがう。なぜ本物を切りさいたか、わけを聞きにいくのさ。ふたりでいけば、あってくれるよ。なにしろ、ゆうべのパートナーだからね」

「なんですって？」

「やっとわかったんだ、ぼくにも——欲ばりタンクがコロッと信用したのは、ニコライデスの芝居がうまかったわけでも、偽筆の天才だったからでもないってことがね。ニコライデスなんて人物は、この世に存在しないんだ。考えてみりゃあ、ゲクランだったんだ」

「信じられない」

「だから、たしかめにいくのさ」

直次郎は、汚れた車に薫をのせて、キャピタル・ホテルにむかった。フロントで、週刊トピックの片岡直次郎、と名乗って、来意をつげると、すぐ部屋へ通された。九階にあるスウィート（つづき部屋）に入っていくと、ゲクランが椅子から立ちあがって、

「やっぱり来たね。来てもらいたくはなかったんだが、来てしまった以上、しかたがない」

と、英語でいった。薫は見事なフランス語で、

「あなたはゲクランさん、それともニコライデスなの？　ゆうべのニコライデスが、あなたってことは、わたしにもわかるわ。でも、カタオカさんにいわせると……」

「ちょっと待ってくれ」

と、直次郎が英語でわりこんで、

「不自由でも、英語でやってもらいたいね。ぼくはフランス語は、だめなんだ。ゲクランさん、あなたが切りさいた絵は、本物でしょう？」

「それより、ゆうべ貰《もら》った分けまえを、かえしておくよ」

と、ゲクランは一万円紙幣を十枚、直次郎にさしだして、

「だまして、すまない。わたしは金がほしくて、きみたちの手つだいをしたわけじゃないんだ。カタオカ君に、最初に酒場で声をかけられたときは、ここをぬけだして、やけ酒を飲んでいたときでね」

「あんた、マルセル・ゲクランに似てるって、いわれたことないか？　そう聞いたんでしたっけ、ぼくは」

「そんなやつは知らない、とわたしは答えた。ほんとに、ゲクランでなければいい、と思っていたからだよ」

「どうしてです？」

「わけを聞かないほうが、いいと思うがな。たぶん、聞くと後悔《こうかい》するよ」

「聞かないうちは、帰りませんよ」

「あたしも」

と、薫がいった。ゲクランはため息をついた。

「ほんとに、聞かないほうが、きみたちの身のためだがなあ」

殺し屋パリ・モード

1

faa のエージェント、片岡直次郎は、と語りだすと、いかにもスマートに聞えるが、ファースト・エイド・エイジェンシイは、民間のそれも個人経営のなんでも難問ひきうけ業で、ヘッドからレッグマンまで、直次郎がひとりで兼任している。だから、たよりないことおびただしいが、むこうっ気だけは旺盛《おうせい》で、

「理由を聞かないうちは、ぜったいに帰りませんよ」

と、赤坂キャピタル・ホテルのスウィートの豪華な椅子《いす》にふんぞりかえった。テーブルのむこうで、赤ら顔をしかめている大男は、フランス画壇の巨匠、マルセル・ゲクランだ。

「好奇心というやつは、人類進歩の原動力にはちがいないが、これが個人のこととなると、しばしば命を落すもとにも、なっているよ」

と、直次郎の顔を立てて、ゲクランは英語をつかった。

「ぼくの命のことは、ぼくが心配します」

直次郎がいうと、となりの椅子から、浜田薫もうなずいて、

「あたしも、本物が偽物の役をつとめて、偽物を本物とみとめた理由を、うかがいたいわ、

ムッシュ・ゲクラン」

「それほどいうなら、しかたがない。説明しよう。新宿の酒場で、片岡君に声をかけられたのは、どうしていいかわからない問題があって、護衛をまいてホテルをぬけだしたわたしが、やけ酒を飲んでいるときだったんだ」

と、ゲクラン画伯は話しはじめた。

「その問題というのは、わたしが日本へきた目的と、関係がある。ここだけの話だが、豊倉ビルの壁画をひきうけたのは、来日記念に展覧会をやって、それに『拘束衣を着た狂女』も出ることになったからだ。つまり、わたしが日本へきたほんとうの目的は、『拘束衣を着た狂女』なんだよ。あの絵をこの世からなくしてしまうことが、わたしの目的だったんだ、実は」

「そのくらいのことは、察しがつきますよ、いまとなっちゃあ」

と、直次郎はいった。

「そうよ。うかがいたいのは、理由だわ」

と、薫もいった。ゲクランは頭をふって、

「せかないでくれ。わたしは単純に、これは偽物だから処分する、といえばすむつもりだった。所有者の門田さんには、近作を進呈すればいい、と思っていたんだが、この考えは甘すぎたよ。日本には、実にくわしい研究家がいて、よほどうまく芝居でもしないかぎり、無理だとわかった。そんな自信は、わたしにはない。それで、やけ酒を飲んでいたところへ、片岡君が妙な話を持ちかけてきた。わたしはよろこんで、自分の替え玉をつとめたよ。おかげで、自信がついた。演技力のことじゃない。本物を贋作ときめつけることにさ。口実をこしらえて、展覧会場へ行って、あの絵を切りさく。すくなくともひとりは、それを不思議がらない人間がいる。その自信だよ。それをたよりに、わたしは大芝居をしたんだ。大芝居ができたんだ。だから、きみたちには礼をいうべきだろうな。おかげで、助かった。ありがとう」

ゲクランは猪首を曲げて、頭をさげた。

「しかし、そのかわり、ムッシュ・ゲクラン、不思議がらない人間に対して、あなたは脅迫されて自作を展覧会から、盗みだす手つだいをした、という不名誉な印象をあたえたんですよ」

と、直次郎がいった。ゲクランはかすかに笑って、

「そんなわずかな不名誉ぐらい、死ぬことを思えばなんでもないだろう」

「死ぬですって?　先生がですか?」

薫が目をまるくすると、画家の青い目が悲しげに細まって、

「きのうまでは、わたしのことだった。いまからは、きみたちのことになりかねないんだが、それでも理由を聞きたいかね?」

「なんども嚇《おど》かされると、人間、感覚が麻痺《まひ》するもんです。聞かしてください」

直次郎は、にやりと笑った。ゲクランは肩をすくめて、

「それなら、わたしの知ったことじゃない。きみに死の切符をゆずるとしよう。実は、あの『拘束衣を着た狂女』には、モデルがある。わたしがまだ無名のころ、ある医者のところで、あった患者だ。その医者がやっていた小さな療養所は、だいぶ前に火事で焼けてしまって、記録のたぐいはもうなにも、この世に残っていない。医者も死んだ。看護人も死んだ。残っているのは、わたしと、あの絵。そして、当の患者だけだ。もちろん、とうの昔に病気はなおっている」

「それどころか、地位も財産も得て、むかし精神病の療養所に入っていたなんてことを知られると、困る立場にいるんでしょう？　わかりましたよ。その女性におどかされて、先生は『拘束衣を着た狂女』を処分せざるをえなくなったのですね？」

直次郎がいうと、ゲクランは重い首をうなずかせた。直次郎はつづけて、

「しかし、女が自分でおどしたって、ききめは知れている。大画伯が頭をかかえて、やけ酒をのんだくらい、きいたってことは、つまり……」

そのとき、薫がおびえたような声を、小さくあげた。ドアがあいて、次の間から男がひとり、入ってきたのだ。地味な服を着た目立たない顔つきの男で、目をそらしたとたんに、出あったことをわすれてしまいそうだった。けれどもドアを入ってきながら、一瞬、薫と直次郎にむけた視線には、特別なところがあった。直次郎は腸のあたりが冷たくなってくるのを、片手で押さえながら、

「……このひとですね、なるほど、こりゃあ、ききめがありそうだ」

なるほどからあとは、日本語でいったのだが、ゲクランには勘でわかったらしい。

「わかったろう。彼はきょうの午前ちゅうで、いちおう仕事がなくなった。ところが、また仕事ができたので、よろこんでいるのだ。仕事熱心な男でね。ほんとの名は、わたしも知らないが、秘書のミシェル・ジャルダン君、ということになってるよ、いまは」

自分の名前が呼ばれると、ミシェルは直次郎と薫に会釈をした。愛想がよくて、いかにも有能な秘書らしい笑顔だった。だが、その顔がもとの位置にもどる直前、がらっと変った。口もとの笑いに歪《ゆが》みが生じ、目につめたい光が加わって、それは狼《おおかみ》の血に飢えた顔だった。

「こういうひとがいるんだから、映画産業は衰退するはずだよ」

と、直次郎がいった。日本語だから、画家と秘書にはわからない。薫はめんくらって、

「なんのことよ？」

「むかし『狼男』という映画をアメリカでつくったとき、ロン・チェイニイ・ジュニアの扮《ふん》する主人公が、月光をあびて狼に変身する場面をとるのに、まる一日かかったそうだ。すこしずつ毛をはやしたり、牙《きば》をくっつけたり、それが痛かったり、むずがゆかったりして、つい顔が動いてNGをだしたりしてね。ところが、このミシェル君は、なんのテクニカル・アイドもなしに、あっという間に狼になっちまった。こういうひとがいたんじゃ、映画はかなわない、と思ったのさ」

「なんだ、ばかばかしい。そんなのんきなこと、いってる場合じゃないじゃない？」

「安心したまえ」

と、直次郎はまた英語に切りかえて、

「ぼくらはまだ、秘密をぜんぶ知ったわけじゃない。マッド・ウーマンの名前と現在の身分を聞かされていないんだから、これで殺されるはずはないさ」

「ところが、違うね」

と、ゲクランは顔をしかめて、

「わたしも彼女の現在の身分は知らない。名前も知らないに、ひとしいよ。療養所では、マリイと呼ばれていた。それだけだ」

2

片岡直次郎は、マルセル・ゲクランとミシェル・ジャルダンの顔を見くらべて、肩をすくめた。

「そんなつまらない話はありませんね、ムッシュ・ゲクラン。殺されるなら、ぜんぶ知ってからにしたい。ムッシュ・ジャルダンなら、知ってるでしょう。教えてもらおうじゃありませんか」

「だめさ。ミシェルには、いろいろな特技があってね。この問題を持ちだすと、唖《おし》になるのも、そのひとつだ」

と、ゲクランはいった。とたんに薫が、椅子から立ち上った。

「そんなのないわ！　たったそれだけのことで、あたしたちが殺されなけりゃならないなんて！」

「だから、好奇心は身をほろぼしかねない、といったはずだよ。マドモアゼル」

「でも、先生、あの絵を切りきざんでもなんにもならない、と思いますわ。あたしのつくった正確な模写があるんですもの」

　薫はこれを英語でいってから、早口のフランス語でいいなおした。英語ではミシェルにわからないだろう、と思ったからだ。だが、ミシェルはなにもいわない。ゲクランが英語で、

「あれは、あんたが書いたのか。なかなかよく出来ていたよ。けれど、実物をみながら、模写したわけじゃないだろう。写真じゃあ、ちょっと気がつかないところに、特徴があるんだ。展覧会で一度や二度、見たくらいじゃあ、やっぱり気がつかない。だから、あんたの作品が、あのなんとかいうコレクトマニアのところにあっても、いっこうにかまわないんだ」

「しょうがない。あきらめて、殺されますよ」

　と、直次郎は立ちあがって、

「しかし、いくらミシェル君が優秀な殺し屋でも、このスウィートのなかでは、殺せないでしょう。だから、ぼくたち、帰ってさしあげますよ。さあ、薫さん」

　うながして、扉のほうへむきながら、カジュアルな調子の日本語で、

「廊下へ出たら、フランス語をたのむ。あたし、殺されたくない。新聞社に駈けこんで、みんな話しましょう。あのモデルがだれか、見当がついてるの。こういうんだ。殺し屋君に聞えるようにだぜ」

「わかったわ」

「いったらすぐ、廊下の奥へ走るんだ。防火戸があって、そのむこうは階段だよ。くたびれるだろうが、階段をおりてくれ。ぼくが車をとめたところは、おぼえてるね。あのなかで、待っててくれよ」

「あなたは？」

「ぼくのことは、心配しないでいい。わかったね？」

うなずく薫を先に立てて、直次郎はドアにむかった。その背に、ゲクランが声をかけた。

「わたしを怨まないでくれよ、片岡君」

「ご心配なく、危険を買うのが、ぼくの商売です。このネタも、金にしてご覧に入れますよ」

と、英語で明るくいってから、直次郎は廊下に一歩ふみだした薫にむかって、

「はじめてくれ」

「あたし、殺されるなんて、まっぴらだわ」

と、薫がフランス語でしゃべりはじめた。廊下に出て、うしろ手にドアをしめると、直次郎の動きは、がぜんスピードをました。廊下の反対がわに、ロココ調のテーブルがすえてあって、その上にまるい花瓶《かびん》が、花をいっぱい挿しておいてある。その花瓶をおろして、テーブルを倒すと、ゲクランの部屋のドアの前に横たえた。その手前に花瓶をおいてから、エレベーターの前に走った。

エレベーターは自動式のものが、二台ならんでいる。ドアの上の標示盤を見ると、どちらのケージも一階におりていた。直次郎は両方のボタンをおしてから、薫に手をふって、防火戸に走った。

「モデルがだれだか、見当はついてるの。ちょっと考えれば、あんたにだってわかるはずよ」

フランス語でしゃべり立てながら、薫はこちらへ足を早めた。廊下にはカーペットが厚く、靴音はひびかない。直次郎が防火戸をあけると、薫は走ってきて、なかに飛びこんだ。直次郎もつづいて、扉をしめると、

「なにも、あわてることはない。足をふみすべらして、怪我をしないように、ゆっくり急いでおりるんだな」

階段をゆびさしてから、しめたばかりの扉を、細くあけた。その隙間に、直次郎が目をあてようとしたとき、廊下ではでな物音がした。

ゲクランの部屋から出てきたミシェルが、横たえてあるテーブルは飛びこえたものの、花瓶に足をとられて、ひっくりかえったのだ。悪態をつきながら、ミシェルは起きあがった。左がわのエレベーターのドアが、そのとき、ひらいた。右がわの防火戸にちかいほうのケージは、とちゅうで客をのせたらしい。まだ、ドアはひらいていなかった。しめた！　と直次郎は胸のなかで声をあげながら、ミシェルの動きを見まもった。

ミシェルはまっしぐらに、左がわのエレベーターに飛びこんだ。そのドアがしまりかかっ

たとき、右がわのエレベーターがひらいて、メイドをひとり吐きだした。

直次郎は防火戸から走りでると、倒れたテーブルと花を散乱させた花瓶に、おどろいているメイドのうしろを、右のエレベーターへ飛びこんだ。閉扉ボタンと1のボタンを押しながら、すばやくケージのなかを見まわすと、最前、あがってきたとき、無意識に記憶していた通り、天井にトラップドアのついているタイプだった。

直次郎はポケットから、スチール製の巻尺をとりだした。厚めのスチールがつかってあるから、巻きもどすときには力がいるかわり、のばしたときには力になる。一メートルだけのばして、天井のトラップを突きあげると、あっさり蓋《ふた》があがった。

飛びあがって、長方形の穴のへりに手がかかると、あんがい器用に、直次郎のからだは、天井に消えた。

ケージの屋根に出てみると、シャフトはひとつで、左右のエレベーターのあいだに、壁はない。ガードレールがあるだけだ。直次郎は巻尺をポケットにしまうと、革手袋を両手にはめて、ケージの屋根から、ガードレールへ飛びついた。さらに、となりのケージをつるしているワイヤーロープにすがりつくと、下降していくケージの屋根へすべりおりた。

ちょうど、五階を通りすぎたところだった。直次郎はトラップの蓋をずらすと、ミシェルがひとりなのを確認してから、英語で呼びかけた。

「穴だらけになりたくなかったら、非常停止ボタンを押せ。ほかのことは、するなよ。日本人は拳銃《けんじゆう》に馴《な》れていないなんて、思っちゃいけない」

ミシェルの背なかが、ぴくりと硬《こ》わばった。

その片手が、非常停止の赤ボタンを押した。ケージはとまった。

「こんどは、きみの拳銃を出してもらおうか。銃身のほうを持ってだぜ」

「そんなもの、持ってない。日本の法律は、われわれ外国人も差別なく、拳銃の携行を禁止している。それを知らないのか、あんた」

「きみが法律に忠実な人間だとは、知らなかった。とにかく、はじめて声が聞けて、うれしいよ。きみが得意で、いま身につけている武器は？」

「ナイフ」

ミシェルはもう、落着いていた。その英語には、フランス語からのなまりは、ほとんどなかった。直次郎は、また聞いた。

「飛びだしナイフかい？」

「そうだ」

「じゃあ、いまネクタイをおろすから、ナイフをそのはじに、結びつけてくれ。いいか、おろすぞ。おろしたからって、隠し持ってる拳銃で、ぼくを射とうなんて気は起すなよ。こっちの拳銃は、きみの心臓を狙《ねら》っている。どっちの弾丸がさきに目標に達するか、そのくらいの暗算はできるだろう」

直次郎はネクタイをほどくと、トラップの隙間から垂らした。

ミシェルは上衣《うわぎ》の下に手をさしこんで、ナイフをとりだすと、ネクタイのはしに結びつけた。刃わたり二十センチぐらいありそうな、細身の飛びだしナイフだった。

「やっぱり、プロの道具だな。これだって、日本の法律には、ひっかかるぜ」

ネクタイをひきあげてから、直次郎はいった。

「ありがとう、ミシェル君。ところで、逆立《さかだ》ちはできるかい？」

「できる」

「ドアの前で、やってもらおう。そのへんでいい。そうだ、そうだ。うまいぞ」

ミシェルが見事に逆立ちすると、直次郎はトラップをあけて、ケージのなかへぶらさがった。両手を離して、飛びおりたとたん、ミシェルのからだが、倒れかかってきた。

体勢を立てなおすのが、もうすこし遅かったら、直次郎はミシェルの長い両足に、首をはさまれるか、胸を蹴《け》とばされていただろう。わずかの差で、直次郎は横に身をひねると片足をななめに振って、ミシェルの両足のあいだに、命中させた。

ミシェルのうめき声と、スチールの床に下半身が落下する音がいっしょになって、せまいケージのなかに、大きくひびいた。間をおかずに、直次郎は脇腹《わきばら》を蹴ろうとした。だが、ミシェルは顔をしかめながら、からだを曲げて、直次郎の足をつかんだ。

直次郎は足をすくいあげられて、尻《しり》もちをついた。後頭部が、スチールの壁にあたって、気が遠くなった。

3

ミシェルは足をはなすと、両手を直次郎の首へのばして、のしかかってきた。けれども、とちゅうで、からだが凍りついた。

直次郎の手のなかで、飛びだしナイフの刃が、シャキッと起きて、ミシェルの顎《あご》の下に刃さきがとどきそうになったからだ。

「本能のなせる業だな。われながら、おどろいたよ」

直次郎は、くらくらする頭をふりながら、にやりと笑った。

「しかし、きみのほうにも死を恐れる本能が働いて、よかった。このナイフが、きみの喉《のど》につきささるところなんぞ、ぼくは見たいわけじゃない。おたがいの運動神経に、感謝しようや。ミシェル君」

ふたりいっしょに、ゆっくりと立ちあがった。

「きみを殺したくないのは、聞きたいことがあるからでね」

と、直次郎はいった。

「ぼくはきみを殺したいよ」

と、ミシェルはいった。

「さっきみたいなブラフにひっかかるようじゃ、ぼくは殺せないね」

「拳銃のことか？」

「そう。ぼくは野暮《やぼ》ったいものは、持ってあるかない主義なんだ」

「そうだろう、と思ったが、こっちは狭いケージのなかだ。分がわるいから、賭《か》けないことにした」

「そういうことにしておくか。そのかわり、教えろよ。きみの依頼人はだれだ？」

「いえない」

「マリイのいまの名前をいえ」

「いえない」

「ぼくに人殺しができないわけじゃないんだぜ。実をいうと、まんざら嫌いでもないんだ」

直次郎はナイフの刃を、ミシェルの頸動脈《けいどうみゃく》にあてた。

「ケージのなかを血だらけにして、きみも頭から血をあびて、ロビイへ出ていくのも好きなのか？」

「血があんまり出ないで、刺されたほうはやたらに苦しいところも知ってるよ、ぼくは――マリイの本名をいえよ」

「いえない。こんなことは時間のむだだから、ほんとのことを教えてやろう。いえないのは、知らないからだ」

「嘘《うそ》つけ。メイル・オーダーじゃないだろう。日本くんだりまで、やってきたんだから、もっと実体があるはずだ」

「実体はあった。依頼者の代理人というかたちでね」

「そいつはだれだ？」

「アンダーワールドの有力者の紹介状を持ってきて、ジョン・スミスと名のった。どう見たって、アメリカ人じゃない。ドイツ系だった。中年の中ていどの実業家タイプで、中肉中背の男だったよ」

「それで、どんなふうに頼まれた？」

「きみはもう知ってる。ゲクランに絵を処分させること、秘密を知った人間を殺すこと、ギャラの額まで聞きたいか？」

「もういいよ。うまく出来てやがる」

「次はなんだ？　ぼくを殺すかね？　いま殺しておかないと、こんどはきみが殺されるよ」

「たとえ、わが身があぶなくなっても、金にならない殺しはしないよ」

「しかし、このていどの知識じゃ、新聞社に売りこんでも、金にはならないだろう。笑われるのが、オチだぜ」

「そうかも知れない。もう少し調べてみないことにゃ、あまりにもファンタスチックな話だからな」

直次郎はボタンを押しなおして、エレベーターを下降させはじめた。飛びだしナイフを折りたたむと、一階のドアがあくと同時に、ミシェルのポケットにほうりこんで、

「ぼくはプロのつかいこんだ道具を尊重する男でね。取りあげるような失礼なまねはしない。またお目にかかりたいですな。ムッシュ・ジャルダン」

「いやでもそうなるでしょうね、ムッシュ・カタオカ」

ミシェルは秘書の顔になって、エレベーターを出ると、会釈をした。直次郎は静かなロビ

イを横ぎって、玄関を出ていった。

駐車場へいってみると、いちばん見おとりのする車のそばで、薫がトイレにいきたいのを我慢しているような顔をしている。

「どうしたんだい？　顔色が悪いぜ」

「あんただって、おでこに油よごれをつけて、ひどい恰好《かっこう》だわ。あんまり心配をさせないでよ。あたし、気をうしなうか、百十番へ電話するか、どっちにしようか迷ってたとこなのよ」

「心配してくれたとは、うれしいね。もっと金のかからないホテルへいって、抱きあって無事を祝いあおうか？」

「ばか。どうだったのよ、いったい？」

「エレベーターのなかで、ミシェル君をゲシャゲシャに叩《たた》きのめして、秘密を聞きだしたのさ。軽いもんだ」

「拘束衣の女は、だれだったの、いったい？」

直次郎は答えないで、薫を車に押しこんだ。ハンドルの前にすわって、車を走りださせてから、直次郎はいった。

「ミシェルは、代理人しか知らないんだ。涙をこぼして、自分の母親と神さまにかけて、誓ったんだから、嘘じゃないだろう。もっとも、そのくらい周到な相手じゃなくちゃ、おもしろくない」

「なにが？」

「ぼくは単なる好奇心で、マリイの正体を知りたがってるわけじゃない。秘密をさぐりだして、金にするのさ」

「ゆするの？」

「そんな悪いことはしないよ。事情を見きわめた上で、*faa* のお客さまになってもらうんだ。重大秘密の保護ってのも、営業種目にあるからね」

「やっぱり、ゆすりの一種じゃないの」

「なにも、きみに片棒かつげとはいってないよ」

「いわれなくても、かつがせていただくわ。おもしろそうだもの、いやだなんていったら、いままでのこと、ぜんぶ警察へいってぶちまけちゃうから」

「そんなおどしにゃ乗らないが、手つだいたいなら、考えてくれ。ゲクラン展の会期ちゅう、日本へくるはずの海外有名女性だ。年はたぶん四十から五十のあいだ。金があって、地位があって、若いころ精神病院に入っていたことがわかると、金も地位もうしないかねない、という女がいるはずだ」

「マリイがどうして、来日すると思うの？」

「ふっと気づいたのさ。日本の個人が持ってる絵だ。いまごろになって、処分したくなるのは、おかしいじゃないか。こりゃあ、当人が日本にくるからだよ。くる前に、絵のほうを消しておきたかったんだ」

「あなた、見かけより頭はいいのね。そんな気がしてたけど、いまは無条件で承認するわ。どんな女かしら。女優？　歌手？」

「精神病院に入ってたことが、致命傷にはならないね。大金持の女房かなんか――あるいは、もっと大物だ」

「まさか、フィポリトス女王じゃあ……」

「サン・フィリヴェール王国のかい？」

「ええ、イタリアとフランスとスイスのあいだの、切手と美術時計で有名な小さな国よ。待って！　あそこには革命が起きそうだって、うわさがあったわ。武力革命はむずかしいって話だったけど、スキャンダルで女王を退位させられれば……」

「大物だよ、まさに！」

直次郎は興奮して、ハンドルを切りそこねた。ガードレールにぶつかりそうになって、あやうく立ちなおったが、うしろではその余波で、四重の玉つき追突が起った。

女王陛下の00$

1

「だいたい、きみが『拘束衣《こうそくい》を着た狂女』の偽物をつくって、関根なんぞに売りつけるから、いけないんだ」

　直次郎は、事務所のデスクに腰かけて、やたらにタバコをふかしながら、いった。

「あたしのせいじゃないわ。あの絵を欲しがった関根が悪いのよ、もしだれかのせいだとすれば」

　浜田薫は、長椅子に腰をおろして、首をふった。

「それに、おかげで大物が釣れたじゃないの。サン・フィリヴェール王国のフィポリトス女王について、わかったことは、ぜんぶメモしてきたわ」

「まだフィポリトス女王が、拘束衣の狂女ときまったわけじゃないんだぜ」

「そんなこといって、あたしを仲間に入れたくないんでしょう」

「女のすることじゃないよ、これは」

「あたし、お金が欲しいの」

「ひょっとすると、法律にふれるかも知れないんだがね」

「関根に偽物の絵を売りつけたんだって、法律にふれることだわ。これだけ、あなたの秘密を知ってしまった人間を、追っぱらったりするのは、まずいと思うな。だいいち、ひとりよりふたりのほうが、なにかと便利よ」

「ぼくはつむじ曲りで、不便なほうが好きなんだ。それにフィポリトス女王が、拘束衣の狂女ときまったわけじゃない、というのは、きみを追いはらう口実じゃない。ほんとに、まだわからないんだ」

「だから、パートナーが必要だっていうの。九十九パーセント、間違いなしというところまで、あたし、研究したんですからね」

薫は得意そうに立ちあがって、デスクの上のスクラップブックに手をかけた。直次郎は、ちょうどその上に半分、尻をのせていたから、ひっぱられたはずみにデスクから落ちて、床にひっくり返った。

「油断のならない女だな、きみは――いざとなったら、裏切られそうで、いよいよパートナーには出来そうもないや」

「冗談じゃないわ。ひとがせっかく持ってきてあげた資料を、お尻に敷いたりするから、悪いのよ。ほら、これを見て」

薫がひろげたスクラップブックには、新聞や雑誌から切りぬいた大小さまざまなフィポリトス女王の写真が、貼《は》りこんであった。

「これが現在の女王――そして、こっちは例の絵よ」

　と、薫はスクラップブックの別のページをひろげて、

「小さな写真じゃわからないから、あたしが模写してみたの。対ページのスケッチは、現在の写真から想像してかいた若いころの女王の顔よ。どう？」

「なるほどね。さすがはプロだな」

　と、直次郎は二枚の絵を見くらべて、いやに感心してみせてから、

「たしかに、この二枚の絵は似ているよ。しかし、こっちの若き日の女王像には、先入観が入ってやしないかな。狂女のモデルは、女王にちがいない、と考えてみると、現在の女王の顔立ちは、たしかに似ていないこともないからね」

「あたしの画家としての目は、冷静なつもりだけれど、まあ、いいわ。もう一度、現在の女王の写真を見てちょうだい。なにか気づかないかしら？」

「さあね。すごい宝石をつけてるじゃないか。これをみんな、日本に持ってくるのかな」

「もっと、よく見てよ。わからないかなあ。左の耳」

「そういえば、どの写真も左の耳が隠れているね」

「ところが、拘束衣の女の左の耳がどうなっていたか、写真で見てもよくわからないし、記憶にもないのよ。あたしの想像では、このひと、左の耳たぶがないんじゃないかしら」

「しかし、左の耳が隠れてるのは、偶然じゃないのかな。最近の写真だけじゃあ、わからないぜ」

「これ、最近の写真だけじゃないのよ。この五年間ぐらいには、わたっているの。なにしろ、

あれから三日のあいだ、外国雑誌専門の古本屋、日本の古雑誌をおいている店、何軒あるいたか知れないんだから」

「この三日間、フィポリトス女王の写真をもとめて、きみはひたすら古本屋を歩いていたのか！」

「熱心でしょう？」

「それこそ、冗談じゃない、だから、女ってのはごめんなんだ。どうもおかしいと思ってたよ。すぐ出かけよう」

「どこへ？」

「出かけてから、考えるさ。きみのおかげで、よけいなことをしなくちゃならないんだから、少しはすまながってもらいたいね」

直次郎は薫の手をひっぱって、事務所をとびだした。

2

青山の通りを、ゆっくり車ですすみながら、となりで不服そうな顔をしている薫に、直次郎はいった。

「ミシェル・ジャルダン君を、わすれちゃいけないよ。ゲクラン画伯の秘書づらをしているお目つけ役兼ころし屋さ。あの男に、きみはこの三日間、つけられていたんだぜ」

「そんな！　あたし、一度だって狙撃《そげき》されたりはしなかったわよ」

「だからって、つけられなかったって証拠にゃならない。あいつは、あきらめるような男じゃないよ。ところが、ぼくのほうへは三日間、影も見せなかった。どうも変だ、と思っていたんだが、きみを監視していやがったんだ」

「なんのためによ」

「きまってるじゃないか。ぼくたちの動きを、つかもうとしてだ。しかも、もうつかまれてしまったんだから、なんとか煙幕を張らなけりゃならない。いまだって、つけられてるにきまってるんだから、早いところ、考えてくれ」

「つけられてるって、ほんと?」

薫はうしろをふりかえった。直次郎は舌うちして、

「しろうとっぽいことをするなよ。きみが見て、わかるようなつけ方をするもんか。フィポリトス女王いがいに、この二、三日のあいだに来日した有名人の女性を、考えてくれ。女王は狂女じゃなさそうなんで、ほかをあたりはじめた、と思わせたいんだ」

「いきなり、そんなことといわれたって、困るわ。いま日本にきている有名な外人女性? えっと、だれかいたかなあ」

うわ目づかいに、天井をあおいで、薫はくちびるを嚙《か》んだ。

「サミュエル・フィンチの細君《さいくん》なんかは、どうだい? イギリスの映画監督だ。細君はスウエーデン生れのもと女優だぜ」

この声は、英語だった。しかも、薫と直次郎のお尻のほうから、聞えてきた。薫はあわて

て腰を浮かして、天井に頭をぶつけそうになった。直次郎はハンドルをにぎりしめて、嚙みしめたくちびるのあいだから、

「ミシェル！」

「こんにちは、片岡さん。サミユエル・フィンチは細君といっしょに、いま京都にいるはずだ。このまま、車であいにいくかね？」

「いつの間に、トランシーバーをしかけたんだ」

と、直次郎は英語でいった。

「きまってるじゃないか。きみが乗っていないときにさ。しかし、顔が見えないってのは、話に身が入らないもんだ。そのまま、赤坂のキャピタル・ホテルへいってくれないか。あそこの二階に、道路を見おろすガラス張りのティールームがあるだろう？」

「そこへいってろ、というのかね？」

「うん、壁ぎわのなるべくはじのほうのテーブルに、すわっていてくれないか。きみたちの日本語を聞くために、ぼくはいま通訳を同乗させている。それを帰してから、すぐいくさ。あって話しあったほうが、いいと思うんだ」

「話しあうことなんか、なにもないよ、こっちには」

「こっちには、あるんだ。盗聴装置がしかけられるくらいなら、ほかのものも仕掛けられると思わないか？　こんなところで、事故を起しちゃあつまらないぜ」

「わかった。おどしにのったわけじゃないが、こっちもあいたい気分になったから、ティー

ルームで待ってるよ」

「じゃあ、のちほど」

ミシェル・ジャルダンの声が消えると、直次郎はやけにクラクションを鳴らして、道路のまんなかへ出ていった。

「やっぱり、あたし、つけられていたのね。ごめんなさい。パートナーになる資格はなさそうだわ」

と、薫がうなだれた。直次郎は明るい声で、

「もうこうなったら、資格があろうがなかろうが、おんなじさ。ひとりで死ぬより、ふたりで死ぬほうが、さびしくなくっていいよ」

「あたしたちを殺す気かしら？」

薫は声をひそめて、寄りそってきた。

「まさか、往来からまる見えの場所で、やりはしないだろう」

直次郎はキャピタル・ホテルの駐車場へ、車をのりいれた。二階の道路を見おろすティールームにいって、いわれた通り壁ぎわのテーブルにすわると、間もなくミシェル・ジャルダンが現れた。仕立てのいい地味な背広に、愛想のいい笑顔をのせて、飛びだしナイフの愛好家には、まるで見えない。

「どうも、お呼びたてしまして、すみませんでした。ご機嫌いかがですか、マドモアゼル」

「あまり、よくもなさそうよ。あなた、この三日間、あたしをつけまわしていたのね？」

と、薫は露骨に敵意をしめした。ミシェルは笑顔をひっこめずに、

「お目ざわりにはならなかったつもりですがね」

「だから、よけい癪《しゃく》にさわるのよ」

「まあ、そんな話はいいから、ジャルダン君の用件をうかがおうじゃないか」

と、直次郎が口をだした。ミシェルはうなずいて、

「たいしたことじゃないんですがね、実はあなたがたに、わたし、たいへん感服したんです。同時に、かなり自信をうしないました」

「どうして？」

と、薫が聞いた。ミシェルは肩をすくめて、

「わたしは、あなたがたがすぐ、東京から逃げだすんじゃないか、と思っていたんです。ところが、逆に秘密に挑戦して、調査をはじめた。あなたがたが戦争ちゅうからの特攻隊精神を持ちつづけているのか、それとも、わたしの影響力がにぶったのか、ずいぶん判断に苦しみましたよ」

「特攻隊精神とは、なんのかかわりもないな。むしろ、交通戦争のおよぼす心理的影響でしょう。きみの凄《すご》みがきかなくなったせいでもないから、安心なさい」

と、直次郎はいった。ミシェルは怪訝《けげん》な顔をして、

「交通戦争？」

「そうです。交通事故の多いことでも、日本は世界屈指でね。計算でいくと、五人にひとり

は、なにかしらの交通事故を経験してることになる。そんな状況で暮していりゃあ、だれだって危機感覚が麻痺《まひ》しますよ」

「それを聞いて、安心しました。ところで、フィポリトス女王が、ぼくのほんとうの依頼者だって可能性は、強いんですか？」

「さあ、まだなんともいえないね」

「しかし、相手としてはいいですね。かなりの金になるでしょう。百万ドル？」

「三億六千万円ね！」

と、薫は目をかがやかした。けれど、直次郎は首をふって、

「一千万ドルとつけたって、高いとはいえないが、あっさり出せる額、気楽にうけとれる額ってものがある。それを考えに入れないと、取引きはかならず失敗するよ」

「もっともです。もっともです。すると、十万ドルぐらいでしょうか？　ひとり三万ドルですね。あなたがたおふたりは、三万五千ドルおとりになって、かまいませんよ」

「やっぱり、きみは依頼ぬしを裏切る気になったのか」

と、直次郎はため息をついた。

「そんなことはないですな。ぼくの依頼ぬしはジョン・スミス氏で、サン・フィリヴェールの女王じゃない」

と、ミシェルは微笑した。直次郎は片手をあげて、

「わかったよ。仲間に入れてもいいが、なにを受けもってくれる？」

「あなたがたはベテランだ。ぼくがお手つだいすることなんか、ないでしょうがね。日本人でないほうが都合のいい役わりが、なにかあるでしょう。それを引きうけようじゃありませんか」

「いいだろう。あしたの晩、ぼくの事務所へきてくれたまえ。午後七時。いいね？　そのときまでに、プランを練っておく。ここの支払いはあんたにまかせるぜ。ごちそうさま」

直次郎は薫をうながして、席を立った。

3

翌日の夕方、薫は*faa*の事務所へやってくると、大きなため息をついて、

「フィポリトス女王は、あしたの午後、羽田《はねだ》へつくそうよ。でも、うまくいきそうもないわね」

「ひとを馬鹿にしちゃ、いけないよ。やろうと思えば、どんなことでも出来るもんだ」

と、直次郎は胸をそらした。薫は中くらいなため息をついて、

「そりゃあ、出来るかも知れないけれど、ムッシュ・ジャルダンがわりこんでるんじゃ、あとが怖《こわ》いわ。けっきょく、もうけはひとりじめにして、あたしたちを殺す気なんじゃない？」

「まあ、そんなところだろう。でも、きみは知らん顔をしていたほうがいいよ。もうそろそろ、やってくるころだ」

直次郎は、腕時計を見た。ちょうど、そのときドアにノックがあって、ミシェル・ジャルダンが入ってきた。

「いらっしゃい。パンクチュアルですな。毎日、毎日、秘書が勝手に出あるいて、ゲクラン大先生はよく文句をいいませんね」

と、直次郎はいった。ミシェルは平気で皮肉をうけとめて、

「大先生は、ぼくがいないほうが、ご機嫌がいいんですよ。きっと、のんびり出来るんでしょう」

「あの先生、ずるいわよ。あたしたちに、悩みを肩がわりさせてしまったんですもの」

と、薫がいった。ミシェルは意見をのべずに、微笑している。直次郎はデスクのむこうで椅子をまわすと、高だかと足を組んで、

「泣きごとはいわずに、仕事のはなしにかかろうよ。まずわれわれとしては、フィポリトス女王に、秘密をつかんだことを知らせなけりゃならない。これはなにも、女王にじかにあわなくたって、いいわけだ。女王の信頼してる側近のだれかに、あえばいい。とはいっても、むずかしいね、こいつは」

「革命派のだれかに、売りこむって手もある。女王には気の毒だけれど、そのほうが簡単でしょう。だれか同時に、来日するはずだからね。探しだすのがむずかしいかも知れないが、そこはまあ、蛇《じゃ》の道で……」

と、ミシェルがいった。

「いや、探しだせば、たしかにあうのは簡単だろうが、革命派に売りこむのは、めんどうだ。なぜかというと、女王には、知ってるぞ、といいさえすればすむが、革命派にはそうはいかない。絵が破棄されてしまった以上、ゲクラン先生に証言でもさせなけりゃあ、革命派にとって、商品価値は生れてこないんだから」

と、直次郎は首をふった。ミシェルはすぐうなずいて、

「なるほど――やっぱり、女王に売りこむべきだな。こうしたら、どうです？　例のジョン・スミス氏をさがすんですよ。あの男は、女王の側近のひとりにちがいない。羽田へいって、到着したところを観察すれば、ジョン・スミス氏がお供をしているか、いないか、わかるでしょう」

「羽田へいってくれるかね、ジャルダンさん」

「ミシェルで、けっこう。いきますよ。ジョン・スミスが来れば、それを狙《ねら》って、接触すればいい。ただし、そうなると、ぼくは出ていかれませんがね」

「もし来なかったら、ミシェル？」

と、薫が口をだした。直次郎は大きく手をふって、

「そのときは、そのときさ。また別のだれかを、目標にすればいいんだ。薫さん、きみはあした、ミシェルといっしょに羽田へいって、女王のお供のなかにジョン・スミスがいたら、その本名、地位なんぞを調べあげてくれ。ホテルはわかってるのかい？」

「ワールド・ホテルの貴賓室。ここへ忍びこむのは、ちょっと不可能じゃないかしら」

「先のことは、ぼくにまかしておけよ。これで、役わりはきまった。きょうは、解散ということにしよう」

直次郎は椅子から立ちあがった。ミシェルは薫と待ちあわせの場所をうちあわせると、直次郎とも丁重な握手をかわして、帰っていった。

4

六日たった。パリでジョン・スミスと名のった人物は、侍従武官のマルク・ダレスコ侯《こう》爵《しゃく》であることが、あきらかになった。ダレスコ侯爵は、女王につきしたがって、日本にやってきたのだ。それがわかっても、片岡直次郎は、いっこうに行動を起さなかった。

「ねえ、いったい、いつ接触するのよ」

薫は毎日やってきて、直次郎をせっついた。直次郎はにやにやするばかりで、答えなかった。

「まさか、ミシェルと肝胆《かんたん》あいてらしちまって、あたしをのけものにする気じゃないでしょうね」

「そんなことはないが、ぼくとしちゃあ、親切のつもりなんだ。わけまえはちゃんとあげるから、きみはひっこんでいたほうがいい。ただし、金がとれたらの話だが――」

「ここまできて、傍観してはいられないわよ。とれないでくやしがるなら、あなたといっしよに、くやしがりたいわ」

「それほど、ぼくらは仲好くなっていないよ。いまから、仲好くなってもいいけどさ」

「どういうことよ、それ？」

「つまり、きみをいっしょに連れてって、万一のことがあったとき、命がけで助ける気にならないと、お互いに困るということだね」

「要するに、いっしょに寝ろということね。こんなくどかれかたしたの、はじめてだわ。どこかへいく？」

「ぼくはいつも、その長椅子で寝るんだ。ドアには鍵《かぎ》がかかるしね」

「わかったわ。鍵をかけてちょうだい」

薫は無表情に長椅子から立ちあがって、スウェーターをぬいだ。革のミニスカートを床に落すと、見事なカーブを灯りにさらして、パンティに手をかけた。そのとき、電話のベルが鳴った。直次郎は受話器をとりあげると、

「こちらファースト・エイド・エイジェンシイでございます」

日本語でしゃべりはじめたが、すぐ英語にかえて、

「なるほど、わかりました。でも、三時間はかかりますよ、どんなに急いでも——そちらがかまわなければ、こちらはけっこう。じゃあ、のちほど」

会話はそれだけで、直次郎は受話器をおいた。長椅子の上で、泰西名画みたいなポーズをとっている薫の裸身へ、うらめしげな視線を送ると、

「やれやれ、きみとのつきあいは、つねに当方の欲求不満をつのらしたまま、おわりそうだ

な。残念だけど、服をきてくれ。いまの電話は、ダレスコ侯爵からなんだ」

「それじゃあ、うまく接触できたの？」

「とっくに出来てる。これから、ギャラをもらいにいくんだ」

「いったい、どうやって？」

「おどろくようなことじゃない。女王さまが相手じゃ、そうもいかないが、侍従武官になら、手紙がだせる。ワールド・ホテルのダレスコ侯爵あてに速達をだして、ここへ電話をもらったんだ。電話はかかってきた。電話をかけずにはいられないような英文を書くのに、ずいぶん苦心したよ。でも、電話はかかってきた。ぼくしか、ここにいないときにね」

「ひどいわ。それを黙っていたなんて」

「とにかく、ゲクランが絵を切りさいた真相を、知っていることを話して、秘密保持のため、*faa*と契約するように、おすすめしたわけさ。契約金四百万円で、交渉は成立したが、これからが問題だ。金をわたすが、奥多摩《おくたま》に新しく出来た関東霊園まで来い、というのがいまの電話でね」

「どうしてまた、そんなところへ？」

「口実はいちおう、ちゃんとしてる。サン・フィリヴェールの産業開発に貢献したナントカいうフランス人が、日本で死んで、こんど関東霊園にお墓を移した。そのお墓まいりに女王がいかれて、今夜は相模湖畔《さがみこはん》のだれか偉いひとの別荘に、お泊りになるんだそうでね。ダレスコ侯爵としては、渋谷まで来ることは不可能なんだとさ」

「くさいわね」

　床からパンティをつまみあげながら、薫がいった。直次郎はうなずいて、

「しかし、いかないわけにはいかないよ。怖かったら、なにもついてくることはないさ。百五十万円は、きみにまわす」

「いっしょにいくわ。心配だもの」

「金がかい？　ぼくがかい？」

「両方」

「じゃあ、きたまえ。きみ、車の運転はできるのかい？」

「ベテランとまではいかないけど、出来るわよ」

「それじゃあ、むこうへついたら、車のなかで待っててくれ」

　直次郎は薫をせき立てて、事務所を出た。中央高速道路へ入るまでが、思いのほかすいていたので、相模湖に近い関東霊園へは、予定どおり、三時間弱でついた。表門へはまわらずに、裏門にちかい林のなかへ車をのりいれると、直次郎だけがおりて、約束の場所へむかった。表門も裏門も、もうしまっていたが、まわりは低い鉄柵《てつさく》があるだけだから、入ろうと思えばどこからでも入れる。

「3号道路のふたつめの街灯の下、というと、ここですな」

　聞えよがしのひとりごとをいいながら、直次郎は指定された街灯の下に立った。空には雲がまばらに散って、どこかに月を隠していると見える。夜はそれほど、暗くはなかった。白

いおなじかたちの墓が、整然とならんで、あたりは静寂そのものだった。コートのポケットに両手をつっこんで、待っていると、やがて石畳に靴音が聞えた。

黒い人影が、小さなアタッシュケースをぶらさげて、近づいてくる。直次郎は道のまんなかへ出て、待ちうけた。

「お待ちどうさま」

近づいてきたのは、ミシェル・ジャルダンだった。

「なんだ、きみ——」

といいかける直次郎に、ミシェルは指をくちびるにあててみせて、

「ぼくはダレスコ侯爵の代理です。あなたが*faa*の片岡直次郎さんですか？」

「ええ。こちらは本人ですがね。お約束のものは？」

「持ってきましたよ」

ミシェルはアタッシュケースを、胸のところで両手でささえて、ひらいてみせた。

一万円紙幣、千円紙幣をとりまぜて、束にして入っているのが、街灯のあかりに浮きあがった。

「日本円をかきあつめるのに、苦労しましたよ。怪しまれては、困るのでね。数えてみますか？」

「いや、信用しましょう」

「どうぞ、このケースごとお持ちください」

ミシェルは蓋《ふた》をとじて、直次郎にわたした。直次郎は軽く押しいただきながら、

「帰るところを、サイレンサーつきの拳銃で、ズドンというわけですな?」

「そうです。ダレスコ侯爵は、そう命令しました。侯爵はうしろのほうに隠れて、見張っているはずだから、わたくしとしても、射たないわけにはいきません」

ミシェルはコートの襟をひらいて、内ぶところに右手をさしこんだ。

夜あけの舞踏会あるいは爆弾三人男または大団円《だいだんえん》

1

「ギャラが百万円なら、ぼくを殺して、この金を侯爵に返しても、きみは損しないわけだな。でも、そんなには出さないだろう」

と、直次郎はいった。ミシェルは唇をゆがめて、

「最初のギャラには、秘密保持の分もふくまれていたんだそうです。心ばかりのボーナスは、くれましたがね。ただ同然だから、あんたを射つと、損をする。でも、空砲を射つわけにはいかないから、うまく逃げてください。二十歩あるいたら、射ちはじめる。左へ、左へ、逃げてください」

「わかった。じゃあ、さよなら。あした、電話してくれ。分けまえを渡す場所は、そのとき決めよう。きみはぼくの事務所へは、近づかないほうがいいだろうから、外であうことにするよ」

　直次郎は、ミシェルがうなずくのに背をむけて、大股《おおまた》に歩きだした。一歩、二歩、三歩、四歩、口のなかで、数をかぞえている。

　ミシェルはオートマチック拳銃をとりだすと、銃口にサイレンサーをねじこんだ。

十歩、十一歩、十二歩、直次郎はアタッシュケースをぶらさげて、歩きつづける。おなじ形で、白くならんだ墓のあいだの通路のところに、ちょうど二十歩めで立てるように、歩はばを調節して、十五歩、十六歩、十七歩、十八歩、十九歩、二十歩！

直次郎は左の通路へ、大股に曲りこんだ。とたんに、空気のひきさかれる音がして、銃弾が道にくいこんだ。サイレンサーで押しころしてあっても、夜ふけだけに、銃声はかなりひびいた。

直次郎はアタッシュケースをかかえこんで、走りだした。背後にも、靴音が起った。二発、三発、銃声がひびいて、そのうちの一発は、直次郎の耳をかすめた。墓はどれもおなじで、背が低いから、防弾壁のかわりはしてくれない。直次郎は左へ、左へ、墓のあいだを縫って、走りつづけた。銃声は、なおもつづいた。ミシェルは飛びだしナイフのあつかいだけでなく、拳銃のあつかいにも、熟練していた。惜しくも外れた、という感じで、適確に射ってくる。すこしでもスピードを落したら、弾丸は右半身のどこかに、めりこみそうだった。

やっと墓地のはじまでくると、直次郎は低い鉄柵《てっさく》をとびこえた。足が地についたとき、草ですべって、直次郎は横倒しになった。そのまま、傾斜をころげて、道路のすぐ上でとまると、直次郎は飛びおきた。すぐむこうに、のってきた車がおいてあって、薫がもうドアをあけていた。

「逃げるんだ！」

呼びかけながら、走りよって、直次郎はアタッシュケースといっしょに、シートへ転がりこんだ。薫はたちまち、車を走りださせた。

「どうしたのよ?」

ハンドルをあやつりながら、薫が聞いた。

「ダレスコ侯爵は、ぼくを殺す気だ。金をもってきたのはミシェルで、わかれぎわに射ってきた」

「裏切ったの、あいつ?」

「いや、射ったのはお芝居だが、実弾だから、命がけさ。きみを連れてきて、よかったよ」

「そうでしょう。やっぱり、ひとりよりふたりのほうが、便利なのよ」

薫はスピードをあげながら、得意げにいった。直次郎はうしろをふりかえって見ながら、

「ミシェルが失敗したとなると、ダレスコは国道へ車をだして、待ちぶせるかも知れない。わき道へ入ってくれ」

「大型トラックかなんかで、ぶつけてこられたら、ひとたまりもないものね。そうしましょう。でも、道はわかる?」

「わかるつもりだ。どこでもかまわず、きみの思うほうへいってくれ。修正するから」

車は林のなかの道を、ゆれながら走った。

十分ばかりして、薫がいった。

「あとから一台、車がくるわよ。つけられてるんじゃないかしら?」

「わからないな」

「このポンコツじゃ、じき追いつかれちゃうわよ」

「ポンコツでなくたって、だめなときはだめだ。ぼくは機械にゃ、たよらない。九十パーセントは頭、あとの十パーセントは運さ」

「負けおしみ、いってる」

「どうやら、あれはミシェルだな。合図をしてる」

ふりかえって、直次郎はいった。だんだん追いすがってくる車のヘッドライトが、一定のリズムで、上むきになったり、下むきになったりしている。

「停《と》めてみる？」

「どう転んでも、そのほうが自由はききそうだな。このままじゃ、むこうの車のほうが性能はいいんだから、どうしようもない」

直次郎にいわれて、薫が車をとめようとしたときだ。とつぜん、車内にシュワッという音がこもったかと思うと、あたり一面、灰白色の煙が充満した。直次郎は叫んだ。

「しまった！　早く外へ！」

「片岡さん！」

ドアをあけかけたときには、直次郎も、薫も、意識が遠のいていた。車外の闇《やみ》へ逃げだしたのは、毒性の煙だけだった。

2

「盗聴通話装置を外して、安心してたのが、間違いだったよ。まさか、おなじ手を二度つかう、とは思わなかった」

　首をふりながら、直次郎は英語でいった。

「ものごとは単純にやったほうが、うまくいくものさ。盗聴装置とおなじところに、リモートコントロールの麻酔ガス発生装置をしかけたのは、きみが前のやつを外した翌日だよ。ついでにフォーマー（追跡電波発信機）もしかけておいた」

　と、ミシェルは笑った。けれども、その顔は、直次郎には、見えなかった。直次郎と薫は、きわめておかしな恰好《かっこう》で、しばられている。背なかのまっすぐな椅子《いす》に、直次郎は腰をかけさせられて、両足は椅子の前脚にしばりつけられていた。その腿《もも》の上に、薫は直次郎とむかいあった姿勢で、腰かけさせられている。直次郎の両手は、薫を抱いたかたちで、しばられていた。薫の両手は、直次郎を抱いたかたちで、椅子の背でしばられている。しかも、左手は直次郎の腕の下をくぐっているから、立ちあがって、両手をしばられたまま、上へぬくわけにもいかない。おまけに、直次郎の両腿をまたいだ薫の両足は、椅子の前後の脚をつなぐ横木に、しばりつけられているのだ。したがって、直次郎に見えるのは、薫の喉《のど》と胸だけだった。

「これで、服と縄がなかったら、発禁もののポーズだね。まあ、せいぜい、おたがいの感触を楽しみたまえ」

　と、ミシェルはいった。直次郎の耳に、部屋を出ていく音が聞えた。しばらく気配をたしかめてから、直次郎は小声でいった。

「ここは地下室らしいな」

薫の返事はなかった。直次郎はすこし声を大きくして、

「まだ正気にもどっていないのかい？」

「とっくに正気よ。頭と運だなんて、えばっていたけど、たった十パーセントの運に見はなされただけで、九十パーセントの頭もつかいようが、ないじゃない。こんな屈辱には、あたし、たえられないわ。これはあなたの責任なんですからね」

しゃべりはじめると、薫はとめどがなくなった。その胸が激しく上下して、直次郎の顔を押しつぶした。

「まあ、待てよ。勝負はこれからさ」

「負けおしみはたくさん。こんな屈辱――」

「そう恥ずかしがることはないだろう。事務所でダレスコからの電話がなかったら、こんなポーズをふたりでとってたかも知れないんだぜ。長椅子の上でね。ぼくはこの体位が好きなんだ」

「よしてよ。殺されるかも知れないってのに！」

「まだ殺されちゃいない。すこし、じっとしていてくれよ。ぼくはミシェルが、ガスをしかけたことを、ちゃんと知っていたんだ」

「だったら、なぜ外さなかったのよ。自殺行為じゃない」

「そうかな。外せばこんど、敵がどんな手でくるか、見当もつかない。車のなかで殺すなら、爆薬をしかけるはずだ。ボンベは麻酔ガスだったんで、安心して、ひと眠りさせてもらったのさ」

「爆発させたら、お金も灰になっちゃうからよ。金をとってから、殺されるとは考えなかったの？」

「墓地で、それがわかったから、安心したのさ。アタッシュケースの金は、上だけが本物で、下のほうは新聞紙だった。ぼくが金を数えてるところを、ダレスコは射たせるつもりだったんだろう」

「だからって、けっきょく自由をうばわれちゃったんじゃ、おんなじだわ」

「自由はうばわれちゃいないよ。大資本をバックにした機械の力に、中小企業が対抗するには、技術の手腕にたよるしかない。いま、それを発揮するから、痛くても我慢して、じっとしててくれよ」

　直次郎は薫の背なかで、両手を動かした。右腕を押しあげられ、左手を押しさげられて、薫は悲鳴をあげた。それでも、我慢して動かずにいると、腋《わき》の下《した》が楽になった。

「不器用な指でむすんだ縄ぐらい、とくのはわけはない。ざっと、こんなものさ」

　と、直次郎は自慢してから、右手をあげて、

「こうしていりゃあ、立てるだろう。両手を上へぬくんだ。そっと立たないと、椅子ごと、ふたりいっしょに倒れるよ。けがでもしたら、こっちの負けだ」

　薫はおそるおそる、腰を浮かした。両手が上にぬけはしたが、手首は自由にならない。直次郎はもう一度、薫を膝《ひざ》にすわらせて、手首の縄をほどいてやった。薫はしびれた手をもみあわせながら、

「足はどうやって、ほどくの？　あなたにまたがってちゃ、とうてい手はとどかないわ」

「ぼくが手をつかんでてあげるから、うしろへずって、膝からすべりおりるんだ。床にお尻がついたら、ぼくの足をほどいてくれ」

「やってみる。しっかり手を握っててよ」

　薫は腕をのばしながら、後退した。両足をひらいたまま、尻餅《しりもち》をつく恰好で、からだが床に近づくと、革のミニスカートの縫い目が裂けた。

「目をつぶってて！」

「恥ずかしがってる場合じゃないよ。きみのパンティは清潔そのものだから、安心して尻餅をつくんだ」

「足首が折れそう」

「もうすこしの辛抱だ」

　薫はどうやら床にお尻をつけて、顔をしかめながら、直次郎の右足首のいましめをほどきにかかった。直次郎も腰を浮かして手をのばすと、自分の左足を自由にした。両足ともに自由になると、直次郎は椅子から離れて、薫の両足のいましめを、手早くほどいた。

「いっぺん死んで、生きかえったみたいな気持。あんまりお金は欲しがらないことにする

わ」

　薫は床に横ずわりになって、ため息をついた。直次郎はあたりを見まわしながら、

「安心しちまっちゃ、いけないよ。これからが大変なんだ。四百万円がガセだったのに、ぼくらをこんなところへ閉じこめたってことは、なにか企みがあるに違いない。ミシェルは想像以上に、深入りしているよ、これは――ぼくらをどう利用する気だろう？」

　つぶやいてから、直次郎は床に落ちている縄をひろいあげた。

　首をかしげて、縄を眺めていたが、ポケットからライターをとりだすと、

「ガス発生装置をそのままにしておいたおかげで、ミシェルはぼくを甘く見た。なにも取りあげられずに、すんだよ。もっとも、ぼくはナイフ一丁、持っちゃいないがね。電気もちゃんとつけておいてくれたしね」

　いいながら、縄を床において、ライターで火をつけた。いちどきに炎がひらめいたと思うと、縄はもう白っぽい粉のような灰になっていた。薫は目をまるくして、

「なによ。それ」

「硝酸《しょうさん》かなんかで、処理してあるんだ。あとで鑑識の連中がしらべても、ぼくらが縛られていたとはわからないように、という配慮だよ。さあ、探そう」

「なにを探すの？」

「時限爆弾、あるいはリモコン爆弾だ。ぐずぐずしちゃあ、いられないぞ。いつ爆発するか、わからないんだから」

直次郎は腕時計を見て、午前四時半なのを知ると、部屋のすみへ突進した。地下室の半分は、古い椅子やテーブルや、キャビネットでうまって、物置につかわれているらしい、直次郎は椅子をひっくり返し、キャビネットの扉をあけて、懸命に爆破装置をさがしはじめた。薫もそれを手つだいながら、

「なぜ、そんな大げさなことをするのかしら？」

「この古家具を見ろ。みんな上物だ。ここはフィポリトス女王が泊ってる偉いひとの別荘にちがいない。ミシェルは革命派に金をもらって、荒療治をしようとしてるんだ。女王も側近もふっとばされて、ぼくらは焼跡から、決死隊犯人の死体として発見されるのさ」

「まあ、大変！　早く爆弾を見つけましょう」

「あせって、大きな音をたてるなよ。きみはあっちを探してくれ」

直次郎は反対がわの隅を指さしてから、

「このすぐ上が女王の寝室ってことは、まずないだろう。寝室は二階の可能性が多い。とすると、爆弾はかなりの量だ。机のひきだしなんぞは、探さなくてもいいだろう」

「あたし、見つけちゃった！」

「あったか？」

「でも、爆弾じゃなくて、人間よ。外国人」

直次郎が薫の肩ごしにのぞいてみると、若い白人が、洋服ダンスのなかに、手足をしばられ、サルグツワをされて、うずくまっていた。

3

「サルグツワだけ、といてやれ。事情を聞くんだ。ぼくは爆弾のほうを受けもつ」

洋服ダンスから抱えだした外人を、床において、直次郎はいった。薫がフランス語で話しかけると、外人は目をぎょろつかせて、うなずいた。薫がサルグツワをといてやるのを見てから、直次郎は爆弾さがしにかかった。だが、なかなか見つからない。

「片岡さん、大変！　ミシェルは革命派じゃないわ。このひと革命派なのに、ミシェルに縛られた、といってるもの。女王がここを出たとたんに、爆発を起して、あたしたちの死体を証拠に、本国の革命派を逮捕する。その口実つくりに、ダレスコが考えたお芝居らしいわ」

と、薫がエキサイトして、しゃべり立てた。直次郎は舌うちして、

「あわてたんで、おれの頭も回転がとちゅうで停《とま》ったらしいや。そうだよ。ミシェルが革命派に買われたのなら、なにも荒療治をすることはない。ゲクラン先生の証言をつけて、『拘《こう》束衣《そくい》を着た狂女』の秘密を、お高く売ったはずだ。とすると、爆弾はそんなに大きくなくても、いいわけだな」

そのつもりでさがすと、三十センチ四方ぐらいの木箱が、籐椅子《とういす》の下から見つかった。直次郎は蓋をあけてみて、

「時限爆弾じゃない。リモコンだ」

「このサン・フィリヴェール人のポケットに、こんなものが押しこんであったわ」

薫がトランジスタ・ラジオのようなものを持ってきて、直次郎にわたした。

「そのひとの縄をほどいてやれよ。これがリモコンだが、本物じゃない。見せかけに、そいつを持たしたんだ。本物はミシェルが持ってるだろう」

「じゃあ、早く逃げないと、いつ爆発するか――」

「こんなに早く、女王はお立ちにならないよ。それに、ぼくはまだ四百万円、もらっていない」

「欲張りねえ」

「ただ働きはごめん、というだけさ。いまこいつの信管を外しちまうから、待っててくれ」

直次郎は折れ釘《くぎ》を見つけると、それを器用にドライバー代りにつかって、爆破装置の信管を外しはじめた。

「こっちの縄はとけたわ。そっちは大丈夫?」

「心配だったら、部屋の外へ出ていろよ」

「出ようとしたんだけど、鍵がかかってるの」

「もうやってみたのか。薄情だなあ。ひょっとすると、やりそこなうかも知れないってのに――しまった!」

「助けて!」

薫は直次郎に飛びついた。直次郎は信管を手に、立ちあがって、

「嚇《おど》かすつもりが、すぐ取れたんで、しまった、といったんだぜ。しかし、ぼくにかじりつ

いたところを見ると、死ぬならいっしょにって、気持はあるんだね。ありがとう」

「知らないひとと死ぬよりも、いくらか安心だからよ。爆弾はこれで大丈夫として、いったい、ここから出られるの」

「まかしておけよ。中小企業の腕の冴《さ》えを」

直次郎はドアの前に片膝をつくと、鍵穴に折れ釘をつっこんだ。一分とはかからなかった。

「ほら、あいたよ」

直次郎は薫をふりかえりながら、ドアをあけた。とたんに、薫が悲鳴をあげかけて、両手で口を押さえた。部屋のなかに、倒れこんできたものがあるのだ。

「ミシェルだ！」

直次郎は、足もとに倒れたからだを抱きおこして、

「死んでるよ。胸にポツンと血がにじみ出してる」

薫が両手で顔をおおっているので、直次郎は説明してやった。

「錐《きり》みたいなもので、心臓をひと突きされたんだな。かわいそうだが、裏切りのむくいだろう」

「だれにやられたのかしら？」

「ダレスコだろうね。ミシェルも、ぼくらといっしょに焼けこげ死体になるように、ドアに立てかけてあったんだ。ぼくらは爆弾三人男とひとりの女、革命のすて石になるところだったんだぜ」

「逃げましょう。早く逃げましょう」

薫は廊下へ走り出た。縛られていたサン・フィリヴェール人も、そのあとを追った。

「待てよ。あわてて走って、女王の護衛に見つかるなよ」

といいながら、直次郎はミシェルの死体を肩にかついだ。薫は立ちどまって、

「どうする気、そんなものかついで？」

「落語の『らくだ』じゃないが、ダレスコのところへ持ちこんで、カンカンノウでも踊らせようと思ってね」

「まだダレスコにあう気なの？」

「四百万円があるからね」

直次郎は死体をかついで、階段をあがった。あがりきったところのドアをあけると、調理場だった。ホールへ通じるらしいドアと、裏庭へでるドアがあった。直次郎は裏庭へ出るドアの掛金をあけて、夜あけの鈍い光のなかを見まわした。

「塀に通用門がある。きみはそのサン・フィリヴェール人をつれて、逃げてくれ。きみの魅力で、トラックでも停めて、のせてもらうんだな」

「いやよ、そんなの怖《こわ》いわ。あなたといっしょにいる」

「じゃあ、とにかくその男だけは逃してくれ。そいつがいると、商売にさしつかえる」

薫はうなずいて、サン・フィリヴェール人に、フランス語でささやいた。相手はおどおどと抗弁したが、けっきょくはうなずいて、裏庭へ出ていった。しばらくそれを見送ってから、

直次郎はミシェルの死体をかかえなおして、

「さあ、いこう」

「なにをするの」

「ドアのむこうに、ホールがある。そこで、ひとおどりするんだ。音楽が欲しいところだけれども、そうだ——きみ、なにか歌をうたってくれないか？」

「気はたしか？　こんなところでさわいだら、殺されちゃうわよ」

「そんなことはないね。だれか出てきたら、ダレスコ侯爵にあいたい、という。やつはかならず出てくるよ。ぼくらを見たら、計画の失敗をさとって、警官も護衛も遠ざける。高いものについた、とあきらめながら、ぼくとの商談に応じるというわけだ」

直次郎はミシェルをかついで、ドアをあけた。短い廊下のむこうに、カーテンがおりている。そこまでいって、のぞいて見ると、思った通り外は二階まで吹きぬけのホールで、薄暗いなかに大きなシャンデリアが、かがやいていた。階段が弧《こ》をえがいて、二階へのぼっている。

「こいつは本式だ。きみはこのカーテンのかげで、歌ってくれればいい。もし護衛が出てきて、きみが危険だと判断したら、調理場をぬけて、ひとりで逃げだしても、ぼくは怨《うら》まない。さあ、勇気を出して、歌ってくれ」

「こんなことするより、ダレスコの寝室をさがしたほうが、いいんじゃない？」

「探してるうちに、つかまったら、うまくいかなくなる。こうなったら居直って、派手にやったほうがいいんだ。さあ、歌ってくれよ」

直次郎は意外に軽がると、ミシェルの死体を抱くと、ダンスのかまえになって、薫のひらいたカーテンから、すすみでた。

「ピーターの『夜と朝のあいだに』しか知らないんだけど、最近の歌では」

「それで、けっこう。男どうしのダンスには、ふさわしいだろう」

「じゃあ、歌うわよ」

薫はつばを飲みこんでから、歌いはじめた。直次郎はワルツのステップを踏んで、死体といっしょに、ホールの中央へすすんだ。うすら明りのなかに、ふたりの姿は奇妙な影になって、動きまわった。薫は勇気が出てきて、声を高めた。

しばらくすると、ホールのすみに人影が出てきた。護衛だったが、あっけにとられて、立ちすくんでいた。直次郎は、おどりつづけた。階段の上にいつの間にか、ダレスコ侯爵の姿が、あらわれた。

侯爵は肩をすくめて、階段をおりはじめた。

危機の季節

1

なんども口をひらいては、ためらう様子が、ただごとではない。こんなに青ざめて、イライラした顔も、はじめてだ。サト子は息をのんで、夫を見つめた。タンスの上の置時計の音が、いやに大きく聞こえるのも、家じゅう寝しずまったせいだけではなさそうだった。

「いいね。ほんとに笑わないだろうな？」

もういちど念をおしてから、桑原耕吉はいった。

「強姦したいんだ。だれかを無理やり、犯《おか》してみたい。ずっと考えつづけて——といったって、この二か月ぐらいだけど、それが頭にこびりついちまった。どうしても、離れない。いまじゃ、思いきって強姦してしまわないと、気が狂うんじゃないかって、心配なくらいだ」

坂道で、ブレーキのきかなくなった自転車みたいに、耕吉はしゃべりつづけた。サト子は最初、吹きだしかけた。けれど、夫は目をつぶって、しゃべっている。やっと夫婦のものになったこの家の全景が、二階に寝ている大学一年のむすこの顔が、耕吉の知らない銀行預金の通帳が、映画のフラッシュバックのように頭のなかでひらめいた。

「あなた！」

恐怖にちかい感情で、サト子が口走ると、夫は目をひらいて、ぎごちなくほほ笑《え》んだ。

「出来るくらいなら、こんなになりゃしないさ。お前や子どものことがなくったって……分別といやぁ、ていさいがいいが、臆病《おくびょう》なんだろうね。四十づらさげて、しかも、つとめ先ではいちおうの役職にある男がだ。つかまったときのことを考えると——だから、よけいイライラするんだよ。固定観念とでも、いうのかな」

「でも、なんだってまた、そんなことを——」

ほっとしたはずみで、咎《とが》めだてする口調になると、耕吉は妻の顔から目をそらした。

「知るもんか。小説でも映画でも、サカリがついたみたいなのが、氾濫《はんらん》してるせいかも知れない。おれが生まれつきスケベーで、年とってズーズーしくなって、そいつが剝《む》きだしになったのかも知れないよ」

しゃべったことを後悔しながら、湯呑みのなかで冷えた茶を一気にのむと、耕吉は頭のうしろで両手を組んで、畳へあおむけになった。

天井をにらんだはずの目が、たちまちに頭のなかで、もがきはじめた若い女の裸の両足を、見つめているのに気がついた。あわてて別のことを考えると、勇を鼓《こ》して押したおした娘が、週刊誌の写真でみた絶対たるまないストッキングというやつ——なんのことはない。モダン・ダンスの衣装のように、ぴったり肩から爪さきまで、肌着をかねて貼りついたナイロン製のやつを、はいていた場合、どうすればいいか、真剣に苦慮した記憶が浮かんできた。

つい耕吉が苦笑すると、のぞきこんだ妻の顔が、急におびえてしりぞいた。残酷なよろこびを感じて、起きあがりはしたものの、すぐ気がとがめて、夫はいった。

「心配するな。けっきょくは、単なる妄想《もうそう》さ。思いきって話したおかげで、さっぱりしたよ。

もう大丈夫だ。遅いから、寝よう」

その夜、夫婦は睦《むつ》みあった。いや、完了形でいうのは、正しくない。その意志が両者をよりそわしたことは事実だが、耕吉の手が寝巻のすそにすべりこんだとき、サト子は両膝に力を入れた。両手で夫を押しもどした。三十秒ぐらいは、このゼスチュアが、成功したごとくに見えた。だが、次の瞬間、ぞっとするような声で、

「そんな芝居で、すむことじゃないんだ。よしてくれ」

と、いったと思うと、耕吉はくるりと背中をむけてしまった。最初は腹が立って、次には心細くなって、サト子はさめざめと泣いた。

2

半月たった。サト子は思いあまった末に、岸本久江をおとずれた。久江は女学校の同級生で、家庭評論家という、よく考えてみるとヘンテコな肩書きの持ちぬしだ。雑誌で身上相談に答えたり、テレビで誕生日のプレゼントの買い方を教えたりしている。

「でも、強姦のしかたを教えたことはないわね。いいえ、笑やしないわよ。秘密もまもるわ。あたしの立場は、お医者や弁護士とおなじですもの」

自宅でしか掛けないダイヤをちりばめたメガネが、ずり落ちてくるのを押しあげながら、うれしそうに久江はいった。

「やっぱり、一種の欲求不満ね、それは」

「そうかしら」

　と、サト子はため息をついた。

「そうよ。タバコは日に十本、お酒ダメ、無断外泊の前科なし、というんでしょう？　そういうのが、かえって始末に悪いのよ。うちの下宿人みたいでも、困るけどね」

　下宿人というのは、久江の夫のことだった。サト子はまた、ため息をついた。

「そうかも知れないわね。あたしに打ちあけても、いっこう気持ちがおさまらないらしいの。いっそ、お金でなんとかなるひとを雇って――」

「どうする気？」

「お手つだいさんてことで、家においといて、あたしは……ほら、耕一郎とおたくの坊ちゃんがスキーへいくお約束になってるでしょ？　それについてくってことで、家をあけるのよ」

「そのるすに挑発させて、反抗させて、という企《たくら》みね。それは危険だわ。そんな役割をひきうけるような女だと、あとでゆすられる可能性があるし……」

「その心配がなくったって、どうせ手をださないだろう、と思って、やめにしたわ。でも、気が気じゃないの。四、五日前に近所でお風呂帰りの女のひとが襲われて、それが五十一のおばさんだっていうんでしょう？　まあ、うちの人はアリバイがあって、安心したけれど」

「そういう面でも、日本男児の質は低下してるらしいわ。この夏、近くの公園でも連続暴行事件があったんだけど、いちばん最初に十八の娘さんを襲って、顎を蹴っとばされて未遂、あとは四十八、五十、最高は六十三のおばあさん」

サト子が思わず吹きだすと、久江はモーターの停《とま》らなくなった電動氷かき機みたいな笑い声を立てて、

「その調子よ。ご当人が深刻なのはわかるけど、これは純粋客観的に考えると、かなりコッケイなことね。知らん顔してたほうが、いいのかも知れないわ。それとも、いっそ逆療法で、欲求不満マダムを糾合《きゅうごう》して、おたくの旦那さま、輪姦しちまったら？」

「そうねぇ」

と、笑顔をつくって、相づち打ったものの、それを実行してみたところで、なんの効果もないことはわかっていた。二日ばかり前の晩、ずっと背中をむけたきりの夫に業《ごう》をにやして、五九キログラムの不満のかたまりを、熟睡ちゅうの五三・五キログラムに、浴びせかけていったのだ。

二階の耕一郎に気をかねて、終始サイレント版ではあったけれど、〝淫乱女《いんらんおんな》〟あるいは〝男の抵抗〟という題のブルー・フィルムの傑作が撮れたにちがいない時間をすごして、どうやらサト子の気持ちだけはおさまったが、耕吉の不機嫌はつのるばかりだった。

「こんなことなら、しつこく聞きだすんじゃなかったわ。ガンの検査でもうけてその結果を隠してるんじゃないか、と思ってたの」

「わけがわからないで、心配してるよりましだわよ。いちばんいいのは、影響をほかに及ぼさない方法で、思いをとげさせてあげることだけども――」

「ムリよ。お芝居をしくむしか、ないわけでしょう？　どんなにうまくお膳立てしても、あのひと、手をだす勇気はないわ」

「SF小説に出てくるようなタイム・マシンが、実際にあればねえ。ずっと過去のほうへつれてって、アメノウズメノミコトでも、静御前でも、よりどり見どり強姦させてあげられるんだけど――、ねぇ、かえってもっと重大に考えて、専門のお医者さまに相談してみたら？信頼できるひとを、ご紹介するわよ」

「でも……」

おびえたように、サト子は黙りこんだ。しばらくしてから、

「よくはわからないけれど、そうしたいって気持ちが頭のなかで、オデキみたいになってしまったわけでしょう？　それをうまく、何かにむける方法はないものかしら、ウミを出すみたいに」

「おたくは、健全家庭だから、ワイ本一冊、ワイ写真一枚ないでしょうし、そんなもので効果があるとも思えないし……あんたを愛さなくなったわけじゃないんだから、むずかしいわね」

「そうなのよ。耕一郎に気づかれないように、ずいぶん気をつかってるようだし、イライラしたり、沈んだりするだけで、ほかは今までとおなじですもの」

「あんた、身なりも、お化粧も、この前あったときより派手になってるわ。思いつくだけの工夫は、ぜんぶしてるわけね」

「他人の目からはコッケイでも、あたしにとっては、家庭が吹っとんでしまうかも知れない瀬戸ぎわですものね。それこそ、涙ぐましい奮励努力ぶりよ」

乾いた、小さな笑い声を立てるサト子を、興味と同情の入りまじった目で、久江は見つめた。

3

「強姦してください」

と、課いちばんの美人社員にいわれて、狼狽《ろうばい》したのを思い出しながら、つとめ先の会社のある高層ビルを出てきた耕吉は、ため息をついた。きのうも廊下で階下の応接室があいているかどうか、通りかかった受付の女の子に聞いたとき、立ちどまってスカートの皺《しわ》をのばしながら、

「下はあいてないんです」

と、相手がいうのを、

「下には、はいてないんです」

と、聞きちがえて、ぎょっとした。きょうの夕方はつづけざまで、専務の部屋から帰ってきたとき、私用の長話をしていたらしい女子社員が、

「とにかく、あしたにしてよ」

と、あわてて電話を切ったのを、

「とにかく裸にしてよ」

と、聞きちがえた。次が、

「強姦してください」

だった。動揺を押えて顔をあげると、相手は新しい吸取り紙をはさんだブロッターを、さしだしていた。

「交換してください」

と、いったらしい。こんな事態がつづいたら、満足に仕事もできなくなる。首をふって、耕吉は歩きつづけた。雪にでもなりそうな暗い空に、百貨店の屋上から三、四本のサーチライトが放射されている。揺れうごく光の帯が、空を蹴ってもがく裸の足みたいに見えた。つめたい風に、コートの襟を立てながら、地下鉄の駅におりるのもわすれて、耕吉は広い通りを歩いていった。

なんとかしなければならない。なんとかするうまい方法は、ひとつしかなさそうだった。流行にのっとって、〝蒸発〟することだ。家を棄て、妻子を棄て、現在の生活と完全に縁を切って、どこか知らない土地へいってから、後顧《こうこ》のうれいなく強姦するのだ。だが、どうもこの方法は、男らしくない。いや、あんがい男らしいのかも知れないが、妻子を棄てる、という条件が、無責任すぎる。

もしも、本気で、これを考えはじめたら、自分はまず、神経科の医者のところへいくべきだ。そう考えながら、歩いていると、そばでいきなりクラクションが鳴った。耕吉はひとに押されて、歩道のはじにいた。車道のはじを、葡萄《ぶどう》いろのスポーツカー・タイプの乗用車が、ゆっくり走っている。その窓から、若い男の顔がのぞいた。

「桑原さん。桑原耕吉さんでしょう？　ぼく、雄介ですよ。岸本雄介」

「ああ、岸本久江さんの――」

「お乗りになりませんか」

雄介があけてくれたドアに、もぐりこみながら、耕吉は聞いた。

「あんたはうちの耕一郎と、スキーへいったんじゃなかったの？」

「ぼくだけ、出発を遅らしたんです。ちょっと用があったもんですから」

と、雄介は車をスタートさせて、

「どこへ行きます？」

「あてはないんだ。気分が、クサクサするもんだから、すこし散歩しようかと……」

「つきあいましょう。あのことで、悩んでるんですね」

「あのこと？」

車はぐんぐんスピードをあげて、雄介は運転に神経を集中した。耕吉の質問に答えたのは、まわりに車が少なくなって、暗い夜空に高圧線の鉄塔が、かすかに光りはじめてからだ。

「おじさん、だれかを強姦したいんだそうですね。聞いちゃったんですよ、おばさんが、おふくろんとこへ相談にみえたとき。おばさん、おふくろの紹介で、ほかへも相談にいったらしいな。セックス心理学の女流大家とか、神経科の女医さんとか。心配なんですね。でも、ぼくにいわせりゃ、こんなことで男を下げる手はない、と思うな。そのへんの盛り場へいって、フラフラしてるのに声かければ、三人にひとりはついてきますよ」

「そんなすぐいうことを聞くようなんじゃ、ダメなんだ」

やっとのことで、耕吉はいった。おどろきのあまり、それまで口がきけなかったのだ。すると、雄介は片手でハンドルをあやつりながら、片手でバックシートを指さして、

「じゃ、どうです、こいつは？　威勢がよすぎて、しかたがないから、こうして運んでるんです。三、四十分すりゃあ、眠り薬もさめるでしょう」

バックシートには、毛布が小山をつくっている。それを耕吉が持ちあげると、雄介は車内灯をつけた。毛布の下には、若い女が、等身大のアヤツリ人形みたいに、膝を曲げてねむっていた。少しソバカスはあるが、チャーミングな娘だった。ただでさえ短いスカートが、腰のところで皺組《しわぐ》んで、ななめになった腿《もも》のあいだに、白いパンティがうかがえた。

「ここらにゃあ、畑もあれば林もある。どこへでも停めて、ぼくがおりてもいいし、もっと非情なバックがお望みなら、ドンピシャの建築現場も知ってます。デラックスなほうがよろしけりゃ、おじ貴の別荘の合鍵を持ってるから、軽井沢までドライブしても……」

すこやかにのびた太腿に、毛布をかぶせながら、耕吉は若者の言葉をさえぎった。

「とめてくれ。車をとめるんだ。わたしは降りる」

その大声を、カバーするためだろう。雄介がカーラジオをつけると、ジャズにアレンジした軍艦マーチが鳴りひびいた。

「ほら、強姦マーチをやってますよ。おやじ、張りきれって――それとも、どうしても降りますか？　ああ、そう」

4

「そりゃあ、おかしいだろうよ。分別ざかりの男が、そんなことで頭かかえて、ウロウロしてる図なんてものは、マンガかも知れないさ」

顔を赤くして、耕吉はしゃべりつづけた。耕一郎はるすだし、石のごとく黙りこんだ妻には、このくらいでなければ聞こえない、と思ってるみたいな大声だ。

「だが、お前たちに恥をかかすまいとして、悩んでるんだ。それを吹聴《ふいちょう》して歩くバカが、どこの世界にいる。岸本女史に相談しただけだ、といいはるなら、おれだってお前に打ちあけただけだ。友だちや部下にまで、話したりするもんか。おい、どこへ行く」

サト子は枕と毛布をかかえると、廊下に出た。耕吉は洋間のドアのところで、妻の袖をつかまえた。サト子は本気で怒っていた。

「ソファで寝かせていただきます。夜があけたら、神戸の兄のところへ帰りますから」

「バカ！」

耕吉はドアといっしょに、妻をつきとばした。洋間の絨緞《じゅうたん》から起きあがる横っ面を、はりたおそうとして、耕吉は前にのめった。テーブルから花瓶が落ちた。濡れた花の上へ、耕吉は妻をおさえこんだ。サト子の抵抗は、すさまじかった。裾《すそ》が乱れるのもかまわずに、耕吉を蹴りのけようとした。むきだされた腿に、男の膝がめりこんだ。手首を嚙まれ、頰をひっかかれながら、耕吉は、真摯《しんし》な態度で、サト子を犯した。

　午前三時、廊下で電話のベルが鳴った。鳴りつづけた。洋間のドアがあいた。

「いいの。いいのよ。あたしが出ます」

　やさしくいいながら、サト子は廊下のあかりをつけた。受話器をとりあげると、明るい声で、

「はい。桑原でございますが――」

だが、相手はなにもいわずに、切ってしまった。その電話は、軽井沢からかかってきたのだった。岸本雄介のおじの別荘で、絨緞《じゅうたん》の上に腹ばいになったまま、受話器をおいたのは、桑原耕一郎だった。

「うまくいったらしいぞ。おふくろの声は以前とおなじく、主婦の自信にみちあふれていたよ」

　文章を読みあげるような口調で、耕一郎がいうと、ソバカスのあるガールフレンドの膝を枕に、ストーブの前に寝そべった雄介が、

「お前の処女戯曲、大成功ってわけか」

「どのくらいのデマで、どのくらいアジれば、おふくろが怒るか、怒ったらどうなるか、こっちは呑みこんでるからな。おやじだって適当な刺激をあたえれば、それほど腰ぬけじゃないはずだし――とにかく、ご協力、感謝します」

「どういたしまして。でも、耕一郎くん、あんがい親孝行なのね」

と、ソバカス娘が感心した。

「近ごろは、強姦屋なんてのがあるそうでね。雄介の役みたいに中年男をさそって、旅館でやらせて、実はブルー・フィルムのモデルにする。おやじが血迷ってそんなのにひっかかりでもしたら、かわいそうだからな」

「――なんていって、おれが教えてやったとき、お前、最悪の場合を考えたんだろう？　おやじが日かげの身になって、大学やめて働かなきゃならなくなったら大変だ。そこで自衛の手段として――」

その雄介の言葉を、耕一郎はバカでかい声でさえぎった。

「待てよ。考えてみると、ひっかからせても、悪くなかったな。おやじ夫婦が五十年めの金婚式に、温泉場かなんかへ旅行する。回春剤がわりにブルー・フィルムを見た。雨のふってるひどいやつだ。けれども、そこにおやじは男ざかりの日の自分を、はっきりみとめる。おふくろは気がつかない。おやじ、複雑な気持ちでニヤニヤする。どう？　そんなことになるとしたら、悪くないですよ、こりゃあ」

檻のなかの三人

序の章

酔っぱらったからといって、おれはところかまわず、寝てしまうような人間ではない。あいたくないやつが入ってきたので酒場から逃げだしただけだ。

酒場は、ビルの地下室にある。あいたくないやつにあわないために、街路へ直接でる階段をさければ、ビルの一階へでる階段をのぼるより、しかたがない。一階の廊下には、エレベーターがひらいている。

夜ふけだから、電源が切ってあって、エレベーターは動かない。動かなければ、使うひとはいない。使うひとがいなければ、ケージのなかでひと休みしても、だれの迷惑にもならないわけだ。

おれは、エレベーターのケージに入って、腰をおろした。床は廊下よりきれいだし、冷たいスチールの壁は背中をもたせかけるのに気持がいい。風通しの悪いのが欠点だが、世の中、そういいことばかりはないものだ。

おれは膝をかかえて、目をとじた。酔いどれていて出来ることといえば、酒を飲みつづけるか、タバコを吸うか、眠るしかない。ここに酒があるはずはないし、タバコはあいにく切らしていた。となると、選択の余地はない。

破の章

目をさましたのは、女の金切り声のせいだった。

最初に気づいたのは、ケージのなかに灯りがついていることだ。次には、スチールのドアがしまっていることに気がついた。おまけにケージは、かすかな音を立てながら、シャフトのなかを上昇している。

一瞬後には、おれは立ちあがろうとしていた。いくらか酔いのさめた目に、まっ青な顔をした若い娘と、猟銃を片手にした若い男のすがたが飛びこんできたからだ。

娘は十七、八、いや、もっと下かも知れない。ミニスカートのかなり似あう、ほっそりした子だ。男のほうは、もうすこし年上だろう。木綿のズボンに、はでな半袖シャツをきて、大きなサングラスを剝製のみみずくみたいにかけている。

「おい、酔っぱらい、目をさまさないほうが、よかったようだぜ」

と、そいつがいった。おれは黙っていた。事情がわかるまで、うかつに口をひらかないほうがいい。

「おとなしくしてろ。おれ、いま野郎ひとり、こいつで吹っとばしてきたとこなんだ。まだ弾はあるんだからな」

猟銃はま新しく黒光して、木綿のズボンのポケットからは、弾丸の紙函がのぞいていた。男は横目で、階数表示盤をにらんでいたが、五階をすぎようとしたとたん、停止の赤ボタンを押した。一瞬、やつの両手がふさがった。その隙に、娘はおれのほうに逃げてこようとした。だが、まだあまりふくらんでいないその胸を、猟銃の銃身が押さえつけた。

ピンクの紅をぬったくちびるから、こわれた笛のような声がもれた。娘が男と合意で、エレベーターに乗ったのではないことが、これでわかった。娘が合意だったら、おれの立場は、まだましだったろう。壁のすみに寄りかかって、おれはくちびるを嚙んだ。

「これでいい。おれをひきずりだすことは、だれにも出来やしねえ」

銃口を娘の顎にあてがいながら、野郎はいった。エレベーターは、五階と六階のあいだに、とまっている。

耳をすますと、物音が聞こえた。階段から廊下へ走ってくる靴音だ。

「くるんじゃねえ！　エレベーターに近よるな。ドアをあけようとしやがったら、女の頭を吹っとばすぞ」

ケージが爆発しそうな大声で、男がさけんだ。

「下へおりてろ。六階からエレベーターの天井へおりようなんて考えるな。この函のなかにゃあ、もうひとりお客さまがいるんだ。善良なる市民がよ」

「ほんとうか？」

ドアのむこうで、太い声が聞きかえした。

「ほんとうだ」

と、おれはいった。どうやら、ふるえ声をださずにすんで、ほっとしながら、おれはつづけた。

「このなかで酔いをさましているうちに、寝こんじまったんです。下の――地下のスナック・バーにいた客で――」

おれが名前を半分しかいわないうちに、男は大声でさえぎって、

「ふたりをぶっ殺してからなら、いつでも死んでやるぜ。合計三人やりゃあ、いちおうムシャクシャもおさまるからな」

猟銃も、弾丸も、どこかで盗んだものにちがいない。どんな相手かはわからないが、とにかくひとり射殺して、遠くへは逃げきれない羽目になったのだろう。夜遊びにふけっていたミニスカートを人質にひっぱって、このエレベーターへ立てこもったのだ。

「ばかをいうな。こんなことをして、逃げられると思うのか！」

と、ドアのむこうの声がいった。

「むりに逃げようとは、いってねえよ。おたがい大声だして、精力消耗するのは、やめようじゃねえか。エネルギーは、もっと有効につかうもんだ。話は非常用の電話でするよ」

「娘さんは、無事なんだろうな？」

「返事をしてやれ」

と、男は銃口で、娘の顎を軽く押しあげた。

「はい……大丈夫です」

その声は、湿ったセロファンみたいにふるえて、聞きとりにくかった。

「聞こえたか？　聞こえたら、下におりてろ。その隙に屋上へ逃げたりはしないから、安心しな。ゼロ・ゼロ・セブンじゃねえんだ。ヘリコプターの迎えはこねえ」

耳をすますと、四、五人分の靴音が、遠ざかっていくのが聞こえた。男は、ニヤッと笑った。笑うと子どもっぽい顔になった。けれども、目には狂ったような光があった。

「以前から、エレベーターはよく利用してたんだ。ここのばかりじゃ、ねえけどよ」

と、男はおれに低い声でいった。

「電源がどこにあるか、ここらのビルならたいてい知ってるぜ。ホテル代なんぞに、金をつかうことはねえからな。蒸暑いのが欠点だが、すっ裸になって壁によっかかりゃあ、すっとする。立ったままのドッキングってのも、悪くねえもんだ」

乾いた声で、男は笑った。

「窓はねえし、防音装置も良好となると、女ってのはひでえもんさ。十五、六のが、三十女みたいに泣きわめくぜ。よお、おめえも利用して、パンティをわすれてった組じゃねえのか？」

と、男は娘の顎をつきあげた。

娘の口のなかで、歯がカチカチ鳴る音が聞こえた。

「ほんとに命がいらないのか、きみ?」

と、おれは聞いた。

「いらねえよ」

「だったら、なぜぼくたちを人質にする」

「死ぬまで、もうちょい楽しみたいんだ」

「うそつけ。きみは怖《こわ》がってる。だいいち、ぼくたちをふたりとも殺すことは出来ないぞ」

「うるせえ。ぐだぐだいうな。そこへ腹ばいになれ」

男は左手で、足もとの床を指さした。

なんのためにそんなことをさせるのか、おれには、ちょっと見当がつかなかった。

「腹ばいになって、電話をとるんだ。早くしろ!」

操作ボードの下のほうに、赤い電話機のマークのついた蓋がある。おれは四つんばいになって、それをあけた。あまり奥行きのない凹みのなかに、非常用電話の送受話器が、かかっていた。

「そいつを外せよ。おじさんにスポークスマンをつとめてもらいてえんだ」

おれは、受話器を耳にあてた。

「もしもし」

なんという間のぬけた言葉だろう。

「もしもし、ぼくは先にこのなかにいた男です。警察の方ですか？」

「原宿署の主任です」

と、相手は名のった。

「やつが、ぼくに代わりに喋れというもんですから……」

「わかりました。やつはなんていってます。名前を聞きだしてくれませんか」

おれは床に横になって、男を見あげた。

「きみ、名前はなんていうんだ」

「だれが教えてやるもんか。いままでは、こっちから名前をおぼえてもらおうと思っても、だれも聞いてもくれなかったくせに」

「あんたの名は？」

と、おれは娘に聞いた。娘は口をひらこうとした。

「いうな！　おふくろでも呼んできて、おれに同情させようてんだろう。女の古いのにメソメソされたんじゃ、気分がこわれらあ」

「なにか要求することは？　原宿署の主任が聞いてる」

「ここで夜あかしする気だよ。おめえたちを死なせたくなかったら、囲みをとくようにいえ。朝んなったら車を一台、用意してもらおうかな。とにかくぜったいに、おれひとりじゃ死なねえぜ」

おれはそれを、主任につたえた。

「その車で、逃げようというのかな？」

と、ひとりごとみたいに主任はいった。

「そうでしょう。昼間のほうが、混乱を起こすことができて、有利だと考えているらしい」

「気ちがいだな、まるで」

「でも、頭はなかなか働かせてます。ぼくは床に寝かされてるんですよ。運転ボタンを押したり、やつに組みつくチャンスを、あたえないためでしょう」

主任の舌うちが、はっきり聞こえた。

「いやなやつだ。しかし、いいなりになるわけにはいかない。自分で電話に出るように、いってくれませんか。なんとか、説得してみましょう」

おれがそれをつたえると、男は首をふって、

「スポークスマンが気に入らなけりゃ、話しあいは打ちきりだといえ。早く片がつけたけりゃあ、わけはないんだぜ。遠慮なく、ドアをこじあけりゃいいんだ」

おれは主任に、その言葉をつたえてから、

「ぼくは酔いもさめたし、かなり落着いてるつもりです。ぼくの感じでは、この男、ほんとに死んでもいい気らしい」

「あなたが落着いておられるのは、ありがたい」

と、いってから、主任は声をひそめて、

「こうなったら、催涙ガスを使用するより方法はなさそうだ。あなたがたには気の毒だが、

殺されるよりはましでしょう」

「どうやって？」

「六階のドアをこじあけて、エレベーターの天井に乗るんです。修理用の出入口があるでしょう？　そこから、ガス弾を射ちこむ」

おれは、天井を見あげた。たしかに、長方形のトラップドアがあって、ケージの屋根へ出られるようになっている。

「それは無理だな」

と、おれはいった。

「どうして？」

「音がしますよ。すぐ気づかれちまう。トラップをあけないうちに、女の子は殺されますよ。ぼくが殺されるかも知れない」

「催涙ガスの話だな？」と、男が口をだした。

「おめえたちが殺されるだけじゃねえ、といってやれ。上昇のボタンを押して、弾のありったけ射ちまくってやる。催涙ガスで目が見えなくたって、天井へめくら射ちにしてりゃ、おまわりどもは降りてこられめえ。そのうちにシャフトの天井で、押しつぶされらあ」

「そうなったら、すぐ下で電源を切って、エレベーターをとめるさ」

と、おれはいった。

「どっちにしても、おめえたちは助からねえな」

　男は笑った。急に女がさけびだした。

「助けて！　助けてよ！　なんでもするから」

「じゃあ、裸になれよ」

「よせ！　いうことをきく必要はないんだ」

　と、受話器をほうりだして、おれはいった。

「しっかりしたまえ。落着くんだ」

「むりをいうなよ。まだこの娘《こ》は子どもなんだぜ、精神的にはな」

　せせら笑いながら、男は娘のワンピースの背に左手をまわして、ジッパーを一気にひきさげた。

　おれは黙っていた。女の子には気の毒だが、事態が好転しかけたからだ。だが、相手はそれほど、甘くはなかった。

「蒸暑さで、早く頭がおかしくなられちゃあ、おもしろくねえ。だから、裸になれといったんだ。なにもしやしねえ。したくねえわけじゃねえけどよ。おめえを抱っこすりゃ、この野郎がとびかかってくる。やりながら、こいつと格闘できるほど、おれは器用じゃねえからな。安心して、ぬぎなよ、さあ」

　娘はふるえながら、服をぬいだ。白いブラジャーとパンティだけの細いからだが、ゼリーみたいにふるえていた。おれはいった。

「目の毒だな。その気があるんなら、方法はあるぞ。その子を四つんばいにさせて、うしろからやったらどうだ？　背中を台に銃をかまえて、ぼくに狙いをつけてりゃ、安心だろう」

　まるでおれが、怪光線をあびて一瞬のうちに怪獣にでもなったように、娘は恐怖の目をこちらにむけた。

「おじさん、おれよりうわ手だな。けどよ、その手にゃのらないね。この子がけつでもふりだして、狙いが狂ったら、すぐ飛びかかってくるだろう。銃身をつかまれたら、それでチョンだ。ノー・サンキューだよ」男の顔にも、汗が光っている。おれは平気で、ひたいをぬぐいながらいった。

「上衣をぬがしてもらっていいかな、ぼくも？」

「そっちの隅にころがっていって、ぬぐんだぜ。上半身を起こすだけだ。おめえ、油断ができねえやつらしいや。最初に廊下へ、蹴りだしときゃあ、よかったよ」

　おれは反対側の壁際で、上衣をぬいだ。男はいった。

「ついでに、ズボンのベルトを外せ。そいつで、自分の足をしばるんだ。足首じゃねえ。両足をまっすぐのばして、膝のところをしばってもらおう。飛びおきられねえように」いわれた通りにするより、しかたがなかったが、黙っているのも癪だから
「なにかあったら、このまま射つつもりか、自由のきかない人間を？」

「ヒューマニズムに訴える気かい？　おれは気ちがいだよ。平気で射つさ」

「けだもの！」と、さけんで、娘が泣きはじめた。

「黙れよ。黙らねえと、もっとぬがせるぞ。怒らしてもむだなんだ。おれは怒るときには、

冷静に怒る。ひっぱたかねえで、いきなりズドンだ」

こいつ、たしかに気ちがいだ。だが、錯乱したあばれ者ではない。冷静な殺人狂だ！

急の章

娘は床にうずくまっていた。男はその首すじに銃口をあてて、操作ボードのそばの壁によりかかっている。ケージのなかは、息ぐるしかった。

「きみはやっぱり、死にたくないらしいな」

と、おれはいった。

「どうして？」

「いつまでこうして、頑張れると思うんだ。その子はもう、限界にきてるぞ。わめきだして、垂れながしでもはじめたら、どうする気だよ？　ただでさえ、息ぐるしいんだ」

「黙らせるさ。こいつを殺しちまっても、まだおめえが残ってる。それに、おれはあんがい我慢づよいんだぜ」

「こうしたら、どうだ？　ぼくが人質になって、きみについていく。いますぐ出ていくから、囲みをとけ、と交渉すれば、きくんじゃないかな」

「きくかも知れないが、いやだね。おおぜい野次馬があつまって、みんなにおれが見えるところで、派手に死にてえんだ。もう喋るな。邪魔になる」

「なんの邪魔に？」

「こっちが通話を拒否してるんだから、おまわりども、なにかやる気になるんだろう。耳をすましていなくちゃな」

おれも耳をすました。だが、なにも聞こえない。考えてみれば、警察としても、手のだしようがないだろう。男はズボンのポケットから、小さな革袋をとりだした。

「なんだ、それは？」

「ダイアモンド、ルビー、エメラルド。宝石屋のおやじを殺して、みやげにもらってきたんだよ。おめえたちの死体に、こいつを散りばめてやるぜ」

こうなると、だいぶ話がちがってくる。おれは忙しく、頭を働かした。

「そううまくいくかな。どうせ殺されるなら、いよいよのときにあわてさせてやろう、と思ってね。黙っていたんだが、よく見ろよ」

と、おれは四方の壁を指さして、

「厚いスチールだぜ。木や漆喰じゃない。ここで銃を射ったら、どういうことになるか、知ってるのかい？」

「なんだと？」

「弾はめりこみゃしない。はねかえって、しかも狭いから、あまり威力が弱まらない。おまえ自身に、あたるかも知れないぞ」

男は不安げに、壁を見まわし、天井を見あげた。銃は左手で娘の首すじにあてがい、左手には宝石の革袋を持っている。いまだ！　おれは野郎にとびかかった。ベルトはすぐゆるむように縛ってあったから、たちまちけしとんだ。やつが気をとりなおしたときには、おれの左手が銃をつかみ、右手は腕をねじあげていた。

男のからだが、ひっくり返ると、娘は悲鳴をあげはじめた。悲鳴は壁から壁へ、はねかえった。銃はおれの手に移っていた。その台尻で、起きあがる男を突んのめらせ、後頭部を一撃すると、片がついた。娘はまだ泣きわめいている。

「ざまをみろ。聞こえないと思うからいうんだが、おれはおまえみたいなアマチュアじゃない。もっとあざやかな仕事をしてきた人間だ。すこしばかり頭の回転が早いからって、うぬぼれるな」

失心した男にいいながら、おれは床に落ちた革袋を、ひろいあげた。娘は顔を両手でおおって、泣きじゃくっているから、大丈夫だ。おれは革袋の中味を、手のひらにあけた。全部いただくわけには、いかないだろう。ひとつふたつポケットに入れてから、エレベーターを下におろし、娘をかかえて救急車にはこぶ。それからずらかるつもりだった。

だが、あきれたことに、革袋から出てきたのは、ほとんどがイミテーション、本物がいくつかあっても、安物ばかりだ。おれは床にたおれた男を見おろして、ため息をついた。こいつ、宝石にはぜんぜん目がきかなかったのだ。

これでは、英雄になってみせるより、しかたがない。おれは非常電話の送受話器を外した。

「主任さんを呼んでくれ。やつは気を失ってる。エレベーターをおろすから、救急車も呼んどいてください。娘さんのためですよ……いえ、なあに、ほんのケガの功名です」

「一匹狼」あとがき［新稿］

歌舞伎や講談の悪党《あくとう》では、大悪党よりも小悪党のほうが、私は好きだ。講談の片岡直次郎は、けちなゆすりをやったり、仲間を裏切ったりする。そんな小悪党が書きたくて、片岡直次郎の名を、そのままつけた。

しかし、自分ではいっぱしの悪ぶっていても、どこか間のぬけた小悪党には、することができなかった。新撰組コンビとおなじようなトラブル・シューターになってしまったのは、私の性格のしからしめるところだろう。短篇集一冊だけで、直次郎は主役の座をおりた。ゴースト・ディテクティヴ物部太郎のサイドキックをつとめることになったのである。

物部太郎は自分を、ものぐさ太郎の後裔と信じている。だが、大金持の父親に、職業を持てと強要されて、超自然現象専門の探偵事務所をひらいた。太郎の考えでは、日本でそんな事務所をひらいても、依頼人はひとりもあるまい、と思ったのだが、案に相違して、難事件が持ちこまれる。直次郎は太郎の助手兼お目つけ役として、父親にやとわれたのである。

物部太郎のゴースト・ディテクティヴぶりは、長篇三作に語られている。以後の太郎の消息は不明だが、まじめに働くという、父との約束は一年間だから、いまは毎日、寝っころがって、本でも読んでいるのだろう。

（『都筑道夫名探偵全集Ⅱ』より　出版芸術社　一九九七年）

編者解説

日下三蔵

二〇一九年十一月と二〇二〇年三月にちくま文庫から刊行した都筑道夫の近藤・土方シリーズ『紙の罠』『悪意銀行』に続いて、片岡直次郎が活躍する活劇小説集『吸血鬼飼育法』をお届けする。

江戸川乱歩なら明智小五郎、横溝正史なら金田一耕助か由利先生、鮎川哲也なら鬼貫警部と星影龍三と三番館のバーテン、高木彬光なら神津恭介、百谷弁護士、近松検事、大前田英策、土屋隆夫なら千草検事、仁木悦子なら仁木兄妹と三影潤、といった具合に、多くのミステリ作家が自分の名探偵を持っている。だが、ほとんどの場合、一人からせいぜい数人で、都筑道夫のように二十数組のシリーズ・キャラクターを創造した作家は、あまり例がないはずだ。

近藤&土方、キリオン・スレイ、砂絵のセンセー（なめくじ長屋捕物さわぎ）、退職刑事、物部太郎、西連寺剛、雪崩連太郎、星野刑事（未来警察殺人課）、滝沢紅子、田辺素直（ホテル・ディック）、左文字小弥太（女泣川ものがたり）と、複数の著作で活躍するキャラクターだけでも十組を超えており、久生十蘭の遺族に許可を得て書き継いだ新・顎十郎や、もどきシリーズ三部作などのパロディ、パスティーシュを加えれば、さらに増えることになる。

片岡直次郎は少年向けミステリで活躍したおばけ博士の和木俊一、近藤＆土方コンビに次いで登場したキャラクターだから、都筑作品の探偵役としては古株である。第一部に収めた四篇は、『二匹狼』（68年3月）として桃源社の新書判叢書〈ポピュラーブックス〉から刊行された。

第一問 警官隊の包囲から強盗殺人犯を脱出させる方法
第二問 吸血鬼を安全に妻にする方法
第三問 殺人狂の人質にされてエレベーターに閉じこめられた少女を救出する方法
第四問 性犯罪願望を持つ中年男性を矯正する方法

〈ポピュラーブックス〉版には同一の活字を使用した新装版（71年8月）がある。カバーデザインが同じなので分かりにくいと思うが、表1（表紙）のタイトルの上と背表紙の一番下にある〈ポピュラーブックス〉のロゴマークが差し替えられている。

本書には、山藤章二氏による〈ポピュラーブックス〉版のイラストを再録させていただいた。作中、新聞紙をばらまくシーンの絵（本書67ページ）で、都筑道夫・原案、天知茂・主演で放映中だったテレビドラマ「ローンウルフ 一匹狼」（67年10月〜68年7月）のテレビ欄をわざわざ使っているのが可笑しい。

〈ポピュラーブックス〉版カバーそでの内容紹介文は、以下のとおり。

名前は片岡直次郎。といっても、河内山宗俊の子分ではない。りっぱなアトミック・エイジの青年だ、女には手が早く、悪いことも平気でやって、オッチョコチョイなところは、同名の大先輩に似ていないこともない。自分では、悪をもって悪にいどむ一匹狼を任じているが、それにしては頼りない、という人もある。だが、腕力に欠けるところは、頭と舌の回転の早さでカバーして、夜昼なしに駈けまわるコミックなスーパーマンの大活躍！　サスペンスと推理とセックスの洪水に、目をまわさないよう、用心してお楽しみを！

片岡直次郎は江戸時代後期に実在した小悪党の名で、講談や歌舞伎でお馴染みの「天保六花撰」のひとりである。アトミック・エイジは「核兵器の時代」の意味で昭和二十年以降のことだから、昭和四十三年に出た本に登場する片岡直次郎の形容に用いられている訳だ。昭和四十年の時点で平均的な大卒の初任給が二万三千円、コーヒー一杯の値段が七十円だから、*faa* の依頼料が二十万円とか五十万円なのは、かなりの高額であることが分かる。二〇二〇年の現代ならば、作中に登場する金額を十倍くらいに換算すれば分かりやすいだろう

（左）『一匹狼』〈ポピュラーブックス〉版（1968 年 3 月）
（下）『同』〈ポピュラーブックス〉新装版（1971 年 8 月）
中央上部のタイトルの上にある〈ポピュラーブックス〉のロゴマークが差し替えられている。

か。

ちくま文庫の既刊『紙の罠』に併録した中篇「NG作戦」を読まれた方なら、勿来部長刑事の率いる捜査一課の面々、福本警部や荒垣刑事をご記憶かも知れない。彼らは本書でも第一問や第三問に登場するが、実は都筑道夫の第四長篇『誘拐作戦』（62年8月）にも顔を見せている。どの作品も刑事ではなく、犯人や悪党の視点で描かれているため、警察サイドが、いつも出し抜かれる役回りなのは、ちょっと可哀想な気がする。

角川文庫版（78年6月）では、第二問が「吸血鬼を飼育して妻にする方法」と改められ、そこからアレンジして作品集全体が『吸血鬼飼育法』と改題された。今回のちくま文庫版が、四十二年ぶり四回目の刊行ということになる。

本書のタイトルを初刊の『一匹狼』に戻すか、ずいぶん悩んだが、『吸血鬼飼育法』で長く流布していたこと、「ユーモラスなアクションもの」という作品内容をうまく表していることなどから、角川文庫版の表題を踏襲することにした。

シリーズキャラクターの登場する短篇を一本ずつ収めた変則的な短篇集『都筑道夫名探偵全集Ⅱ　ハードボイルド篇』（97年5月／出版芸術社）には、「第三問　殺人狂の人質にされてエレベーターに閉じこめられた少女を救出する方法」が収録された。本書にも収めた「『一匹狼』あとがき」は、同書の刊行時に新たに執筆されたものである。

この「あとがき」にあるように、片岡直次郎は後に物部太郎シリーズ三部作『七十五羽の烏』（72年3月／桃源社）、『最長不倒距離』（73年2月／徳間書店）、『朱漆の壁に血がしたたる』

(左)『吸血鬼飼育法』角川文庫(1978年)

(左下)『《都筑道夫新作コレクション1》危険冒険大犯罪』桃源社(1974年)
(右下)『危険冒険大犯罪』角川文庫(1984年)

（77年12月／徳間書店）で太郎の助手を務めている。

物部太郎はものぐさ太郎の末裔を自称する生粋の怠け者だが、大富豪の父親の厳命で働かなくてはならなくなり、*faa*の直次郎に「働いているように見えて働かなくていい仕事を考えてくれ」と依頼した結果、心霊現象専門の私立探偵事務所を開業することになる。これなら客は来るまい、と思いきや、幽霊のしわざとしか思えない事件が次々と持ち込まれ、太郎は直次郎を伴って、渋々現地に赴くのである。

もっとも、苦労して捜査するのはもっぱら直次郎だけで、殺人犯と間違われて逮捕されたりもしている。最終的には太郎が心霊現象と思われた事件を論理的に解明する、という構成のユーモラスな本格ミステリである。

『一匹狼』と『七十五羽の烏』の間に発表されたのが、併録した中篇「俺は切り札」である。双葉社の月二回刊マンガ誌「現代コミック」の七〇年一月八日創刊号から三月十二日号まで「おれは切り札」のタイトルで五回連載されたもの。『《都筑道夫新作コレクション1》危険冒険大犯罪』（74年10月／桃源社）に収録された際に「俺は切り札」と改題された。

『危険冒険大犯罪』は、同じく《都筑道夫新作コレクション》の第五巻『絶対惨酷博覧会』（75年6月／桃源社）との合本で『タフでなければ生きられない』（78年11月／桃源社）として再刊され、八四年七月に角川文庫に収められた。巻頭に片岡直次郎ものの「俺は切り札」、巻末に近藤&土方ものの「ギャング予備校」とふたつの中篇が置かれ、間にノン・シリーズの短篇「帽子をかぶった猫」「肩がわり屋」「ああ、タフガイ！」の三本をはさんだ構成の作品集である。

今回、ちくま文庫版『悪意銀行』に「ギャング予備校」、本書に「俺は切り札」が入ったことで、ノン・シリーズ短篇三本が宙に浮いた形になってしまったが、これについては別の作品集と組み合わせて再刊する機会を作りたいと思っている。

桃源社六八年版の帯に「都筑道夫書下しアクション長編」と書いてあったため、従来、『一匹狼』はオール新作の連作と思われてきたが、近年になって戸田和光氏の書誌研究により、四篇中少なくとも三篇に、原型となる作品があることが判明している。

A　爪のある宝石　「週刊実話」67年1月2＋9日〜1月30日号（4回）
B　危機の季節　「週刊平凡パンチ」67年1月16日号
C　ごうかん・マーチ「週刊実話」67年3月6日〜3月27日号（4回）
D　檻のなかの三人　「ニュース特報」67年8月23日号

Aが本書の第一問、BとCが第四問、Dが第三問の原型に当たる。日本ジャーナルプレス新社の週刊誌「週刊実話」に連載されたAとCは、同誌のハードボイルド企画「ミスタ・バックストリート」の第二話と第四話。このシリーズ名は「裏稼業の男」を意味したものだろうか。全五話で奇数話は山下諭一の作品が連載されている。山下作品のタイトルは、それぞれ「死体の持ちこみを禁ず」(66年12月)、「死体とのデートを禁ず」(67年2月)、「死体の無断使用を禁ず」(67年4月)であった。

AとCには片岡直次郎がそのまま登場する。つまり、現時点で確認できた限りでは、Aが片岡直次郎の初登場作ということになる。一方、平凡出版の週刊誌「週刊平凡パンチ」に掲載されたBと、双葉社の月二回刊誌「ニュース特報」に掲載されたDには、片岡直次郎は登場せず、『一匹狼』刊行時に細部に大幅な加筆を施して片岡ものに改稿されている。本書には、単発短篇として読むことのできるBとDを、ボーナス・トラックとして収録した。

BとCについては、強姦願望を持った男をめぐるミステリという点は同じだが、ストーリーは異なる。同じアイデアで書いたふたつの短篇を統合して、本書の第四問に仕立てた訳だ。「ごうかん・マーチ」とはひどいタイトルだが、これは「危機の季節」の文中にもあるように、軍艦マーチの曲名をもじったもの。昭和の頃から平成半ばまでパチンコ店のBGMとしてお馴染みだった曲である。

都筑道夫は六一年にミステリ作家として本格的にデビューしてから、長篇では構成自体に仕掛けを施した作品群と、活劇のアイデアに重点を置いた作品群を主に発表している。『やぶにらみの時計』(61年1月/中央公論社)、『猫の舌に釘をうて』(61年6月/東都書房/東都ミステリー)、『誘拐作戦』(62年8月/講談社)が前者、『紙の罠』(62年9月/桃源社/ポピュラーブックス）、『なめくじに聞いてみろ』（62年12月／東都書房／東都ミステリー／初刊時タイトル『飢えた遺産』）、『悪意銀行』（63年7月／桃源社／ポピュラーブックス）、『暗殺教程』（67年1月／桃源社／ポピュラーブックス）が後者だ。『三重露出』（64年12月／東都書房）はふたつの路線を融合した傑作だった。

本書もそうだが、六〇年代のミステリ短篇は活劇要素の多いサスペンスが主流で、普通の本格ミステリは、ほとんど見当たらない。『犯罪見本市』（68年11月／三一書房／都筑道夫異色シリーズ6／初刊はSF、ホラー、ショートショートがメインの短篇集『いじわるな花束』との合本）、『《都筑道夫新作コレクション1》危険冒険大犯罪』（74年10月／桃源社）、『《都筑道夫新作コレクション2》妖精悪女解剖図』（74年11月／桃源社）、『アダムはイヴに殺された』（80年4月／桃源社）、『《都筑道夫新作コレクション5》絶対惨酷博覧会』（75年6月／桃源社）と、この時期の作品をまとめた短篇集を見れば、それは一目瞭然だろう。

一方、キリオン・スレイものの第一作「なぜ自殺に見せかけられる犯罪を他殺にしたのか」は「推理界」六七年十二月号（初出タイトル「剣の柄」）、なめくじ長屋捕物さわぎの第一作「よろいの渡し」は「推理界」六八年十二月号（初出タイトル「人食い舟」）、退職刑事ものの第一作「写真うつりのよい女」は「問題小説」七三年六月号に、それぞれ発表され、物部太郎ものの第一作『七十五羽の烏』は七二年三月に桃源社から刊行されている。

こうして作品を並べると、ミステリ作家としての都筑道夫は六〇年代末を境に、アクション主体のサスペンスものから謎解き主体の本格ものへと作風をシフトしていったように見える。もちろん、それは間違いではないのだが、料理でいうなら味付けの方向性が変わっただけで、本質的な部分は変わっていないのではないか。本格ミステリの代表作キリオン・スレイものの第一作品集『キリオン・スレイの生活と推理』（72年2月／三笠書房）の各篇タイトルを、本書のそれと比べてみれば分かりやすいはずだ。

最初の？　なぜ自殺に見せかけられる犯罪を他殺にしたのか
第二の？　なぜ悪魔のいない日本で黒弥撤を行うのか
第三の？　なぜ完璧のアリバイを容疑者は否定したのか
第四の？　なぜ殺人現場が死体もろとも消失したのか
第五の？　なぜ密室から凶器だけが消えたのか
最後の？　なぜ幽霊は朝めしを食ったのか

それぞれ、初出時には「剣の柄」「悪魔学入門」「裸のアリバイ」「死体と寝たい」「溶けたナイフ」「腹のへった幽霊」というタイトルだったものを、単行本化に際して改題したものだが、どんな不思議な事件が起こるのか、という点を強調するために、こういう形のタイトルに統一されたものだろう。これは本書の各篇タイトルの付け方と、まったく同じである。つまり、奇抜なシチュエーションや解決不可能としか思えない謎を設定したうえで、そこに論理的でスマートな解答を提示する、というのが、都筑道夫のミステリ作劇法なのだ。第一エッセー集『死体を無事に消すまで』（73年9月／晶文社）の表題作は、「なめくじ長屋捕物さわぎ」の一篇「天狗起し」の成立過程を解説したものだが、この作品は推理小説マニアの従弟が持ち込んできた不可能状況を基に組み立てられたという。

物部太郎シリーズ第二作『最長不倒距離』の初刊本には「殺人事件の異常なシチュエーションを募集する懸賞企画があり、読者が考えた謎に挑戦する形で書かれたのが、第三作『朱漆の壁に血がしたたる』であった。

活劇系の作品と謎解き系の作品の両方でレギュラーを務めた片岡直次郎は、こうした都筑道夫のミステリ世界を象徴するようなキャラクターと言えそうだ。むろん、そんな理屈は考えずとも、気軽に手にとっていただければ、意表をついた展開、手に汗握るクライマックス、予想外の結末を、たっぷりと楽しんでいただけることは間違いない。今回のちくま文庫の一連の復刊で、細部まで丁寧に作り込まれた都筑ミステリに魅せられる読者が増えることを、心から願っている。

LOUPS

本書はちくま文庫のためのオリジナル編集です。
各作品の底本は以下の通りです。
「吸血鬼飼育法」『吸血鬼飼育法』（角川文庫　一九七八年六月）
「俺は切り札」『危険冒険大犯罪』（角川文庫　一九八四年七月）
「危機の季節」「週刊平凡パンチ」（一九六七年一月十六日号）
「檻のなかの三人」「ニュース特報」（一九六七年八月二十三日号）
本書のなかには、今日の人権感覚に照らして差別的ととられかねない箇所がありますが、作者が差別の助長を意図したのではなく、故人であること、執筆当時の時代背景を考え、該当箇所の削除や書き換えは行わず、原文のままとしました。

資料協力
北海道立図書館

ちくま文庫

吸血鬼《きゅうけつき》飼《し》育法《いくほう》　完全版《かんぜんばん》

二〇二〇年九月十日　第一刷発行

著　者　都筑道夫（つづき・みちお）
編　者　日下三蔵（くさか・さんぞう）
発行者　喜入冬子
発行所　株式会社　筑摩書房
　　　　東京都台東区蔵前二―五―三　〒一一一―八七五五
　　　　電話番号　〇三―五六八七―二六〇一（代表）
装幀者　安野光雅
印刷所　明和印刷株式会社
製本所　株式会社積信堂

ISBN978-4-480-43692-4 C0193